故事海
SEA OF STORIES

U0527651

海飞自选集
SELECTED WORKS
STORIES BY HAI FEI

海飞 著

往事纷至沓来

MEMORIES UNFURLING

花城出版社
中国·广州

图书在版编目（CIP）数据

往事纷至沓来 / 海飞著. -- 广州：花城出版社，2023.6
（海飞自选集）
ISBN 978-7-5360-9376-8

Ⅰ. ①往… Ⅱ. ①海… Ⅲ. ①中篇小说－小说集－中国－当代②短篇小说－小说集－中国－当代 Ⅳ. ①I247.7

中国国家版本馆CIP数据核字(2023)第100764号

出 版 人：张　懿
责任编辑：黎　萍　夏显夫
责任校对：汤　迪
技术编辑：凌春梅
装帧设计：吴丹娜

书　　名	往事纷至沓来
	WANGSHI FENZHITALAI
出版发行	花城出版社
	（广州市环市东路水荫路11号）
经　　销	全国新华书店
印　　刷	广州市岭美文化科技有限公司
	（广州荔湾区花地大道南海南工商贸易区A幢）
开　　本	880毫米×1230毫米　32开
印　　张	9.125　　2插页
字　　数	196,000字
版　　次	2023年6月第1版　2023年6月第1次印刷
定　　价	268.00元（全四册）

如发现印装质量问题，请直接与印刷厂联系调换。
购书热线：020-37604658　37602954
花城出版社网站：http://www.fcph.com.cn

目 录

匪声　　　　　　　001
干掉杜民　　　　　033
往事纷至沓来　　　064
秋风渡　　　　　　135
长亭镇　　　　　　224

匪声

1

陈小春骑着那匹瘦马出现在丹桂房的土埂上时，已经是除夕了。雪下得很大，大得像一朵朵优质的鹅毛。陈小春揉了揉有些肿胀的眼睛，目光所及之处他没能看到一个人影。陈小春感到心闷，就在马上大喊一声，陈小春回来了。说完他双腿一夹，可怜的老马，只得加快了步伐。雪地里留下一个个蹄印，蹄印在前面拐个弯，一路逶迤着进了村。这时候陈小春看到了阿岁太公，阿岁太公站在草屋的屋檐底下，拱着手跺着脚，几根可怜巴巴的山羊胡子毫无生气地抖动了几下。陈小春说阿岁太公我回来了，我陈小春回来了。阿岁太公说陈小春你就是炳奎的儿子吧！你胯下那四条腿是什么东西？陈小春说是马，专门用来驮人驮东西的。阿岁太公恍然大悟地"噢"了一声，阿岁太公说没见过马，头一回，头一回。接着阿岁太公又说，小春你爹给你讨了老婆了，大竹院吴木匠的女儿三民。陈小春"嗤"地冷笑了一下，用双腿夹了夹马肚子。这时候，他远远看到了炳奎正在自己屋檐下挂一盏灯笼。他颤悠悠地站在一张破凳子上，像一根弱不禁风的墙头草。身边一个年轻女人正递给他一盏灯笼，陈小春想，这就是我的老婆三民。

炳奎和三民站在屋檐下看浑身是雪的陈小春从马上跳下来。炳奎说小子你可回来了，这是你老婆三民。三民在屋檐底下笑起来，她的牙齿很白，像雪一样白。她的手里提着另一盏没有挂上去的灯笼。三民说小春你回来了。陈小春没理她，陈小春在想，我有老婆了，我怎么一下子有老婆了。

炳奎看着陈小春把马牵进牛栏。炳奎说小子你那浑身是骨头的四条腿是什么，陈小春说是马，军马。炳奎说很像牛，北方的牛不会长角。

陈小春没理他，拴好马进了屋。炳奎跟进来说小子你那不长角的牛会不会犁地，我又买了三亩地，我再买二十亩地，我们家的地就要比吉吉家多了。吉吉有什么了不起？讨了三房姨太太没能给他屙个儿子出来，连根稻草都屙不出。炳奎看到三民进了屋，就说小子这是三民，以前是大竹院吴木匠的女儿，现在不是了，现在是你的女人，她一直都帮我料理庄稼。小子，我们家的庄稼是丹桂房最好的庄稼，我们家种的玉米棒子差不多像牛腿那么粗了。我们家的女人是丹桂房最好的女人，她干起活来能抵一个劳动力。

陈小春就一直看着自己的女人三民，这个叫三民的吴木匠的女儿一下子变成了自己的女人，变成炳奎的劳动力。女人看上去很健康，有很阔的身板，像一扇屏风一样立在小春面前。小春看到过团长家的屏风，团长家的屏风画着梅兰竹菊，三姨太婉云就常躲在梅兰竹菊后面吃吃地笑，吃吃，吃吃吃吃，全世界最美好最简单的声音,吃吃。

三民低着头,手里依旧拎着灯笼。陈小春从三民手里接过灯笼,走到屋檐底下挂灯笼。灯笼挂上去,天也差不多黑了。炳奎叫陈小春点亮灯笼。炳奎说小春你把灯笼点起来,我们要过年了,让灯笼照着你爷爷奶奶和你娘的魂灵一起来过年。今年过年我们有鸡、有鸭、有牛肉,对对对,三民爹送来了一条青鱼,我们的年很宽绰了,我们要过他娘的一个富人过的年。

然后三个人就过富人的年了。三民抿着嘴小口小口地吃饭,一边吃饭一边看她从没见过面的老公。老公的身材不高不矮不胖不瘦,就是眼睛细一点。细一点怕什么?那叫节约眼光。三民感到很幸福,一不小心打起了嗝,她就打着一个又一个幸福的嗝,在饱嗝声中她想到了会做木匠的爹接过炳奎的二十个银圆,然后对她说,三民,你去给炳奎做儿媳妇。三民二话没说就收拾行装上路了,这天晚餐她和炳奎两个人一起吃饭。炳奎说三民我们家就要成富人了,你就要做少奶奶了,我们晚餐吃两个菜,一碗螺蛳、一碗豆腐,荤菜素菜都有。三民说小春呢,炳奎说小春暂时不能回来,小春跟团长去打仗了,小春是团长的警卫员,两只手能左右开枪,等他回来我让他表演给你看。在他回来之前,你就帮我侍弄庄稼。我们家每天五更起床,先喂牛……

现在能左右开枪的著名快枪手陈小春就坐到了对面。三民感到很幸福。三民想我有男人了。这时候三民听到小春说,爹,你什么时候把眼病治一治?三民一抬头看到炳奎那双烂桃一样的眼睛在不停地淌眼泪。炳奎说不碍事,不碍事,眼睛太怕热,老是出汗……

三个人吃完饭，三民收拾碗筷去灶台刷碗。三民听到炳奎在喋喋不休地说，小春我们家有六十三亩地，大义和大朝两兄弟经常给我们打短工，我打算明年请他们做长工。我们家有三头牛，两头公牛、一头母牛，母牛肚子里还怀着一头小牛。我们还有十头猪，我想明年再买十亩地，后年我们就盖大瓦房，再请一个用人。你看吉吉只比我们家多二十亩地，就神气活现地穿着绸衫满村跑。明年我一定要做一件绸衫，他娘的，不做绸衫我就不叫陈炳奎。

油灯映着炳奎的脸，眼泪从一双烂眼中不住地往下淌。炳奎忽然说，小春你什么时候回部队，你回部队前赶紧给你女人下种。多好的女人，大屁股的女人一定会生儿子，我们陈家就缺儿子，我们缺一个小富人，你给我鼓捣出一个小富人来。

陈小春淡淡地说，我不回部队了，我们吃了败仗。炳奎愣了愣，没再说话。

在灶台上刷碗的三民轻轻笑了，一转头，看到陈小春在油灯下擦几把长短不一的短枪，油蓝油蓝的，三民脸上的笑容就慢慢退了下去。

2

陈小春踏着积雪找到陈兴福时，陈兴福正在太阳底下打瞌睡。陈兴福的女人一担一担地往家里挑水，他们五岁的儿子像老鼠一样在院子里窜来窜去。见到陈小春时，他猛吸了一下鼻涕，说，爹，有个陌生人。

打瞌睡的陈兴福睁开眼，他看到陈小春的轮廓在阳光下模模糊糊的,接着他才见到熟悉的身影和一双细眼。陈兴福大声笑起来,他对自己说,这个小时候老是和自己打架的人回到丹桂房了。

陈小春和陈兴福并排坐在阳光底下,陈兴福咬牙切齿地说,你小子真福气,你爹给你积了这么多财,快赶上吉吉了。你爹还给你用二十块银圆买了个老婆,多么结实的老婆,压上去像睡在大棉被上。陈小春也咬牙切齿地说,要是不吃败仗,我才不回来,团长都战死了,他娘的,他快要提我做团参谋了,他自己却战死了。

这时候小春看到一个女人的身影,她挑着一副水桶,晃悠晃悠地从陈兴福家门口走过。陈小春的目光跟着一副晃悠悠的水桶晃悠着。陈小春说她是谁,陈兴福说,她叫丁香。

陈小春走出陈兴福家的院子,来到井边。陈小春看到了丁香。陈小春说喂,你是谁?丁香说我叫丁香,我老公叫陈来,我老公被骆天忠一枪撂倒了,脑浆涂了一大片,我老公只说了一句话,骆天忠你别太过分,骆天忠就把他撂倒了。陈小春说我又没问你老公,你说这么多干什么?丁香弯下腰,挑起水桶,说我又不是说给你听的。说完丁香就晃悠晃悠地往家里走。丁香边晃悠边说,有一天我要吃骆天忠的肉,我一定要吃骆天忠的肉。陈小春跟着丁香往家里走,路上的积雪已经被行人踩得乌七糟八了。走进丁香家的院子,陈小春看到了丁香的儿子陈小巴。陈小巴已经七岁了,嘴里含着一个竹哨,他吹了一下竹哨。陈小春掏出一只铁哨塞在小巴的手里。小巴将铁哨塞进嘴巴,"嚁"地响了一下,很显然小巴吓了一跳,随即脸上露出笑容,缺了两颗门牙的嘴大大咧开来。他猛地蹿出院子,嚁嚁嚯，嚯嚯嚯……整个丹桂房被小巴嘹亮的哨子声一块块地割开来。

丁香说你是炳奎的儿子，你叫陈小春，村里人都说你是快枪手，所以才做了团长的警卫员。你要是杀了骆天忠，我可以陪你睡觉。我没有钱，我只有这一副身子，我这副身子不比三民差。

陈小春笑了，他的笑容里面有一种忧郁，他说要不是吃了败仗，我才不回来呢，我就快做团参谋了，现在我什么都不是，只不过是炳奎的儿子。

陈小春跟着丁香进了屋，屋子里生着火炉，炉火暖融融的，很快煨暖了两个人的身子。丁香的脸上闪着一种光泽，一晃一晃一明一暗的。丁香说真热。陈小春果然看到了丁香额上细密的汗珠。陈小春往炉火中丢了一块柴，然后他走到丁香背后，俯下身在丁香耳边说你很像一个人。丁香感觉到垂在耳边的头发轻轻动了动，陈小春的声音很清晰地钻进她的耳朵。她打了一个激灵，身子骨不由自主地扭了一下。陈小春抱起她，把她横放在床上。

小巴吹着铁哨的声音在丹桂房上空穿来穿去，陈小春感到在哨声中自己像一坨遇到阳光的雪一样慢慢融掉了。

3

丁香住在村西头，丁香的院子里空荡荡的。陈小春说小巴，我们种树吧！小巴胸前挂着闪亮的铁哨。小巴和陈小春一起在院子里种下了一棵香椿。小巴和陈小春种树是在这年的三月，这年三月陈小春不仅和小巴一起种了树，还让丁香怀上了孩子，还动手打了三民，并且和父亲炳奎干了一架。

陈小春说三民，你回你娘家吧！三民说我不回去。陈小春说三民我给你一百块银圆你回去吧！三民说我不回，你把我杀了，我就做你陈家的鬼。陈小春恼了，给了三民一个巴掌。三民的嘴角就渗出一丝鲜血。三民说小春你打吧，你去丁香那儿我不说你，你找陈兴福赌钱我不说你，但你别让我离开陈家。我是你的女人，可你连碰都不碰我一次，你还让我回娘家。回娘家我爹会把我一段一段锯开，你别忘了我爹是个有名的木匠。

炳奎睁着一双烂桃眼走过来。炳奎说小春你别打你女人，你打你女人就是打劳动力，打伤劳力我们就得多请一个短工，就得多付一份工钱。照这样下去，我们就永远赶不上吉吉家了。

陈小春看了炳奎一眼，又看了三民一眼，扭头走出了院子。炳奎说你回来，你不回来以后你就别进这院子。陈小春没停步，炳奎就冲过去挡住陈小春。陈小春一伸胳膊，炳奎一个趔趄。炳奎气急败坏地扑过去，和小春扭打起来。三民站在院子里，三民想眼泪快下来了，眼泪快下来了，果然，三民的眼泪刷地落下来浸湿了这个春天。

陈小春最后还是离开了院子，一步步走向村西。丁香和小巴站在门口用忧心忡忡的目光望着越来越近的陈小春。丁香说何苦呢，小春看到小巴又在吹铁哨了，嚁嚁嚁，嚁嚁嚁。小春想起那次刚吹集合哨，八路军就冲进了营区，啪啪啪一阵乱枪。小春看到刚要掏枪的团长被撂倒了。三姨太惊叫起来，真快，一会儿工夫，八路军就收下了整个梅岭镇。

小春想起三姨太婉云的笑声，吃吃，吃吃吃，真好听。小春是团长的警卫员,小春带着婉云一直往南方赶。小春让婉云坐在瘦马上,那是一匹超期服役的军马,有些弱不禁风的味道。小春看着弱不禁风的三姨太骑着弱不禁风的瘦马,心里就涌起一股豪气。梅岭镇丢了怕什么,头丢了也不怕。

陈小春进了丁香家的院子,他盯着丁香的肚子看了许久,然后郑重地对丁香和小巴说,从现在开始,我顶替陈来。听了这话,丁香一下子哭了。丁香倚在门边耸动着肩膀,丁香说我一定要咬下骆天忠一块肉。

然后陈小春就正式住在了丁香家。陈小春把身上的枪一把一把解下来。小巴看着这一块一块的精巧的黑铁眼中就涌出了一丝丝亮光。陈小春说小巴我是著名的快枪手陈小春,从现在开始我不要做快枪手了,我要学会所有的农活,我不是说过我要做陈来的吗?

陈小春把四把短枪用一块红布包好放在箱子底,然后陈小春牵着牛出门了。陈小春要去耕田,春天了,大家都在耕田,要是陈来不被骆天忠一枪撂倒,这个时节他也会去耕田的。在去田里的路上,陈小春碰到了吉吉。吉吉说,你就是陈小春?陈小春说我就是陈小春。吉吉说,你就是炳奎的儿子?陈小春纠正说,以前是,现在不是,现在我是丁香的老公,她怀上了我的孩子。吉吉微微笑了一下。吉吉说你很有志气。陈小春像想起什么似的说,我爹,不,炳奎想做一件和你一样的绸衫。吉吉冷笑了一声,抖抖手中的文明棍,没说什么。陈小春继续往前走,走到丁香和小巴的田里开始耕田。由于没耕过田,所以陈小春怎么也耕不好田。陈小春看到炳奎在不远处很熟练地耕田,而三民则在一旁耙田。炳奎和三民都看到了陈小春,都用一种愤怒的目光盯着陈小春。炳奎边耕田边冲着陈小春喊，小子哎，我白养你了，我真想和你打一架，这么好的老婆你不要，偏偏喜欢一个寡妇，这么好的田你不要，偏偏喜欢两亩薄地。要不是怕耽误农活，我真想跑过去和你打一架。你不要以为我老了，我生得了你，也打得了你……

陈小春在田埂边坐下来，他看着炳奎和三民在地里熟练地耕作。这时候，陈小春忽然想起了团长的三姨太婉云。三姨太坐在陈小春的那匹瘦马上，陈小春牵着缰绳，一路上陈小春给三姨太买烧饼吃。三姨太是山东人，喜欢把大葱夹在烧饼里面吃。陈小春一路上给三姨太讲笑话，三姨太就边吃烧饼边听笑话，在那匹瘦马上笑得花枝乱颤。陈小春闻着大葱的清香，看着路边的野花次第开放，一匹瘦马和一个美人行进在江南的阡陌，陈小春就感到无比的幸福。陈小春想就这么走一辈子算了，牵一辈子的马，让三姨太在马背上慢慢变成一个可爱的老太婆……

这时候陈小春看到陈小巴来送饭了。陈小巴胸前挂着一个闪亮的铁哨。因为这个铁哨，小巴接受了陈小春，因为陈小春替他家干活，并且使丁香容光焕发，每天早上边梳头边唱歌，所以小巴认同了陈小春。陈小巴走到陈小春面前把藤篮往田埂上一放，说：爸，吃饭吧。

陈小春的背脊心升起一阵阵热浪，春天并不怎么热，但陈小春被小巴的一声昵称热晕了。他看到藤篮上盖着一块碎花布，掀起布头，他看到一大碗饭、一壶酒、一碟春笋和一碟猪耳朵。陈小春坐在田埂上幸福地喝酒。陈小巴又在吹铁哨了，喔喔喔喔喔喔的哨子声充满着挑衅的味道向炳奎和三民抛去。炳奎和

匪声 | 009

三民愤怒地看着不知好歹的陈小春。陈小春冲他们笑了一下，又笑了一下。陈小春笑的时候在想，我一定要做一个合格的农夫，我要学会所有的农活，并且帮丁香盖一间大瓦房。

4

陈小春终究没能做成合格的农夫，他的愿望没有实现不是因为变懒了或其他一些原因，相反地，陈小春起早贪黑地忙着干农活。丁香的肚子也在一天天往外鼓。丁香喜欢吃酸菜头，每天她都坐在门口咬那种酸菜头。所以看上去他们的生活和其他人家没什么两样，甚至比陈兴福家还要好过一些。因为陈兴福老是赌，有一次赌得只剩下一条裤衩。村里所有人都说陈兴福除了老婆以外没别的可以输了，为此陈兴福的那个个子很小挑起水来力气蛮大的老婆老是和陈兴福拌嘴。终于有一天陈兴福在输得又只剩下一条裤衩时，把喋喋不休的老婆按在门槛上狠狠地揍了一顿。第二天，丹桂房的人们看到陈兴福老婆的头可怕地变大了，差不多有原来的两倍。但她仍然很顽强地去井里挑水，并且告诉村里所有人她的男人下起手来有多准有多狠……

陈小春做不成合格农夫是因为骆天忠下了一次山。骆天忠下山不是一般意义上的下山。他下山时往往要浪费一些弹药，同时又带回一些东西上山。最怕骆天忠下山的无疑是吉吉和炳奎两户人家。骆天忠下山时是在白天，所有丹桂房的人都从田里跑回家，关上了房门。胆子大的就着门缝往外看，然后扭过头兴致勃勃地向家里人介绍他看到的情景。比如某某家的女人遭殃了，像一条被捉上岸的鱼一样；比如某某家的粮仓里的粮食正在被搬上车；等等。

可是这一回骆天忠下山没要女人也没要粮食，这一次他只要银圆，所以他的目标是吉吉和炳奎两户人家。在吉吉家的院子里，穿着绸衫的吉吉和他的三房姨太太在骆天忠的注视下瑟瑟发抖。他们抖动的样子就像是陈兴福在冬天夜里输得只剩下裤衩时抖动的样子。骆天忠坐在院子里那把吉吉乘凉时坐的椅子上，他的盒子枪轻轻一点，院子里的一只母鸡就扑棱了一下翅膀死了。这让吉吉那房最年轻的姨太太，只有十九岁的爱莲的那条裤子一下子湿了。不仅裤子湿了，泥地上也湿了一块，就像是喜欢挑水的陈兴福老婆不小心从水桶里溅出的一块水渍。

然后骆天忠大笑起来，他沙哑的声音笑起来干涩得很让人胸闷，像鸭子在水塘里自由游泳时的叫声。在骆天忠的大笑声中，他的喽啰们抬着一个箱子从屋里走了出来。箱子沉甸甸的，里面是吉吉省吃俭用存下来的银圆。

骆天忠和喽啰们离开吉吉家的时候，吉吉像面条一样软下来瘫在了地上。吉吉对三房姨太太说，骆天忠抢走我的钱，我不是丹桂房最富的人了，最富的应该是炳奎了。从明天起我不穿绸衫了，我也要亲自下地干活，我怎么可以输给炳奎呢。吉吉没有想到骆天忠并没有回到山上，而是去了炳奎家。

等到陈小春赶到炳奎家里的时候，炳奎正木然地坐在院子里，他的身旁是披头散发的三民。三民的衣服丝丝缕缕的，很明显那是被人撕碎的。炳奎说小子你来了，三民被骆天忠的人轮流睡了。我以为三民这下一定死了，没想到三民没死。炳奎一边说着话，一双烂眼也不停地淌着泪。炳奎说我没给他们钱，我的血汗钱凭什么要给他们？没有人知道我把钱藏在哪儿了。哈哈，没有人知道，连你都不知道。我没给他们钱，他们就死命折腾三民……陈小春看到三民在冲自己笑，牙齿依然很白，嘴角却流着涎水。操我呀，三民说，快来操我呀……哈哈哈……

陈小春终于发现自己的脑袋大了，并且嗡嗡响着。陈小春没有把三民当作自己的女人，但是三民疯了，三民疯了的原因是炳奎不肯把钱交出来。陈小春走到炳奎面前，炳奎正在算账，仔细掰着指头算他的账。陈小春说，老畜生，老畜生。炳奎疑惑地抬起头来看着陈小春，陈小春又吐了一口痰在炳奎的脸上。痰沾在了炳奎的烂眼上，炳奎清楚地听到陈小春说，老畜生，炳奎你是老畜生，你守着你的银圆去死吧！

陈小春转身走了。很长一段时间，炳奎才开始大哭起来。炳奎一边哭一边捶胸顿足地骂，鼻涕糊得满脸都是。炳奎抑扬顿挫的骂声吸引了不少人，他们挤在炳奎家的院门口。三民走过去，很认真地对门口的所有人说，来操我吧，快来操我吧……

人群里爆发出一阵大笑后，忽然又重归寂静，然后大家默默地转身离去。

陈小春走过阿岁太公门口时，阿岁太公正在编一双草鞋。阿岁太公看了小春一眼，说你是炳奎的儿子吧。陈小春说不是，我是快枪手陈小春，炳奎怎么可能会有这么好的儿子。阿岁太公说，你是快枪手，你要真是快枪手，你就去提了骆天忠的人头来，我这儿有一坛好酒，我送给你，然后你发个毒誓。陈小春说：好，我发毒誓，发最毒的毒誓，如果我不杀了骆天忠，就让我被火烧掉一张脸，被狼吃掉一只胳膊，然后被蛇咬掉舌头，被人打断一双腿，不小心让针刺瞎一双眼，耳朵被毒蜂叮聋，然后在走路的时候不小心头摔在石头上，撞一个碗口粗的大洞。还没等他说完，阿岁太公已经将一坛酒放在地上了。

陈小春抓起酒坛往家里走，陈小春边走边往嘴里倒酒。在离家不远的土埂上，陈小春跌倒在地上，四仰八叉地躺在了土埂上。陈小春一睡就是三天三夜，他醒来的时候，看到陈小巴在吹一个哨子，而丁香腆着肚子坐在他的身边。那是一个月明星稀的夜晚，陈小春看到丁香和陈小巴的剪影在他面前晃动，然后逐渐清晰。陈小春打了一个酒嗝，猛地抱住丁香。陈小春说，丁香，我要杀了骆天忠。丁香笑了，一缕垂下的头发在她的腮边飘来飘去。丁香柔声说，你杀骆天忠吧！我现在怀孕了，很喜欢挑食，最想吃的是骆天忠的肉。你杀了骆天忠，就把他的心挖出来，剖开洗干净，放在黄酒里浸一浸，然后切成片，要薄，再用开水泡一泡，捞起来，烧旺火，锅要红，油要多，放一些大蒜和葱末，爆炒一会儿，端给我吃，好不好？

陈小春点了点头。陈小春点头的时候一颗启明星升起来。陈小巴停止了吹哨子，说，爹，你要是战败了，我长大后一定也要杀骆天忠，因为他杀了陈来。他什么人不好杀，偏要杀了陈来。

5

所以说陈小春做不成合格的农夫了，几乎所有的时间他都在忙，所有的丹桂房人都见到了陈小春骑着不伦不类的瘦马在大路上走来走去。陈小春找到吉吉时，吉吉已经脱下绸衫换上了一件粗布衣服。吉吉在院子里用刀削一把锄头柄。吉吉告诉小春说骆天忠抢走我不少钱，现在我已经比不过炳奎了，炳奎不知把钱藏在哪儿了，却让三民遭了殃。这个丹桂房最狡猾的狐狸已经成为丹桂房的首富了。我必须亲自下地，从昨天开始我辞退了两名老妈子和一名长工，我有三个老婆，为什么不可以顶替两个老妈子干活？我穿上粗布衣，看上去就像是地道的农民，我要亲自做长工，把失去的钱攒回来。说着说着吉吉已经削好了锄头柄，他麻利地装上锄头，然后他扛起锄头赤着脚向院子外走去。陈小春说吉吉叔，我想让你出点钱买枪，我想组织自卫队，我已经答应丁香了，我还答应了阿岁太公，一定要斩了骆天忠。我不斩了骆天忠，叫我"陈"字倒写。吉吉白了陈小春一眼，吉吉说你为什么不向炳奎要钱，他出多少，我就出多少。说完吉吉走出了院子。

　　这时候陈小春看到了吉吉的三姨太爱莲。爱莲一步步从亭子那边过来了。看到陈小春，就问你是谁。陈小春说我是陈小春，我本来是著名的快枪手，现在不是了，现在是丹桂房的老百姓。爱莲吃吃地笑了，吃吃，吃吃，吃吃吃。陈小春的心猛地痛了一下，又痛了一下，再痛了一下。爱莲说你身边那头瘦牛怎么没有长角？陈小春说它不喜欢长角，它是马，军马懂不懂？爱莲又吃吃笑了。爱莲说我能不能骑它？陈小春说能，当然能。陈小春扶爱莲上马，陈小春两手扶着爱莲的腰，他触到了一种绵软的风情，让他的心打着一个个激灵。然后陈小春牵着马，马驮着爱莲，在丹桂房走来走去。所有干活的农民都看到了这样一幅不伦不类的画面。而陈小春走在阳光底下竟感到脑子空荡荡的。他牵着马漫无目的地走着,他想爱莲像婉云,丁香也像婉云,婉云在哪里呢?

爱莲骑马的事情终于被吉吉知道了。吉吉把十九岁的三姨太按在门槛上狠狠揍了一顿。吉吉说什么不好骑,去骑那匹瘦马。吉吉揍爱莲的时候,他的老婆和二姨太站在一旁嘴角挂着得意的笑。吉吉的老婆和二姨太在吉吉讨了爱莲后,突然发觉吉吉来他们房间的次数越来越少了,所以她们很快成了一对姐妹,而爱莲成了她们眼中的一枚小刺。

爱莲被打了一顿后没有哭也没有闹。爱莲十九岁以前是邻村大竹院一个普通的村姑,村姑在河边洗衣服被吉吉撞上了。吉吉看到村姑由于蹲着洗衣的缘故后背露出一小片月牙儿。多好的月牙儿呀,一下子勾走了吉吉的魂。吉吉想,我要月牙儿,我一定要月牙儿。穿绸衫的吉吉马上带着银圆上路,叮叮当当会发出好听声音的银圆让爱莲父母迫不及待地把女儿嫁给了吉吉做小。过门的时候,吉吉说,月牙儿,我是丹桂房最富的人,我有八十三亩地,有十头牛、二十头猪,当然还有长工和老妈子,有大瓦房。现在你就是天底下最幸福的月牙儿了。

陈小春再次来到吉吉家时,在院里又看到了爱莲。爱莲朝他轻轻笑了笑,没说话,转身走了。陈小春看着爱莲穿旗袍的身影渐渐远去,眼泪就一滴滴往下掉。他纵身跃上马,马在丹桂房的大路上开始奔跑,陈小春的眼泪也在奔跑着,许多丹桂房人都在想这个骑着马哭的年轻人是不是疯了。小春没有疯,这天他像一条狗一样窜这家进那家,他进了陈兴福的家,又进了炳奎的家。陈兴福说这个家被我输穷了,我还只剩下一杆猎枪,我跟你干。炳奎说小子我的钱不能为你买军火,我这把老骨头可以给你挡子弹。但是千万别把我一枪打死,因为我的钱还没来得及用完。陈小春很生气,陈小春说老骨头你变成守财奴了,你连三民都不顾,你已经不是我爹了,你甚至已经不是人了。说这话时陈小春看到了在阳光下梳头的三民,三民很安静,傻傻笑着,看着陈小春。

陈小春又找到大朝大义两兄弟,他们已经答应给炳奎做长工了,他们还答应在不影响为炳奎出工的前提下可以考虑参加陈小春的自卫队。此外,还有村里的三名光棍自愿参加,然后,陈小春开始进一步地招兵买马。陈小春几乎走遍了丹桂的每一户人家,陈小春说,你是丹桂房人吗?是的话,勇敢站出来。

陈小春出了一趟远门,这趟远门花去了陈小春一个月时间。陈小春出门之前在院子里告诉丁香说,我不做陈来了,我不做农民了,从今天开始我要做我自己,做陈小春,做著名的快枪手。我要给陈来报仇,给三民报仇,给许多丹桂房人报仇。说完陈小春跨上了瘦马,嘚嘚的蹄声中丁香和儿子陈小巴泪眼迷蒙地望着意气风发的陈小春远去的背影。丁香的眼泪一直都在幸福地流着,后来她索性坐在地上号啕大哭。丁香说,陈来啊,报仇有望了。丁香的哭声中,陈小巴掏出铁哨一阵猛吹,哨音划破宁静的丹桂房。

陈小春离家远行的一个月里变化最大的是丁香的肚皮,不知不觉又向外延伸了一圈。陈小春灰头灰脸牵着瘦马回来时,丁香叉着腰腆着肚子在院子里迎接他的到来。陈小春从瘦马上卸下两个鼓鼓囊囊的麻袋,这天夜里,吉吉来了,大义大朝陈兴福还有其他一些人都来了。他们先是在陈小春和丁香家那盏明明灭灭的油灯下发了一会儿愣,然后他们离去时都带走了一样东西。而吉吉在带走东西之前，很慷慨地留下一个小小的木箱，木箱里装着一些银圆。吉吉在陈小春肩上拍了拍。吉吉说，你爹炳奎比骆天忠还可恨，陈小春承认了，点点头没说话。

接着，著名的快枪手陈小春在桑园地里教人射击，学得最认真的竟是吉吉。三民的影子也在桑园地里闪来闪去，三民对练习射击的人说，来操我，快来操我。大家都没笑，都看了陈小春一眼。陈小春走过去，猛地一拳把三民击昏了，然后他把三民驮在肩上送回炳奎家。他把三民放倒在床上，然后盖上薄被，然后他忽然流泪了。他已经无数次流泪，为此他自己抽了自己无数次耳光，战场上出生入死的人，怎么学会落泪了？

再接着，丁香为陈小春生了一个儿子。在陈小春的儿子陈小飞双满月之前的每一个日子，丹桂房都很平静。陈小飞的名字是私塾先生陈茂取的，陈茂的酒糟鼻由于酒喝得太多的缘故，所以老是通红通红。他让人取来墨笔，龙飞凤舞地写下三个大字：陈小飞。陈小春喝醉了，他看到陈茂长长的指甲里嵌着污泥，不由得大笑起来，哈哈，陈茂你的指甲，你的指甲……

日子像水一样流掉了，陈小春一直都知道骆天忠还会来，所以陈小春一直都等着这一天。人们没见过陈小春身上有多少把短枪，也没有人见过陈小春拔枪的速度。丁香很尽职地哺育着陈小飞，院子里陈小春和陈小巴种下的香椿在渐渐长大。陈兴福还是喜欢赌，并且一如既往地输得很惨，但他一直都没舍得把那杆猎枪输掉。骆天忠终于在水一样的日子的某一天来了一趟丹桂房，骆天忠知道有个叫陈小春的想反抗他后冷笑了一声，然后他一挥手，马上有一百多人拥着他，并且用最快的速度包围了丹桂房。

6

  陈小春的自卫队二十余人和二十余杆枪已经分组架在了隐蔽的阁楼上，这让分几路人马进村的骆天忠受了很大的损失，不知从哪一个方向飞来的子弹都有可能击中他或他的手下。结果是不到一炷香的工夫，骆天忠的手下就只剩下一半了，这让骆天忠很害怕，背脊心凉飕飕的。而在他们东一枪西一枪进行民与匪的战斗时，丁香敞着怀正在给陈小飞喂奶，边喂奶边告诉陈小飞，你爹去杀骆天忠了，杀了骆天忠我们就吃他的肉。所有的丹桂房人都躲在家里没有出门。炳奎在他的屋子里熬粥，他准备熬一锅粥送给自卫队，以显示自己的拥护之心和慷慨大方。他甚至想好了送粥时该说的话：勇士们，你们一定饿了。

  其实这场战斗并不激烈，至少身经百战的陈小春是这样认为的。陈小春左一枪右一枪击毙了不少匪徒。骆天忠恼了，说，烧。立即有一幢民房起火，再一幢，又一幢，哭爹喊娘的声音传来。陈小春忽然听见三民声嘶力竭的声音，来操我，快来操我，来操我呀，快来操我呀！火光熊熊，陈小春跃上了瘦马，他能分得清逃来窜去的哪是土匪哪是村民。这时候，他远远看见了骆天忠。

  陈小春开枪之前，他一直远远看着骆天忠。陈小春不认识骆天忠，但他断定不远处那个络腮胡子就是骆天忠。当骆天忠发觉远远地有一个骑瘦马的人时，马上也断定就是陈小春。于是他本能地举起了枪，但他忘了陈小春是快枪手。他没来得及扣扳机就倒下了，所幸的是他没有死，被他的一群喽啰拖走了。

三民兴奋的声音戛然而止。陈小春的心凉了一下，他知道三民中枪了，一定是中枪了，这个吴木匠的女儿，这个做了炳奎儿媳妇却始终有名无实的人，这个牙齿像雪一样白、身板像屏风的人，一定是中枪了。

到处是火光，到处都是人的喊声。当火光熄灭余烬袅袅时，陈小春骑着瘦马走遍了丹桂房。三民死了，陈兴福也死了。陈兴福的老婆，那个喜欢挑水的女人一直都坚持用一种嘹亮的声调哭喊着陈兴福的亡魂。陈兴福输了一生，最后却用生命赢了一回。

炳奎也死了，炳奎被一颗不知从哪儿飞来的流弹击中，他奄奄一息地躺在一口大锅旁。大锅里的粥正噗噗翻滚着冒着泡，炳奎首先说，勇士们，你们一定饿了。然后他一直都在啰啰唆唆地和陈小春说话，小春，我家的地就要成为丹桂房最多的了，可惜我连绸衫都没穿过。小春，我快要死了，一定是要死了，银圆埋在院子里那棵树下，全部归你了。记住，隔壁阿木佬借走我们一勺盐还没还。还有，给我的棺材用松木的，松木便宜，板不要太厚，我脚后的长明灯，多剪剪灯芯，灯芯长了太浪费油……

最后，陈炳奎不说话了。

之后的几天里，陈小春一直在忙着张罗把炳奎和三民送上彩仙山的百步界。百步界是个向阳的好地方。陈小春跪在坟前，点燃了一件请吴裁缝定做的绸衫。陈小春说炳奎，绸衫你收好，在那边不要太辛苦，像吉吉一样穿着绸衫在村里晃来晃去多好。陈小春又说，三民，委屈你了，你真的做了陈家的鬼，我会杀了骆天忠。我已经对不起你了，我不能让别人也对不起你。

然后陈小春回家了,他感到很累,倒头便睡,睡了两天两夜。丁香抱着陈小飞一直守在他的身边。陈小春醒来的时候,看到丁香正在给陈小飞喂奶,洁白的乳房闪着白光,陈小春感到一种前所未有的温情。陈小巴坐在一张长条凳上,专心地替陈小春擦着那几把短枪。

7

然后陈小春的身影开始出现在丹桂房,陈小春看到丹桂房已经是一片狼藉了。阿岁太公守着他辛辛苦苦养了一年的猪,猪本来是白白胖胖的,但现在被骆天忠的一把火烧焦了。阿岁太公说,真狠啊,真狠啊,猪又没惹他,他却把猪烧焦了。丹桂房死了一些人,那些死了亲人的人都用一种木然的目光望着陈小春。他们一致认为如果陈小春不组织自卫队,骆天忠下山来最多也就是抢一些粮食和睡个把女人。陈小春在丹桂房转来转去,打听骆天忠有没有死的消息。所有的人都对陈小春很冷淡,这让陈小春备感寂寞。

陈小春把炳奎留下的银圆挖了出来。银圆埋在院里大树下。陈小春挖到了两个坛,坛用黄泥封着。陈小春挖出泥坛时,院子里涌进不少丹桂房人,他们很自觉地围成一个圈,静静地看陈小春抡起锄头砸破了泥坛。白花花的银圆从破坛里流了出来,丹桂房人的眼睛不约而同地眯成了一条线。陈小春说排队排队,丹桂房人又很自觉地排起了队。他们从陈小春手里接过银圆时心里忽然猛跳起来,别人的银圆,怎么一下子成了自己的呢?

陈小春多给了陈兴福老婆几块银圆。陈兴福老婆自从陈兴福被乱枪击中后就哭哑了嗓子。这个喜欢挑水且力气蛮大的女人因为突然死去了专门输钱专门打老婆的丈夫而痛苦万分。接过陈小春的银圆时,这个女人对小春说,陈兴福死了,他还没来得及把这个家输完就死了,他还没打够我就死了。小春你不知道陈兴福的出手有多准,有多狠,他把我按在门槛上,把我的头打得像钵头,如果他能活过来,我情愿他把我也输给人家,情愿他把我的头打成像水缸一样大。这个女人边哭边专心地数着陈小春给她的银圆。陈小春没说话,陈小春将两个泥坛的银圆散尽后,告诉丹桂房的每一个人,希望参加自卫队,银圆拿回去造房子。第一条丹桂房人不怎么感兴趣,第二条他们很容易就做到了。丹桂房掀起了大兴土木的高潮,那些被火烧毁的房子几乎在很短的时间内重新拔地而起。

然后陈小春感觉到很累了,这次他只睡了一天一夜。在他睡觉的一天一夜里,陈小巴一直都没吹口哨,就连出生才两个月的陈小飞也停止了哭喊。在这静谧的氛围中,丁香一直都在轻手轻脚地料理家务。陈小春醒来的时候,是第二天的黄昏时分。丁香给他煮了一碗面,在他稀里哗啦吃面条的时候,陈小巴端过来一盏油灯。油灯明明灭灭的火光中,陈小春看到了陈小巴胸前挂着的那枚铁哨,看到铁哨使他想起了梅岭镇的那场战斗。他们还睡在床上,就被八路军围住了,围住之前的那天傍晚,团长还亲口许诺要提陈小春做团参谋,所以这天晚上陈小春一直都睡得很香,一直都在做着美梦。他的美梦是被八路军的枪声惊醒的,他跑出了梅岭镇,他之所以带着团长的三姨太婉云一起跑出梅岭镇完全是因为婉云那好听的笑声,吃吃,吃吃,从屏风后头发出来。

陈小春一边回忆往事一边吃面,面吃得差不多的时候,回忆也就结束了。陈小巴端走陈小春的空碗,然后丁香抱着陈小飞坐到了小春对面。丁香说骆天忠还没死,只是被你打瞎了一只眼。骆天忠成独眼龙了,独眼龙配上络腮胡子,他就更像土匪头子,我没吃到骆天忠的肉,但是不要紧,日子长着呢,我一定要吃骆天忠的肉。丁香的一缕头发耷拉着,她说话的口气很平缓,但也很坚决。她说话时没有看陈小春,而是低头看着怀中的陈小飞,并且用一只手指拨弄着陈小飞的小嘴。

这时候传来了狗的叫声,先是一只,然后是一群。陈小春忙冲出屋去,在冲出屋之前,他平静地告诉丁香,把门关上,看好小巴和小飞,看样子骆天忠又来了,一定是骆天忠这个天杀的又来了。丁香看着陈小春的影子消失在夜幕中,然后她关上门,她关门的时候叹了一口气,又叹了一口气,再叹了一口气。丁香一直都在叹气,叹这个著名的快枪手,因为看到她挑水以后就跟上她了,就为她受了不少苦。这时候,噼里啪啦的枪声密集起来,像炒豆一样。丁香忽然看到陈小巴手里竟捏着一根油蓝的短枪,嘴里含着陈小春送给他的铁哨。小巴说,我要做像爸一样的人。丁香说你还小。小巴说我不小了,我已经扣得动扳机了。由于他嘴里一直都含着铁哨,所以他的发音有些含混不清。丁香从小巴身上看到了亡故先夫陈来的影子,陈来就因为太喜欢出头,而做了冤鬼,陈来只说了一句骆天忠你别太过分,就被骆天忠一枪击中了脑壳。想到陈来破碎的脑壳,丁香胃里就冒酸水,那白花花的脑浆染满了丁香铭心刻骨的记忆。

丁香一直都关着门,她不知道外面的情况,只听到枪声乱响。她根本不知道陈小春只有一个人在黑夜里钻来钻去,东一枪西一枪地与骆天忠的人马周旋着。骆天忠戴着一只眼罩,由于头很大的缘故,看上去就显得很滑稽。骆天忠发誓要斩了快枪手陈小春,斩了吉吉,因为吉吉出了许多银圆买枪。这天夜里,吉吉的大瓦房被骆天忠放火烧得精光。吉吉在熊熊的火光里手舞足蹈,看到的人都说吉吉像跳大神,吉吉跳大神的样子已经很规范了。吉吉边跳边喊,我的汗白流了,我一辈子的汗都白流了,银圆没了,瓦房没了,我还要三个老婆做什么?我就快变穷人了,哈哈哈,我得自己养活自己了,哈哈哈……

骆天忠站在他的身边,看着吉吉在房前的空地上又唱又跳。一个喽啰把枪指在了吉吉的脑门上,骆天忠摆摆手,笑了。骆天忠说让他活着吧。说完骆天忠轻轻拍拍手说,今天夜里一定要干掉陈小春,他打瞎我一只眼睛,不干掉陈小春我就睡不好觉。喽啰们呼啦啦地向丁香的房子冲过去。

骆天忠刚走,陈小春就赶到了吉吉家门口,吉吉还在又唱又跳。陈小春看到了吉吉的三姨太爱莲赤着一双脚,熊熊的火光在她的身后燃烧着。爱莲被吓怕了,很安静,很安静地看着空地上的两个人,一个是让她骑了回瘦马的人,另一个是因为她骑了瘦马而揍了她一顿的人,揍她的人很兴奋地跳着喊着,让她骑马的人走过来,牵住了她的手,她就跟着陈小春走了。

陈小春和赤脚的爱莲站在穿路廊,阿发太公也站在穿路廊。阿岁太公说陈小春你说你是快枪手,你太会吹牛了,你喝掉了我一坛酒,你说过不杀骆天忠你就被狼咬被蛇咬被毒蜂叮的,你骗走我一坛酒,你还算什么快枪手?呸,你是丹桂房最软最软、软不啦唧的软虫。

匪声 | 023

陈小春拉着爱莲的手，一直都没有说话。他们看到了村西头的一间房子突然火光熊熊，陈小春就开始淌眼泪了。炳奎死了，三民死了，现在丁香、小巴、小飞恐怕也会死了，还有那匹跟了他许多年的瘦马，那匹婉云和爱莲都骑过的瘦马恐怕也要死了。丁香说要吃骆天忠的肉，但她还没吃到骆天忠的肉，房子就被烧了，她差不多应该已经被烧死了。陈小春的眼泪飞快地淌着，很像是跑步的速度。喽啰们嘈杂的声音又传过来，杀了陈小春的吼声传过来。陈小春捏紧爱莲的手说，爱莲我要走了，我已经没路可走，所以我一定要离开丹桂房。爱莲说我跟你走，可是我赤着脚，不能走路。陈小春说我背你。爱莲就让陈小春背着她走。阿岁太公喊，陈小春你个软虫，把那坛好酒还给我。陈小春没睬他，背着爱莲飞跑起来，一会儿消失在丹桂房那没有尽头的夜色中。

8

又一个三月来临的时候，陈小春和爱莲走在大路上。路旁的野花开得很旺了，青草的气息扑面而来，让陈小春和爱莲莫名其妙地打了无数个喷嚏。这时候已经不是陈小春背着爱莲走了，陈小春为爱莲买了一双布鞋和一截红色的头绳，所以爱莲必须自己走路了。头绳是从货郎手里买的，爱莲除了看中头绳外，还看中了货郎手中的拨浪鼓。货郎不肯卖掉拨浪鼓，只允许爱莲多摇一会儿，这让二十岁的爱莲很扫兴。为此爱莲摇着拨浪鼓跟着货郎走了不少路，才恋恋不舍地把鼓还给人家。陈小春为爱莲亲手扎起了头绳，然后他们朝着北面走去，一路上的阳光都很明媚,蜜蜂蝴蝶绕着他们飞来飞去。路上他们不时碰到一些伤兵,伤兵被东一块西一块的纱布包扎着,断手断腿的伤口流着脓血,勤劳的苍蝇就一直跟着他们走。陈小春告诉爱莲梅岭镇被八路军攻下的事,告诉爱莲这一路上的伤兵都是前线溃败下来的,他们很可怜,他们正赶往自己的老家,他们的老家有白发苍苍的父母和差不多望断了脖颈的老婆孩子,所以他们恨不得插上翅膀飞回老家。说到这里陈小春的鼻子就发酸了,陈小春对爱莲说丁香、小巴和小飞很可能被烧成焦炭了,我一定要替他们报仇,我不报仇我就真的成软虫了。在他们走到一个叫西亭的小镇以前,他们一直都在唠唠叨叨地说话。爱莲告诉陈小春,她要是不去河埠头洗衣裳就不会让吉吉撞到,就不会嫁给吉吉做小,很有可能会嫁给村里的小木匠阿牛。村里的小木匠阿牛老对她吹口哨,一吹两吹吹动了她的春心,可是阿牛除了壮实的身坯外就什么都没有了。爱莲说我只能嫁给吉吉,我有什么办法呢?我只能嫁给吉吉。于是就叹气,陈小春也陪着叹气。接下来是陈小春给爱莲讲,他和团长的三姨太逃出了梅岭镇,陈小春让婉云骑马,买烧饼给婉云吃,讲笑话给婉云听,让婉云在瘦马上笑得花枝乱颤。在婉云的笑声中,陈小春就感动就幸福,陈小春差点掉进婉云的两个小酒窝里淹死了。陈小春告诉爱莲说老天为什么会造漂亮的女人,爱一个人是没有理由的,爱了就爱了,就像陈小春爱上团长的三姨太婉云。婉云的笑靥在陈小春心里打了一个结,接着陈小春因为丁香很像婉云而和丁香生活在一起。现在陈小春又和爱莲在一起了,陈小春说婉云死了,那么美的一个人忽然生病死了,死在一家简陋的旅馆里,死得凄凄惨惨。那时候陈小春没钱了,

匪声 | 025

他只能抱着婉云上山，挖了一个深坑埋了婉云。婉云连棺材都没有，陈小春觉得委屈了婉云，所以他在小小的坟包四周种满了花草。然后他骑着瘦马回到丹桂房，遇到阿岁太公，并且在那个冬天看到炳奎和三民在门口挂灯笼……

陈小春和爱莲都有些伤感，他们一边说话一边赶路。爱莲说小春我们一路走着要到哪里去，小春说我要去找八路军，我是快枪手，难道我想当八路军都不成吗？然后我再杀了骆天忠，我要剖他的心供炳奎和丁香、三民之灵。爱莲说那我怎么办。陈小春说你跟我走，你可以做女八路，女八路剪短发，戴八角帽，穿灰军装，扎皮带，扎绑腿，皮带上别一支驳壳枪，这身打扮喜欢不喜欢，喜欢就跟我陈小春走。

于是爱莲就跟着未来的八路军陈小春走，于是就走到了一个叫西亭的小镇，于是黄梅雨就开始纷纷扬扬洒下来了。在一间简陋的旅馆里，戴眼镜的大夫把着陈小春的脉，大夫说内火攻心，加之受凉，得了风寒。大夫开了方子，于是，中药的味道就一直弥漫在陈小春和爱莲租住的房子里。

身边的钱很快用完了，著名的快枪手一点力气都没有，乖乖地躺在床上。爱莲为他煎药，为他擦洗身子，更多的时间里，他们默默相对坐着，把目光交织成一片网，然后铺天盖地地抛向窗外。窗外的黄梅雨落得正欢，而陈小春和爱莲一直都没有成为他们想要成为的八路军。

陈小春的药已经断了几次了，陈小春在床上对坐在床沿的爱莲说，爱莲你走吧，我恐怕不行了，参加八路军的任务交给你，为丹桂房人报仇的任务也交给你，你走吧。爱莲说，我走时自然会走，你不用催，我知道你是好人，是优秀的快枪手，你把银圆分给大家时我就知道你是好人。某一个清晨爱莲真的走了,走出去后,就一直没回来。店小二给他煎药送药,店小二告诉陈小春,爱莲给了钱让他买药,店小二还告诉他,爱莲不回来了。

陈小春失神的眼就一直望着窗外,泪水无声地滑落下来,一会儿荞麦枕头就湿了一大片。陈小春对自己说,阿岁太公说得对,我是软虫,我到处欠人家的,这次又欠爱莲的了。陈小春想爱莲一定是把自己卖了。

爱莲确实把自己卖了。在盘缠用尽之后,爱莲想来想去值钱的只有自己了。爱莲没有犹豫,她在头上插了一根稻草然后很从容地走向了西亭镇的集市。爱莲头上的草在风中轻轻摆动,爱莲告诉所有围拢来的人,亲人病了,就把自己卖了给亲人治病。爱莲说我能挑水、能做饭、能干所有的家务,能做合格的用人,要不要?很便宜的,你们要不要?爱莲长得不错,所以很快被一个中学校长买走了。校长长得像一只瘦猴,爱莲默默地跟着瘦猴走了。爱莲去中学校长家之前,把钱和药方交给了旅店的小二。爱莲对小二说,你一定要给陈小春煎药,陈小春是著名的快枪手,他还有许多事情要做,死了太可惜。然后爱莲就去了校长家,去开始过一种用人的生活。

陈小春能够起床时,已经是夏天了。陈小春走出旅店,暴热的太阳晒得他睁不开眼,夏天的气息一阵阵钻进陈小春的鼻孔。陈小春对自己说,夏天到了,我得赶快去找八路军。在赶往下一个县城的每一条路上,他都在想着爱莲一定是把自己卖了,不然怎么会有钱给自己买药?陈小春说要让爱莲做女八路的,结果却让爱莲把自己卖了。陈小春的心针扎一样痛起来。

路上还有三三两两的伤兵,偶尔有几架飞机从头顶飞过。除了伤兵之外,当然还有逃难的人群。陈小春混在人群里,他想,著名的快枪手成了不折不扣的难民了。

9

五连长说,团长,我们开始剿匪吧!我跟你打了这么多年仗,击毙了这么多敌人,可我最喜欢的还是剿匪。团长点了点头,说,县城攻下来了,老百姓挥着小红旗把我们迎进城,现在他们打铁的打铁,做木匠的做木匠,做小生意的做小生意,他们安定下来了,我们剿匪吧!团长是山东人,团长最后用山东普通话说,五连长,俺把剿匪任务交给你了。

五连长带着一连人马赶到了山脚。五连长对手下们说,同志们,这座山上住着一个独眼龙,他的名字叫骆天忠,我们的任务是把骆天忠和他的手下消灭掉,同志们有没有信心?同志们就说,有。同志们和五连长一样,都是洗掉了泥巴穿上军装的苦出身。同志们和五连长不同的是,五连长是一名快枪手,枪法又准又狠,所以五连长从同志们一步步变成了五连长。现在五连长挥了一下手,同志们就一下子散开了。

五连长率领的到底是身经百战的正规军,没多长时间,就占领了整个山头。五连长一枪都没开,五连长要把子弹留给骆天忠,在五连长发现骆天忠并且扣动扳机之前,骆天忠的许多喽啰早已跑掉了。喽啰们一致认为种田好,共产党分田了,把原先属于地主的那些田分给大家,只要把汗水流到田里,就不会挨饿,而天下安定了,做土匪只会挨枪子儿。喽啰们把枪丢在山上，今天三个、明天五个跑掉了，剩下几个就是宁愿流血不愿流汗喜欢做土匪的人了。五连长看到了在山坡上仓皇地窜来窜去的骆天忠，激动得眼睛都发红了。五连长扣动扳机，打中了骆天忠一条腿，再扣动扳机，打中了骆天忠拿枪的手。骆天忠躺在地上痛苦挣扎的时候，五连长和同志们已经跑过来站到他身边了。五连长一枪一枪地往他的手上腿上打，就是不打胸部头部。打得骆天忠血肉模糊，肠子都流出来了。骆天忠用愤怒的左眼盯着五连长。骆天忠说，陈小春，我死得值了，丁香被我烧死了，陈来被我打死了，炳奎被我打死了，我还睡了那么多的丹桂房女人，我死得值了。

五连长掏出了匕首。五连长在骆天忠还没有死之前开始掏心，锋利的匕首割开了骆天忠的胸膛。山上传来骆天忠的惨叫，让同志们听得有些毛骨悚然。五连长捧着骆天忠热乎乎的心，心脏还在五连长手里轻轻搏动。五连长说同志们这就是土匪的心脏，但它看上去和好人的心脏一样。五连长又说，同志们回部队吧！同志们呆呆地看着五连长飞也似的跑下山，又跑上另一座山。同志们都说，五连长好像有毛病了。

五连长在彩仙山的百步亭对炳奎说，炳奎，我不能叫你爹，我说过你不是我爹，所以我只能叫你炳奎。炳奎我是快枪手陈小春，现在是五连长。打死你的那个人我把他毙了，我替你报仇了。你的那些地早就被人分了，要那么多地干什么？你在那边不要太节约，辛辛苦苦省下钱来说不定什么时候又不是你的了。

五连长又对三民说，三民，我说过让你回大竹院的，你偏不回。说什么也是我欠了你的，我在你面前立一块碑，写上陈门骆氏三民之墓好不好?

五连长对丁香说,丁香,我知道你肯定跑不出那场火的,小巴和小飞也一定跑不出的。今天我来看炳奎和三民,才看到你的墓也在这儿。我抽空把陈来的尸骨移过来和你放在一处好不好?你走前说喜欢吃骆天忠的肉,骆天忠的肉又不是猪肉,说买就能买到。现在我把他的心摘来了,你慢点吃,小心别噎着。

五连长边说边磕头。炳奎、三民和丁香埋在土里一声不吭,五连长的军帽上都是泥巴,五连长的眼泪鼻涕糊了一脸。五连长后来站在百步界大声喊,丹桂房我回来了。

五连长回到部队后马上被软禁起来。团长说俺以为你急吼吼地要去剿匪是想立功,原来你是想挖骆天忠的心。五连长的军装被扒掉了,枪被没收了,并且被关进一间黑房子。五连长说,骆天忠杀了炳奎,杀了三民,杀了丁香,杀了许许多多的丹桂房人,挖他的心是便宜他了,是看得起他。团长说,俺说不许挖就是不许挖,你知道你造成的影响有多坏?

五连长从黑房子里出来是半年后。五连长已经不是五连长了,他是陈小春。由于住了半年黑房子,陈小春已经是很白的一个人,白得像一介书生。书生一样的陈小春回到丹桂房,回到他和丁香住过的地方。陈小春看到这里有一片废墟,废墟旁边搭着一个很小很小的草棚。

看到废墟陈小春就想到几年前的那个晚上,他和爱莲站在穿路廊,望着村西头火光熊熊,陈小春背起爱莲就跑……

陈小春看到院里他和小巴种下的那棵香椿已经又高又大,香椿树下站着一个脏兮兮的小孩子。孩子长着一双大眼,胸前挂着一枚铁哨。陈小春说你是谁。小孩说我叫陈小飞,我爹叫陈小春,我娘叫丁香,我哥哥叫陈小巴。阿岁太公说我娘住到彩仙山的百步界去了,我哥哥跑到上海捡垃圾,有人说他就要变成发电厂的工人了,我胸前挂的铁哨就是哥哥留给我的。我爹是快枪手,他跑出丹桂房去打仗。阿岁太公说我爹以后要做官,阿岁太公还给我做了一间屋。陈小春看着阿岁太公给小飞做的那间小草屋,鼻子一阵又一阵地发酸。陈小春说我是你爹,我就是快枪手陈小春。陈小飞说,你跑出去那么久,丢下我和香椿树,你到底有没有做官?陈小春说我本来已经做了五连长了,因为我挖了独眼龙骆天忠的心脏,所以我又变成老百姓了。我们可以分到一块地,我和你一起做农民好不好?这时一群丹桂房人涌了进来。阿岁太公说陈小春你总算杀了骆天忠了,你喝了我一坛好酒,我们两清了。阿岁太公又说,好在小巴机灵,从火堆里抱着小飞逃了出来,可惜丁香被压在一根木梁下,烧成一截炭。陈小春没说什么,陈小春说我要做农民了,炳奎是种田的好手,我一定要超过他。

  陈小春牵着陈小飞的手,走过祠堂道地,走过了穿路廊。陈小春看到路廊里坐着吉吉,阳光暖暖地洒在吉吉那件脏兮兮的绸衫上。吉吉在捉虱子,用手指甲一掐,噗的一声,再一掐,又噗的一声。看到陈小春牵着陈小巴的手走过来,吉吉突然眼睛一亮,笑了。吉吉说,喂,我的三个老婆为什么一个个跑掉了?我的房子给骆天忠烧了,我的地怎么又给分了?我的东西,我流着汗挣回来的东西怎么一下子没有了?陈小春吓了一跳,没吱声。陈小春走出几步路,才听到吉吉说,又是一个傻瓜,连这点事都不知道。

陈小春背着锄头，怀里揣着一包豆子，他和儿子陈小飞一起去大路边的那块地里种豆。他对小飞说，儿子，我们去种地吧！我们去种豆子，我挖好一个个坑，你就往坑里扔豆子，我们以后就有豆子吃了。我们再种南瓜，我们就有南瓜吃。然后我们要养鸡、养鸭，然后我们造房子，再给小飞讨一个老婆，爹就可以抱孙子了，就可以过幸福生活了。

陈小春和陈小飞开始种豆。一会儿，陈小飞觉得种豆很无聊，他开始捉蚂蚱。他捉了好多蚂蚱，用细草串起来。陈小春不经意地一抬头，看到一个挎着小碎花布包的女人向这边走来，一步一步，再一步一步。走近了，陈小春大喊一声，爱莲。爱莲的布包掉在了地上，爱莲的脸上是阳光和泪水。爱莲说我回来了，我离开校长家回来了，我不做他家用人了，这几年我学了不少字，我教你识字。这是谁？这是小飞吧！我也教小飞识字。陈小春猛地抱住了爱莲。陈小春说爱莲你怎么可以把自己卖了，你以后不许卖自己，你跟我一起种地吧！我是快枪手，难道我连种地都不会吗？两个人泪水飞扬的时候，陈小飞停止了捉蚂蚱，呆呆地看着他们。陈小飞走过去，扯扯陈小春的衣角。陈小飞说，爹，她是谁？陈小春说她是你娘。

陈小飞重复了一句，她是我娘，阿岁太公说我娘住在彩仙山百步界的，难道娘下山了？对，一定是娘下山了，娘下山了。陈小飞抓起胸前的哨子，嘿嘿嘿猛吹起来，幸福的哨声窜来窜去，阳光绿草就纷纷扬扬地碎了。

干掉杜民

所以，要干掉杜民

杜民的第一件事情是，他太喜欢女人。

现在，让我来说说一座叫作丹桂房的村庄，这座村庄和其他的江南村庄没有什么两样。一样的小桥流水和竹篱茅舍，生活着许多的农民、小部分的富户、一户地主。现在，让我来说说现在的确切时间，一九三八年四月。那时候，我是一个年轻的东家，我的父亲陈老爷刚刚离世，然后我就由少爷变成了陈老爷。我不是主人公，我只是在这里给你讲一个故事而已。自始至终，杜民才是主人公。我要讲的，从杜民太喜欢女人开始。

杜民穿着青灰色的衣裳出现在丹桂房的一条弄堂口。其实他是一个美男子，他就站在弄堂的一小块光影下。太阳站得很远，太阳把光线也投得很远。四月，太阳总是想尽办法让大地温暖，升腾着一种热气。杜民把两只手插在了衣兜里，他的出场像一个明星。他的眼睛大而有神，眉毛很浓，个子高高的，走路虎虎生风。如果你是一个女人，你和他擦肩而过了，一定会回过头来看看他的背影。但是,杜民也是丹桂房最有名的懒汉,他没有土地,他仅有的财产就是一间破草房。他不喜欢工作。我家里有许多长工短工,但是他是不愿意来做工的。赵甲曾经在穿路廊对杜民说,杜民你为什么不愿意去陈老爷家做工?杜民盘腿坐在穿路廊的一块大石头上,冷笑了一下。过了很久,他才对赵甲说,你以为我是谁?我凭什么要给那个姓陈的做工?赵甲笑了,说你不做工你怎么养活自己?你没爹没娘没有老婆没儿没女,你以为你又是什么东西?杜民也笑了,我不做工我不是活得好好的吗?我还比你胖了很多呢,赵甲你看看你脸上一点肉都没有。我没爹没娘,我就省心为他们养老。我没有老婆,丹桂房的女人都是我的老婆。没儿没女,说不定你家儿子就是我帮忙生的呢。

这些都是赵甲告诉我的。赵甲的声音里透着一种愤怒。我正在屋檐下喝茶,丫头小凤在我给敲背。温暖的春风一阵阵吹着,赵甲说这些话的时候,我差点就要睡着了。我的手里捧着茶壶,茶水一不小心漏了出来,落在我的裤腿上,让我惊醒了过来。赵甲弯着腰,他弯着腰的样子,像一只河里的虾一样。后来我哈哈大笑起来,我说赵甲你长得真像一只虾,你为什么把自己长成一只虾?赵甲也笑了,他一笑脑门上的皱纹就紧急集合起来,像一堆在一起开会的蚯蚓一样。赵甲说,我就是虾,嘿嘿,东家你说我是虾我就是虾。温暖的春风一阵阵吹着,我就想,地里那么多的庄稼,一定在春风里发出了欢快的笑声。再过几个月,黄灿灿的谷子就会在长工短工的一阵忙碌后,进入我家的粮仓。小凤也笑了,小凤是我从街上买来的,小凤不是本地人,她的老家在嵊州,据说那儿全部都是山。推开家门,你看到的只能是山。小凤的头发上插着一根草标,她站在枫桥镇十字街口的南货店门口,她的脸上有着泥污,她的眼神已经散了,她的裤腿已经破了,她说她想把自己卖了,她要拿钱救她的父亲。我站在很远的地方看了她很久,街上到处都是晃动着的人头,我的目光越过了这些人头,看到一个一点儿也引不起人注意的姑娘。我的目光其实有点像刀子,我一眼看出,这个女孩子其实是长得很漂亮的,我看到了她脖子上的一片月白色。我对身边的赵甲说,赵甲,你去把她给我买来。然后我进了一间茶楼,我在茶楼里喝茶,听月娘在小茶楼里给我唱戏。月娘已经不年轻了,但是她的声音很年轻,我喜欢年轻的声音。月娘唱戏的时候,我看到一只手在她的脸上摸了一把,那只手是我的。月娘笑了,她笑起来的时候,眼角有了许多的皱纹。后来月娘侧着头,把一只白净的手伸到了我面前。我从口袋里掏出银圆,银圆滚入了她的手心里。银圆没有站稳,摇晃了一下才在月娘手心里站稳了。月娘一把握住了它,像握住了一种希望一样。我继续喝茶,月娘继续唱戏。没有很久,赵甲就把小凤带到了我的面前。赵甲对小凤说,这是陈老爷。小凤叫了我一声,叫得有些怯生生的。我笑了,我说,以后你就在我家里做丫头。

我讲了那么久,却仍然没有讲到杜民喜欢女人这件事。现在,让我来讲。杜民睡过许多丹桂房的女人,当然也许是有许多女人看上了长得英俊的杜民,半推半就就把事情做了。杜民曾经在村子里和毛大吵过一架,毛大像一只兔子一样在地上乱跳,说杜民有一天我会宰了你。杜民只是站在空地上冷笑,他喜欢把两只手插在衣兜里,这是他最惯常的姿势。没过几天,杜民就悄悄跟着毛大的老婆去了麦地。毛大老婆一点儿也没防备，就被杜民扑倒在地上。毛大老婆拼命地抵挡着，但是，她没能挡得过男人的力量。杜民冲进毛大老婆的时候，令毛大老婆倒吸了一口凉气。她用拳头捶打着杜民，她说，你这个杜民你这个杜民。她一直都在重复着这一句话，这句话的声音却在渐渐弱下去，最后变成了一种呻吟。我能如此详细地说出事情的经过，是因为杜民喜欢坐在穿路廊的那块大石头上，对许多人说，女人是不一样的。女人都是柔软的，都是水做出来的，但是水也是不一样的。水有冷水，有热水，有温水，有硬水，有软水，女人当然也有许多种。杜民讲这些的时候，身边就会围着一大群人。杜民告诉这些人，镇上红楼里的小红是一种什么样的水，茶楼里唱戏的月娘又是一种什么样的水。人们就咂着嘴巴，就想象着这水和那水。然后，杜民会说村里谁谁谁的老婆叫声很响亮，谁谁谁的老婆一动也不会动像僵尸一样，谁谁谁的老婆能上蹿下跳，像一只白毛猴。

杜民能如此得意地讲这些荤事，当然会引起许多做了乌龟的男人的愤怒。杜民在温暖的风中讲得津津有味的时候，某户人家的家里肯定有一个男人按住自己的老婆一顿暴打。毛大老婆也曾经肿着一张脸在穿路廊找到了杜民。她推开了人群，她看到了讲得正起劲的杜民。她的脸上没有表情，只是盯着杜民看。杜民一下子愣住了，杜民没有想到有一口痰落在了他的脸上，这口痰当然是从毛大老婆口里吐出来的。毛大老婆说，畜生，你这个畜生，只知道做事的畜生。杜民用手抹掉了脸上的痰，突然说，你回去告诉毛大，他再敢打你，我就再干你一次。

我喜欢小凤给我敲背，小凤是个温婉的女人。她没有学过敲背，却可以把背敲得那么好。我也喜欢赵甲把腰弯成虾的模样，站在我的面前告诉我村子里最近发生的一些事，或是家里最近的收支情况。我是一个喜欢喝茶的人，其实我一天到晚都在喝茶，我端着那把宜兴产的茶壶，在院子里走来走去。我不太喜欢出门，喜欢坐着，喜欢眯着眼看着阳光一点点向西斜过去，喜欢在阳光底下打盹儿。下人们都说陈老爷这个人暮气沉沉的，一点儿也不像已经故去的老爷。这也是赵甲告诉我的，听了这话我就笑了，我说我为什么一定要像我爹。我爹为了聚财，把自己搞得太辛苦，把自己的命都丢掉了。我不愿意这样，我想多活几年。

  我喜欢小凤。小凤进家门没多久，就成了我的人了。那天晚上我穿着月白的绸衫走进小凤的房门。小凤和一些丫头住在一起，我让赵甲支走了她们，我让赵甲带她们去镇上看戏。丫头们很开心，丫头们说现在的老爷比老掉的老爷好多了。小凤被留下了，我走进小凤房门的时候，看到了燃着的一支红烛。小凤留给我一个背影，她一直都没有转身。我走到她背后，我看到我的手轻轻落在了她的头发上，抚摸着她的头发。小凤显然已经梳洗过了，小凤说，我知道你会来的，我知道你看上了我。小凤叹了一口气，她说，我是你花钱买来的，你拿去吧。小凤站起了身，她和我面对面站着，一双大眼睛就那么一动不动地看着我。我看到了她眸子里面年轻的陈老爷的影子，那么傻愣愣地站着。眸子里的陈老爷终于伸出了手，轻轻解开了小凤的衣扣。

  小凤的身子是白净的，她像一条白色的鱼。她附在我身上，让我突然生出了许多的爱怜。小凤说话的气息落在了我的脸上，是青草的气息。小凤生活在山里,当然会有青草的气息。小凤说,你会娶我吗?我睁眼望着蚊帐的帐顶,说,不会。小凤沉默了很久,她的手抚摸着我的胸膛,她的手像一粒虫子一样在我的皮肉上走动着。小凤又说,那么,你会在娶了正房以后,娶我做小吗?我沉思了好久,才说,可以考虑。我看到了一朵盛开的红艳艳的花,花开在床单上。我望着这朵花好久,轻声对小凤说,我不会薄待你的。小凤叹了一口气,说,你薄待与不薄待,全凭你的高兴了。我是你的人,我当然要听你的。

我是不可以娶小凤做正房的,我想要娶的是赵兰花。那是富户赵天的独生女儿。赵天的田没有我那么多,长工没有我那么多,但是他只有这样一个女儿。也就是说,赵天的辫子一翘,他的田就是赵小兰的,也就是我的了。赵小兰是赵甲的侄女,我对赵甲说,我看上你侄女了,你帮我去说说,看行不行。赵甲匆匆地去问了赵天,又匆匆地告诉我,说行。赵甲说,赵天说行的,但是赵小兰说不行。那时候我捧着茶壶,我说,赵天说行的,就是行的。

但是有一天晚上我睡不着,睡不着我就喜欢跑到院子里走来走去。我看到了一堆月影,月影像是湿漉漉的水四处淌着。我看到了一个人影从小凤的房间里出来,然后迅速冲向院墙,只一搭手就翻身过去了。我走进小凤的房间,我问小凤是谁来看你了。小凤的眼神里掠过一丝丝的慌乱,脸色绯红。蜡烛在哔剥地燃着,我开始拿起一把剪刀修蜡烛的烛芯。我没有急着问,只是微笑着看着她。好久以后,小凤才说,是杜民,他想要我,我没给他,他后来翻墙走了。我的脸上还是挂着微笑,我看到小凤的两只手在相互绞着,而且在不停地抖动,她一定是害怕了。我轻轻地拍了拍她的脸,轻声告诉她,小凤,你不用害怕。但是以后杜民如果再翻墙进来,你得告诉我。小凤点了一下头,她把头抬起来时,眼眶里全都是泪水。我一动不动地站在她的面前,我看到了泪水终于从她眼眶里掉了下来。我轻轻地替她擦着泪水,我说,别哭,这点儿小事有什么好哭的?

赵甲告诉我,赵小兰死活不同意。被赵天打了一顿,还是不同意。赵甲还告诉我,赵小兰心里有人了,问了好久才套出原来她心里的人就是杜民。有个货郎来换鸡毛的时候,赵小兰去买了一盒胭脂,这个时候她看到了杜民。杜民站在一棵树下朝着她笑,把她的心笑得咚咚乱撞,像撞着墙门。这些是赵甲说的,赵甲说得有些气愤,他的气愤完全是为了讨好我。我说赵甲,如果我是一个女人,我也会喜欢杜民。赵甲愣了一下。我说你陪我去赵天家吧,我要去见见赵天。

在赵天家客厅里,我见到了赵小兰。赵小兰把头昂得很高,她不愿看我。她说你不要以为你有几个钱,就能办得到任何事情。赵天很尴尬,赵天说陈老爷你放心好了,我一定会说服小兰的。我站起身来走到赵小兰身边,微笑着盯着她看了很久,我轻声说,杜民有什么好?杜民除了长得好,其余都是不好的。我除了长得不好,其余都是好的。你为什么喜欢只有一点儿好的人?赵小兰的脸一下子就红了起来,她撇了撇嘴说,谁说我喜欢杜民了?

赵小兰离开客厅上楼上。上楼之前说,你死了心吧。她的辫子在走动的时候一甩一甩地,辫梢上的蝴蝶结就上下翻飞起来,像两只围着赵小兰转的蝴蝶。我和赵天坐在八仙桌边,我们聊起了今年的天气和收成,我们甚至还聊起了国家大事。很久以后,我带着赵甲离开了赵天家。临走时赵甲对赵天说,堂哥,你好好劝劝小兰吧。我说,不用劝的,有一天她会答应嫁给我的。我走到屋檐下的时候,才发现丹桂房的傍晚已经来临了。我和赵甲走在一片红彤彤的夕阳中,我和赵甲成了两个红色的人。

杜民的第二件事是,他喜欢偷东西。

我知道中国人喜欢用一个偷字的,比喻杜民睡了那么多丹桂房的女人,其实也可以说成是偷女人。杜民还喜欢偷其他东西,他要养活自己,不偷东西怎么行?他偷过毛大的老婆,还偷过毛大家的五只鸡。为了表示他对毛大的愤慨,他还偷偷在毛大夫妇去田里割麦的时候,溜进他们家,在他们的水缸里拉尿。他偷别人家的米,偷别人家地里的庄稼,甚至偷别人晒着的衣服。他拿着衣服到镇上的裁缝铺里去找老裁缝稍稍改一下,就变成他的了。杜民坐在穿路廊的那块大石头上让人猜谁是丹桂房最富有的人,大家都说是陈老爷。不管是老去的陈老爷,还是现在的小陈老爷,这几十年里,丹桂房就他们家是最富的。杜民笑了,杜民说错,杜民说你们错了,最富的人是我杜民。大家问他为什么,杜民说,因为丹桂房是我杜民一个人的,我是丹桂房最富的人。赵甲告诉我这些的时候,小凤仍然在给我敲背,我仍然在喝茶。小凤听到这些的时候,落在我背上的拳头的力量就有些变弱了,我知道小凤在想着一些什么问题。过了很久,我才对大虾一样的赵甲说,赵甲,你出去吧。然后,我看到赵甲轻手轻脚地退了出去,退出去的时候,他迟疑了好久才说,赵小兰死活不同意嫁给你。我想了想说,赵甲以后你不用去赵天家做说客了,你只要给我留意一下,有没有人到赵小兰家去提亲就行了。赵甲走了。赵甲一走我就开始叹气,我说这个杜民,看来我得干掉他了。小凤的身子开始颤抖起来,我微闭着眼睛,但是仍然能感觉到她的拳头落在我背上的力量是不均匀的,她鼻孔里呼出的气息也是不均匀的,她的心跳也不均匀。我又叹了一口气,我轻声说,小凤,小凤你完了,你为什么要喜欢一个渣滓?小凤什么话也没说,她咬着嘴唇。过了很久,我看到她的下嘴唇被她咬得变白了,她说,东家,我没有喜欢他。

我开始给小凤讲故事。我说按照丹桂房的族规,偷东西是要斩手指头的,偷族里的东西,是要挨皮鞭的。偷得厉害的,是要投进水里沉入河中的。说这话的时候我在想着丹桂房村庄外的那条河,那条河发出了许多的水声,我看到河水里一个叫杜民的人在痛苦地挣扎。我笑了一下,我说小凤,杜民偷了很多东西,他甚至在肚子饿的时候偷过村里人供在祠堂里的供品。他偷肉,偷馒头,偷苹果,偷走所有祠堂里供着的东西。他还偷了祠堂里的蜡烛,你说,这样的人该不该干掉他。小凤没有说话,她的眼睑一直低垂着,她在看着地面上的一小块青石板。我伸出手去,托住了她的下巴。她的脸抬起来了,她的目光平视,和我的目光对撞在一起。我说,小凤你告诉我好不好?我叫人去干掉杜民,你说好不好?小凤的脸痛苦地扭曲着,小凤的目光惶恐而散乱,她不敢看我的眼睛。很久以后,小凤才说,如果他改正了,如果他不再偷东西了,是不是可以放过他?我说当然可以,只是他能做得到不偷吗?就好比太阳能做到从西边出来,再从东边落下去吗?

杜民的第三件事是,他是个畜生。

我是不能随便说谁是畜生的，但是我很坦然地说杜民是个畜生。他是个逆子，他喜欢赌博，他还睡了他的嫂嫂。让我来请杜民的嫂嫂出场，嫂嫂叫米，很温婉的一个女人，是从邻村大竹院嫁过来的。大竹院人都姓骆，所以嫂嫂就叫骆米。但是，我们仍然叫她是米吧。米是个不太喜欢说话的人，见到村里人都会脸红。在我的心目中，米是一个好女人。米跟着老公杜仲在田里奔忙，像一只勤快的麻雀。米为杜仲和杜民的老母亲端茶送水，侍奉天年。米喜欢红着脸，米红着脸是因为她不太会说话，她怕和生人说话。每年夏天，她和老公杜仲都会到我家里来打短工。有一天我在一堆稻草边碰到了她，我是去田里看看收割庄稼的长工和短工们的，我在一堆刚刚收割起来的、刚刚脱去粒的、散发着腥草味的新鲜稻草边碰到了她。我说你是米吗，太阳白晃晃的，像一碗烧得很稀的白粥一样倒下来，我的眼睛一点儿也不适应田野里那种很强的光线，我和米说话的时候是眯着眼睛的。米的脸一下子红了起来，她点了一下头轻轻地嗯了一声。我说米你以后不要去割稻子了，你去我家里做帮工吧，你去跟赵甲说一下就行了，就说是我说的。一个女人，不能干太累的活。米的脸色一下子变得惶恐起来，她说陈老爷不用的。我看到她白净的腿上有许多稀泥，有一处还冒着血。我看到了一条蚂蟥唧唧笑着，正叮在她的腿上。我俯下身去用两只手指抓住了那条蚂蟥，蚂蟥肥嘟嘟软绵绵的身子开始挣扎起来。米扭动了一下身子，显然被我这突如其来的动作吓了一跳。她的脸显得有些惨白，她说陈老爷不碍事的，一条蚂蟥对我们务农的人来说不算什么。我也笑了，我说我知道的。蚂蟥被我丢在了地上，我狠狠地踩了它一脚。我说你走吧，你想到我家里打杂,你就去找赵甲说,你不想来也可以的。我转身走了,我看到了很远的地方工人们在田间劳作着。我闻到了稻草的气味,这种气味越来越浓烈,让我一不小心打了许多个喷嚏。

后来赵甲告诉我,米被杜民睡了,米是回家去收谷子的时候被杜民睡的。米的婆婆的眼睛已经很不好使了,她的眼睛总是一年四季淌着水,像两只烂桃一样。她的手里老是捏着一块手巾,手巾因为每天都要擦她的烂眼睛的缘故,会发出难闻的气味。婆婆坐在绵软的日头底下,她只看到有一个轻快娇小的人影一闪而过,她就知道是她的儿媳米回来收晒在院里的谷子了。她挤出一个笑容给米看,然后她又看到一个高大的人影一闪而过,两个人影重叠了起来。再然后她听到了挣扎的声音,听到了一种异样的声音。她的脸色突然变了,她想一定是发生了一件她最不愿意知道的事。她顺手拿了一根竹竿,她拿起竹竿找到了那个白晃晃的人影,对着人影打了下去,她说你这个畜生,打死你这个畜生。人影终于说,妈你别打了,是我,我在和嫂子一起收谷子呢。婆婆听到了小儿子杜民的声音,也听到了米的低吟。婆婆举起的竹竿没有再打下去,她只听到了小儿子在她的眼皮底下用力的声音,只听到儿媳妇低吟的声音。米的声音越来越急,终于米长长地叫了一声。婆婆想,这个夏天怎么这样热啊?这个夏天是我一生之中遇到的最热的夏天。婆婆傻愣愣地站着,在杜民起来之前,婆婆终于倒在了地上。

赵甲说婆婆一下子被气死了。杜仲回到家里和杜民干了一仗,但是他打不过杜民。杜仲又打了米一顿,米只知道流眼泪。最后夫妻两个都流眼泪,抱着头哭了一个下午。赵甲说这些的时候,小凤仍然在给我敲背。我一转头,看到小凤也流眼泪了。

我说赵甲，你去把九公请来，让我们一起干掉杜民。小凤说老爷，你为什么一定要干掉杜民呢？我说我是一个地主，也是一个村民，我有权利提议干掉杜民。赵甲说，老爷，九公是族长呢，以前你爹在的时候，每次都是亲自去见九公的。我说，你去请他，你给他准备一些礼物，你再叫上村里一些德高望重的人。九公一定会来的，以前我爹去见他，只是为了省钱而已。我不想省钱。

赵甲走了。我坐在庭院里，开始絮絮叨叨地说起杜民的种种坏处。我是说给小凤听的，我说小凤我还那么年轻，但是为什么那么喜欢絮絮叨叨，是不是因为我老了？小凤说，老爷我求你了，你别说杜民了。我说那么请给我一个不说杜民的理由。院门口的人影晃了晃，九公和三爷四爷六爷八爷一起出现了。一直以来，丹桂房的许多大事，比如铺路修桥等，都是这五个老头儿坐在一起决议的。现在他们出现在我的院子里，我说小凤泡茶，我说赵甲你给每位老爷来一碗莲子汤清清火。

我们坐在院子里，一直坐到黄昏。我们先总结了杜民的种种坏处，然后我们一致决定，对这样的败类，不能承认他是村子里的人。因为他睡了那么多丹桂房的女人，因为他喜欢偷东西和吃喝嫖赌，因为他还是一个畜生，所以，我们要干掉杜民。

现在，让我们干掉杜民

现在，让我们来干掉杜民。

人是赵甲挑的，赵甲挑得最好的一个人就是杜民的哥哥杜仲。杜仲出现在我面前的时候，手里提着一把锄头。杜仲说，陈老爷,我要把杜民的脑壳像锄草一样锄掉。杜仲说这话的时候,我在他的眼睛里看到了一条蛇,那条蛇在一堆火里扭动着身子,发出了必必剥剥的声音。我知道现在杜仲就像那条蛇,那条在火中煎熬的蛇。现在,已经是一九三八年的秋天,秋天的风从四面八方涌向了丹桂房,我就在风中露出了笑容。我对八条汉子说,九公说了,三爷四爷六爷八爷也说了,你们可以干掉杜民,干掉杜民就是为民除害。九公和三爷四爷六爷八爷说的话,就是我们村子里的圣旨,所以你们是领着圣旨去的。我没有说话的份儿,我只是一个丹桂房的地主。你们干掉了杜民,我请你们喝酒,请你们吃香喷喷的狗肉。你们去吧。

小凤站在院子里。我不知道她的目光投向哪一个地方,我只看到她站在院子里像一只木鸡一样发着呆。我还看到了她的鼻孔流出了两汪清水。我摇了摇小凤的肩膀,我说小凤你怎么啦。小凤脸色苍白地笑了笑,说,没什么,东家。她把目光抬了起来,她一定看到了正走出院门口的八条汉子,他们一边走一边谈笑风生。他们手里操着锄头、铁棍、柴刀等利器。我知道这些利器迎向杜民的时候,任何一件利器都足以干掉杜民。我特别看好的是杜民的哥哥杜仲,我把希望寄托在杜仲的那把锄头上,因为我看到了他眼睛里那条在火中痛苦扭动的蛇。

我在院子里喝茶。我说赵甲你来给我拉一曲二胡。赵甲去房里拿了胡琴来,他不仅是一个好管家,而且还是一个拉胡琴的好手。赵甲站着给我拉琴,他的身子仍然呈现出一只虾的形状。小凤冷笑了一下,转身离开我们走了。我仍然微笑着,我低头抿了一口茶,但是我心里对小凤是不满的。因为,小凤有什么资格对着一个拿钱买下了她的人冷笑?

杜仲带人去的是一户叫香香的人家。香香是个寡妇,住在半山腰的猪场里。现在,你可以想象一下杜仲一行八个人行进在一条山路上的情景,可以想象着杜仲带人两人一组从四面包抄猪场的那间小屋的情景。杜民常去找香香,因为香香喜欢他,他也喜欢香香。根据村里人的猜测,他们在床上一定会很疯狂,一定会很好,所以他们才那么投缘。秋天的阳光是高而远的,杜仲他们就在高而远的阳光下行进着。杜民一定不知道,他的亲哥哥,已经带着人把他包围了。他们想要他的性命。

门被踢开了,杜仲带着另一个人挥舞着锄头冲了进去。杜民光着膀子坐在床上,他愣了一下,然后他冲向了后窗。香香扑向了杜仲,她死死地抱住了杜仲的腿。另一个人冲上前去一锄头磕在了杜民的腰上。杜民还是跳窗跑了,但是窗下有人,窗下守着的那个人将柴刀挥了过去,砍在了杜民的胳膊上。这些都是杜仲后来告诉我的,杜仲说,让他跑了,最后还是让他跑了。那个叫香香的女人连命也不要了,她还在我腿上咬了一口。杜仲是卷着裤腿出现在我面前的,我看到了他腿上沁着血水的牙印。赵甲皱了皱眉头,对杜仲说,你们真是没用,你们有八个人,怎么干不掉杜民?你们不能追上去干掉他吗?杜仲的声音放轻了,他说我追不到,他跑到树林里我们就找不到他了。我看到不远处站着的小凤微微笑了一下,转身走开了。我也微微笑了一下。天气开始渐渐变冷,我反背着双手,对杜仲说,你们坐下来吧,干不掉杜民没关系,我请你们吃狗肉,我请你们吃十八年陈的老酒。日子长着呢,总有一天我们会干掉杜民的。

此后的许多日子里,杜民一直没有在村子里出现,他一定躲在山上的某一个洞穴里,衣不蔽体地生活。现在,是他付出代价的时候,他怎么可以让全村人都对他恨之入骨呢?我让赵甲去找赵天,我说你去和赵天说,把香香给辞了。香香在赵天家里打杂,她能帮助杜民逃跑,那么她一定要吃点苦头。我还让赵甲去把香香唯一的八分田薄地买过来,让她永远变成一贫如洗的人。我还让赵甲想办法让香香生一场病,生什么病,就看赵甲去镇上的药店里买什么药了。赵甲弓着身子,他的腰越来越弯了。我对他说了这些后,他点了一下头,然后匆匆地离开了。

　　现在,让我告诉你,冬天已经来临了。冬天怎么可以不来临呢?秋天都过去那么久了,冬天当然要来临的。现在,再让我告诉你,香香的八分地已经被我买过来了,她还生了一场重病,病治好了,她卖地的钱也用得差不多了。香香现在在我的家里打杂。香香说,陈老爷你能收留我吗?她出现在我面前的时候,穿着破旧的衣服,脸色还是蜡黄的。我笑了一下,我说香香,我真担心你这么瘦的人会被一阵风吹走啊。香香的黄脸浮起了一丝红晕,她把希望能留下做工的话又复述了一遍。我点头答应了,我说你留下吧,谁没有一个艰难的时候呢?香香在我家院子里哭了,我没有看她,我只是抬起头看着一场雪的降临。每年冬天,雪总会降临在丹桂房的,像是和丹桂房订了一张合同似的。下雪了,我心里想,下雪了,下雪了躲在山上的杜民他该怎么活下去?我把赵甲找来,轻声对赵甲说,你去找杜仲,你就说,陈老爷还是喜欢他锄草的模样,你让他用锄头去锄掉杜民的头。赵甲说,杜民在哪儿?杜民躲起来了,找不到他。我说,杜民今天晚上会来祠堂里偷供在祖宗们面前的食品吃,你让杜仲带着八个人守在祠堂里。但是,你让他们不要打死他,敲断他一条腿就行,然后让他跑掉。

我踩着雪去了赵天的家。雪在我的脚底板下发出了咯叽咯叽欢快的叫声。这个冬天,我的脚底板却因为走路的缘故而变得异常温暖。赵天正在抽一袋烟,他斜倚在一张榻上,披着一条狗皮毯。见到我的时候,他很快从榻上下来了。他给我一个笑容,说,你来看赵小兰?我说不是的,我来看你,你不允许我来看你吗?赵天大笑起来,他的笑声在落雪的安静日子里传得非常远。老妈子为我沏上了一壶茶,我就坐着和赵天喝茶。我还是见到了赵小兰,她从楼梯上下来,看了我很久,我看着窗外很久。赵小兰说,听说你想干掉杜民,是因为我吗?你今天来也是为了看我吗?这时候我才把目光投在赵小兰身上,我说我今天不是来看你的,我是来看你爹的。你的话说错了,我没有想要干掉杜民,更没有想到要为你去干杜民。是族长九公和三爷四爷六爷八爷想干掉杜民,是杜仲毛大和许多丹桂房人想干掉杜民。赵兰不说话,过了很久说,杜民怎么就那么引人注目呢?我说引人注目很容易的,比如我突然一刀杀了你,也会引人注目。关键是我不敢杀你,因为我怕坐牢,也怕抵命。而杜民不怕坐牢,所以,杜民会引人注目。

赵小兰也坐了下来,她和我说了许多话。她说你真的很想我嫁给你吗。我说是的,因为我喜欢你,而且,你一定会嫁给我的。你如果不嫁给我,你就不是赵小兰。说完我就拿出了一串桃木手链,那是我让人从贵州山区去找人加工来的,如果要卖钱,它不值钱,但是它花费了我很多人工费和路费。我把手链轻轻放在了八仙桌上,在放下手链之前我一直抚摸着桃木。

桃木透出了一种柔软的力量，它淡淡的纹理让我感到温暖。然后我站起了身，走到了赵天家的天井里。我站了一会儿，站在雪中。雪不停地飘着，它们落在我的肩上，它们落在我的脖子里，让我感到一丝丝凉意。凉意在我的全身游走，和我的体温抗衡着，这让我感到了一种快感。我站在天井里对赵天和赵小兰说，我走了。这个时候黄昏已经来临，我快步走出了赵天家。

这天晚上，小凤在我的房里生起了火炉。她一言不发，火光就明明暗暗地在她的脸上映照着。雪仍然从天上落下来，风仍然从四面八方涌向丹桂房。小凤为我的被窝里塞上了一个暖壶。我喜欢这样的冬天，外面是寒冷的，屋里却是温暖的。寒冷像一个外壳，把我包裹起来。我整个晚上都迷迷糊糊地时醒时睡，温暖如春的房间里我做了许多的梦。我还依稀听到雪压折后院竹子的声音，像很远的地方有人在放炮仗一样。

第二天清晨，我伸着懒腰起床。我走到院子里的时候，雪已经停了，太阳明晃晃地照着丹桂房。赵甲站在不远的地方，而院子中间站着杜仲他们八个人。我说赵甲你带他们去喝酒，带他们去吃狗肉，带他们去暖暖身子。杜仲说，陈老爷，我们已经打断了杜民一条腿，他拖着一条伤腿跑了。我说我能猜到的，你们八个人，怎么可能打不断他一条腿呢？杜仲又说，杜民跑掉的时候说，他要找你算账，他要杀了你。我挥了挥手说，这我也知道的，谁能咽得下这口气呢？能咽得下这口气，这个人就一定是白痴。

杜民一直没有出现，杜民生活在山里，像一个野人一样。这当然是我猜想的，我猜想他的头发一定很长了，他的衣服一定很破了。他回不了村里，一回村里就有人提着锄头铁棍找他

干掉杜民 | 049

算账。但是我知道，杜民一定还会来我家院子里的。我去镇上去见了乡长，我让赵甲准备了礼物。我和乡长说了杜民的事，我说，我要把杜民干掉。乡长说不可以，你有没有王法？我说，如果他想杀人，我是不是可以把他关起来？乡长说那当然可以，但是关键是先要让他想杀你。我说他会来杀我的，等他能一瘸一拐地走路时，就会来杀我的。到时候，我把他送到警察局。

杜民果然来了，杜民来的时候是一个没有月亮的夜晚。冬天还没有完全过去，春天在不远的地方探头探脑的。我很久没有去田里走走了，那天白天我说赵甲你陪我去走走吧，我们就去了田里。庄稼的长势良好，麦苗青青地在风里招摇着，我知道今年又有一个好收成。但是我脑子里老是想着一件事情的发生，我在想有一件事情就要发生了，一定有一件事情要发生。我看到了赵甲头上的白发，看上去赵甲已经很老了，但是实际上他只有五十多岁。他以前帮助我爹打理家中的事，现在又帮我。我说赵甲，今天晚上杜民要来找我了，我们回去吧，我们去准备迎接他的到来。

这天晚上杜民手里捏着的是一把半尺长的篾刀。我是在灯光下看到这把篾刀的，它闪着寒光躺在地上，而杜民已经被杜仲他们绑了起来。我是被赵甲叫起床的，其实我在迷迷糊糊中听到了喊叫声，我就知道杜民已经来了。但是我实在有些困，所以我不太想起床。直到赵甲来叫我，我才从床上披衣起来。我看到杜仲正在抽杜民的脸，杜仲什么也没说，只是抽着杜民的脸。然后，毛大过去抽杜民的脸，他先是拧了一下杜民的脸，然后他开始抽打。杜民的身边是一张网，那是一张牢固的渔网，是我白天就让赵甲准备好的。我说杜民一跳进院子，就让他跳进一张渔网里，我要像抓鱼一样把他抓起来。现在杜民已经成为一条鱼了，这条鱼正被八个男人欺侮着。我看到了小凤，小凤站在走廊上，她很冷地看了我一眼。我微微笑了一下，我微笑的时候心里却开始疼痛。为什么会有很多人喜欢一个渣滓？难道现在的人都喜欢渣滓？但是我的笑容仍然是灿烂的，我在等待，我等待杜仲他们打够了杜民。这个时候我才说别打了，再打就要打死了。杜仲把杜民的头提了起来，我看到了杜民嘴角的血，像面条一样挂着。小的时候我学过医，因为我经常生病，所以我爹常带我看先生。在看先生的过程中，我知道了怎么样去看一个病人。我眼里的杜民已经是一个病人，他不仅是一个瘸子，而且现在他一定已经有了内伤。我对赵甲说，我们要遵纪守法，他想杀我是他的错，我们送他去警察局，我们让他们去处理杀人犯。我弯下腰去拾起了那把篾刀，我用篾刀在我指头上轻轻一割，马上冒出几个血珠。我当然能感知疼痛，我想哭，我突然感到我很孤独。这种孤独像一把足以致命的小刀，在一刀一刀割着我。我把篾刀交给了赵甲，我说你带上这凶器吧，你对警察局的人说，就差一点点，这把篾刀就插在我的心口了。

　　杜民被送到了警察局。他被关在地牢，吃最差的饭，被同牢里的人打。他是一个十足的地痞，但是他在牢里就算不上地痞了，因为他每天都要吃尽牢里人的苦头。他被关的地方是潮湿的，没多久他的身上开始长疮，他断腿的陈伤发作，他变成一个半死半活的人。我在自己家的院子里来回走路的时候，碰到了小凤。小凤很久没有为我敲背了。我说小凤，你是不是不愿为我敲背？小凤想了想，说是的。我说小凤，你来家里已经一年了，我仍然想着春天的时候我去镇上，一眼就在南货店门口看上了你。我说这话的意思是，小凤你还记得吗？你是我花钱买来的，你不可以在我面前威风。小凤果然没再说话。我说小凤，你想见见杜民吗？你想见的话，我一定会带你去的。

小凤跟我去见杜民。铁门哐当当地打开了，我站在小凤的身后看着一群乱哄哄的人。牢里的人突然安静下来，他们都在向外边张望着。他们一定都看到了小凤。他们的中间，有一个叫杜民的人。我看到杜民的目光是呆滞的，杜民正在被一群人轮流当马骑着。杜民做马做得很认真，他在牢里已经爬了好几圈。我看到小凤的嘴唇开始颤抖起来，她一言不发地转身离去。我也离去了。小凤说，你为什么要送他进牢房？我说因为他想杀我，如果我不送他进牢房他会继续杀我。你希望他杀了我，还是希望我送他进牢房？小凤无法回答我的问题，走出警察局的时候，她很长地叹了一口气。天开始下雨，我撑着一把油纸伞和小凤一起走在街上，我们谁都没有说话。我不想说，我突然感到了从脚底板升上来的悲哀。在十字街口的南货店门口，我看到了小凤去年此时插着草标蓬头垢脸的样子。那时候我在茶楼里听月娘唱戏，那时候我让赵甲走过去买下了这位从嵊州来的姑娘。

我们从镇上往丹桂房走着。这是一段三里的路程，我们走得很缓慢，好像要从一个季节走向另一个季节。春天又开始从四面八方向丹桂房涌来了，它们包围我和小凤，并且吞咬着我们。一个村庄因为少了一个叫杜民的人，而突然感到安静，或者说是寂寞。走到村口的时候，我看到了赵小兰。赵小兰也撑着一把黄色的油纸伞，她站在杜民常坐的那块大石头上。我笑了笑,我说赵小兰你自己也站成一块石头了,你看看你多像一块望夫石。赵小兰笑了一下。赵小兰说,杜民怎么样了?我说我刚去看了杜民,他出来的话想要杀我,那么你是希望他杀我呢,还是希望他继续坐牢?赵小兰也没说什么,她实在想不出应该说什么。我知道,就算她想让杜民出来,宁愿让杜民杀我,她也不敢说出口来。我面对着两个女人,我说,原来女人喜欢漂亮男人,比男人喜欢漂亮女人,有过之而无不及。

赵甲来接我,他弓着腰站在穿路廊。他曾经提醒我再一次去山上看看刚种下的栗树的,但是我一直没有去。雨水很旺的季节,山上都是烂泥,我害怕我的脚陷入其中拔不出来。我说,赵甲,我们还是去把杜民弄出来吧,你去张罗一点儿钱,上下打点一下。赵小兰和小凤一动不动地站着,她们不相信我的话,她们提出让我复述一遍。我抬眼看着雨,我是对着天空复述的,我说我要去警察局上下打点,把想杀我的那个人弄出来,好让他养好伤继续杀我。

让我们干掉杜民,但是,却没有真正地干掉杜民。杜民马上就能回到丹桂房的,我知道,只要我愿意,他一定能回来。

杜民被干掉了

香香正在院子里洗刷着一口缸,那是一口七石缸。她站在缸里的时候,我看不到她的人。她突然站了起来,我才看到了胸部以上的她。她的头发是蓬乱的,因为久待在缸里的缘故,她的脸上汇聚了许多的血色。她的手里拿着一把刷子。见到我时她愣了一下,我告诉她,你的杜民马上就可以出来了的时候,她又愣了一下。她和赵小兰还有小凤一样,希望我能复述一次。我对着缸和缸里的女人复述了一次,我说,我要把杜民弄出来。香香哭了,她站在缸里抽抽噎噎地哭着。后来她突然从缸里爬了出来,跳下缸沿的时候还差点儿摔了一跤。她在我面前跪下,磕了一个头,她说没想到东家会有这样的大量。我什么话也没有说,只是离开了院子走到我自己的房间里。

我一点也想不通我爹为什么积下了那么多钱,他让我生下来就是一个小地主,让我在他突然死亡后又变成了陈老爷。我也不知道我拿那么多的钱干什么,也不知道为什么还想着娶赵小兰,以便能继承她家的财产,这样我就可以拥有更多的钱。我把赵甲叫进了房间,我对赵甲说,从现在开始,你每天去一趟警察局,你每天都对杜民说,就说我花了很多钱保住了他的命,然后每天都给他送东西。你可以第一天送新衣服,第二天送新鞋子,第三天送烟叶,第四天给他送喷香的云片糕,第五天给他送一只烤鸡。你告诉他,这些都是陈老爷送的。你还要带一些药去,你治好他脚上的疮,他的脚已经烂得一塌糊涂了。你还要治好他的腰伤,然后你再带他出来。

赵甲按照我说的去做了,我也在等待着这个丹桂房人重新返回丹桂房。不知道什么原因,我最近老是头痛,赵甲为我采来了一些草药,煎中药的气息弥漫了整个院子。我喜欢睡觉,只要好好睡觉,头痛的症状就会减轻。小凤来到我的房间,她的脸上有很长时间没有笑容了,但是这次她却满面含笑。我看到她的脸是红扑扑的,像是在春天的时候,进行了一场跑步以后才会有的脸色。我坐在椅子上,她就坐在了我的腿上。我在她的眸子里看到了柔软,我从她扭动的腰肢间感到了柔软。我知道自己陷入了一种柔软中,像是陷入一块软软的泥中一样。我们一句话也没有说,只是默默地把这个季节狠狠地撕碎,好像和这个季节有了极大的仇恨一样。后来小凤开始抽泣,我也一样,不知道为什么鼻子突然就酸了,就开始流下眼泪。小凤一直没有停,像一头乱冲的小鹿。她的指甲掐着我肩头的皮肉,我知道,那儿一定起了一块皮。那儿传来的痛感,像一场突如其来的寒流一样。我就像一片挂在枝头将落未落的树叶,我在枝头上簌簌发抖。然后我就感到我从寒冷的高处跌落下来,一点点地飘落。我看到了由远而近的大地,那么温暖的温软的温湿的大地,这样的大地让我感到踏实,感到从来没有的熨帖。小凤抱紧了我,她的整个身子就蜷在了我的怀里。她轻轻叫了一声,像是一只轻手轻脚走过的猫突然轻轻叫了一声一样。她的叫声让我成了一枚飘落的叶片。

小凤后来一直抚摸着我的耳朵。她的嘴巴就俯在我的耳朵旁,我能感受到她呼出的热气。她说你以后不要太累了,你这样子会很累的,你以为你是一个了不起的男人吗?她说我想要离开了,我想回到嵊州去,但是我是你买来的,你会答应让我离开吗?她说杜民是一个令人失望的男人,许多女人会喜欢他也真是天数。我说,你还喜欢他吗?你如果喜欢,我可以把你嫁给他。小凤摇了摇头,说以前是的,但是现在不喜欢了。我说那又是为什么呢,为什么喜欢?小凤说,因为他会在货郎那儿买一块花布,买一根头绳,买一盒胭脂送你,他会逗你笑,会假装很关心你的样子,会陪你玩,会说一些体己的话。你知不知道?对于一个女人来说,有时候能够要到这些就够了。

在小凤离开丹桂房以前,我没有再见过她。她执意要离开

干掉杜民

了，她也没有再见过我，她说想要在杜民来到村庄以前离开丹桂房。赵甲到账房那儿去支了钱，那是一笔不小的安家费，小凤一文不少地拿走了。她很清楚，钱可以换来衣服和食品，更重要的是钱可以治病，为家人也为自己治病。小凤的身影从此就在丹桂房消失了，而寡妇香香一直显得很兴奋，她走路都开始呈现出像飘来飘去的样子，脸上荡漾着笑纹。她知道杜民就要回来了，那个很久没有在村庄出现的杜民就要回来了，那个天杀的杜民就要回来了。

杜民终于回来了。是我让赵甲叫了轿子把他接回来的。杜民出现在穿路廊的时候有许多人在路口看着他，他们一言不发，看着一个穿着新衣服的，显然是洗过澡理过发的男人，突然又回到了他们中间。杜民的五官仍然漂亮，但是他的目光中看不出油滑了，他的身上不再带有丝毫的锐气。他很礼貌地招呼着每一个人，甚至在口袋里拼命掏出一些什么，像是要在口袋里寻找到可以送给村里人的礼物一样。他掏了很久也没能掏出什么，所以他的脸上显现出窘迫的神色。杜民走路的样子，是一瘸一拐的，那是因为他在寡妇香香家里被杜仲他们围住了，在逃跑的过程中受到的伤害。现在香香也出现在他的面前了，香香望着一个瘸子，一个曾经英气逼人，但是现在却瘦弱得像一根草的男人，突然有了一种陌生感。她从人群里走出来，伸出了一只手，那只手在阳光下显现出粗糙却白皙的样子来，那只手伸向了杜民。那只手对杜民说，拉住我的手吧，我带你回家。杜民向后退了一步，香香就向前进了一步。太阳的光芒有些扎人，扎到人的皮肉里，扎到人的骨头里，让血液都变得温暖。大地上流动着植物生长的气息，流动着动物腐败的气息。这种气息让杜民感到亲切和百感交集,他没有把手伸给香香,他好像已经不认识香香了。他只是打了许多个喷嚏,他打完喷嚏说了第一句话。这句话是对赵甲说的,他说赵甲,我要见陈老爷。

赵甲领着杜民来到了我的面前。我在喝茶。小凤走了,没有人再来为我敲背,我也不想有谁来为我敲背。茶是好茶,茶当然是好茶,丹桂房有我一百多亩高山茶,我能喝到的,是那种刚刚发芽就被采摘并且经过精心烘焙的茶。我称这样的茶为少女茶,我看到茶叶在那把宜兴茶壶里面,叶尖向上笔直地竖着。我在数着浮在水中的茶叶,我老是要数错,所以就老是要一遍遍地重数。杜民突然出现在我的面前,他叫了一声陈老爷。我没有应他,因为我还在数着茶叶。他又叫了一声陈老爷,他叫了无数声陈老爷,我都没有应他。他的脸上显现出比哭还难看的神色。他跪了下去,腿一点点软下去跪了下去,磕了一个头。他说陈老爷谢谢你救了我,陈老爷,以前是我对不起你。我仍然没应,我数着壶中那些绿色的叶片。香香站在不远的地方,她终于忍不住了,她说,陈老爷,杜民在叫你,杜民给你下跪呢。我对香香笑了一下,我说我在数茶叶的片数,我数不清楚。香香愣了一下,她是因为没有想到居然会有人数茶叶的片数而愣了一下的。她听到了一声暴喝,是杜民冲着她吼的。杜民说,陈老爷在数茶叶片,你为什么要打扰他?你是不是骨头在叫了?是不是你的骨头需要我给你紧一紧?香香的眼泪一下子下来了,她站在那儿不知道该怎么做,她当然没有想到会发生这样的事。她等了杜民很久,结果杜民却骂了她一顿。杜民骂完了,转头看了一下院门口,他的脸色一下子白了。

杜民的脸色白是因为他看到了八个人,他的哥哥杜仲站在

干掉杜民 | 057

最前面，他们都手持柴刀铁棒和锄头，他们像从地底下冒出来一样，悄无声息地出现了。杜民开始颤抖，他轻声地叫，陈老爷，陈老爷，他的声音中带着明显的哭腔。我把头抬了起来，我吐了一口唾沫在他的脸上，又吐了一口唾沫，我吐了无数口唾沫。杜民的脸上已经有了星星点点的唾沫，他抬手用袖子擦了一下脸，他的脸上就变得稀糊糊的一片。我说杜仲，你们出去吧，杜民是你兄弟，你该出的气也已经出了。毛大你也出去，杜民只是睡了你的老婆，女人总是要有人睡的，你就当不知道你的老婆被人睡了。你们都出去，如果你们的气还没有消，那么，你们去找赵甲，让赵甲给你们钱。钱是能消气的，你们拿着钱去镇上的牡丹楼玩女人吧。那儿来了许多的东北女人，东北女人和南方女人是不一样的。现在，你们离开。

　　杜仲他们都愣了一下，但是很快他们就离开了，像又突然钻入地底下一样。我的手在衣服里摸索着，我摸到了一件坚硬的铁器，那是一把锋利的篾刀。我把篾刀扔在了杜民的面前，我说这把篾刀是你的，还给你。我有些累了，真的想休息啊。丹桂房没有人敢杀我的，不如你杀了我吧。你不要捅我胸口，你捅我的脖子吧，像杀一只羊一样，从喉咙的一侧捅进去。杜民的脸又一下子白了，他抱住了我的腿开始呜呜地哭起来。他突然明白了许多道理，他突然明白以前他的力量其实像一根草一样。杜民哭了很久，他一直抱着我的腿哭。我在想象着一把锋利的篾刀刺入我脖子时的痛感，我想，我一定会感到脖子热了一下，然后流出许多热的血。它们哗哗响着，从那个小小的洞口流出来。然后我的身躯开始单薄，开始变得像一张白纸一样。我渴望着杜民捡起篾刀，但是他一直没有捡起来，他只知道抱着我的腿哭，嘴里含混不清地说着什么，大意是陈老爷你原谅我。后来赵甲让杜民离开了，赵甲说，杜民，你和香香离开吧，香香等了你那么久，你不许再有其他女人了。陈老爷说了，你必须和香香一起过。

乡长在这个时候突然来访，我听到院外响起的声音里夹杂着乡长的大嗓门。乡长走了进来，他留着小胡子，穿着绸衫，小巧的个子，像一只老山羊一样。杜民仍然抱着我的腿，他的两只手就像和我的腿长在了一起一样。赵甲费了很大的劲才把他的手掰开。赵甲有些生气了，赵甲说杜民你不可以这样，陈老爷会生气的。杜民终于站起了身，起身之前他磕了一个响头。然后他一瘸一拐地跟着香香离开了。他走路的样子小心翼翼像一只蚂蚁，生怕会吵醒丹桂房的任何一种作物、任何一个人。乡长说，这个人是谁？我想了很久，然后才告诉乡长，这是一个没有名字的人，现在他已经死去了，他被干掉了。不过以前，他的名字叫杜民。乡长噢了一声，他突然想起了我曾经找到他，对他说，要把杜民送到牢房里去的事。

乡长是来为他的侄女提亲的。乡长的侄女在一所女子中学上学，她们家住在城里，开着酱园和米行，有着许多的产业。和赵小兰一样，乡长的侄女也是独生女，他们需要寻找的，是一个懂得经营的人。我说让我想想好吗，你让我好好想一想。乡长笑了一下，说，你会愿意的，你一定会愿意的。如果不愿意，你就不姓陈了。

乡长走的时候，我很想睡一觉。我走到了房间里，因为没有阳光，所以房间里有些阴冷。在睡觉以前，我对赵甲说，杜民，被干掉了。

干掉杜民 | 059

赵甲说，是的，杜民已经被干掉了。赵甲垂手立着，起风了，他弓着身一动不动，就像一只风中的大虾。

究竟谁能干掉谁

一九三九年的春夏之交，麦子可以开镰了。赵甲变得很忙碌，他在叫一些短工帮忙收割。我在一九三九年，仍然是一个昏昏欲睡的人。杜民被干掉了，接下去我应该做的，以及现在我说的，都是与干掉杜民无关的事了。所以，我不能老是絮絮叨叨，我要说得简洁些，我要把我自己的事说一说。

我去了赵天家里，我是去请赵小兰到镇上的戏院看戏的。我站在赵小兰的楼下，对着楼上的窗口喊，小兰，我请你去看戏，筱丹桂要来枫桥镇上唱戏。赵小兰从窗口伸出了脖子，她朝我笑了一下，就下楼了。村里有许多人都看到，我带着赵小兰去看戏。我们在大戏院里听筱丹桂唱戏，我还喝了一斤斯风酒，这酒的后劲很大，让我面红耳赤。赵小兰吃吃地笑着，她说你看你喝的。我把手伸了过去，像捉住一只彷徨的白兔一样捉住了赵小兰的手。那只白兔犹豫了一下，最后很温顺地躺在了我的手中。

我说杜民回来了。

赵小兰说我知道的杜民回来了。

我说你还喜欢他吗。

赵小兰说我不喜欢了。

我说为什么不喜欢了。

赵小兰说因为他不是一个男人，男人是击不垮的。

我说谁像男人。

赵小兰说你像男人,丹桂房你最像男人。

我说那你愿嫁给我吗。

赵小兰说我已经准备好了要嫁给你的,你找我爹赵天下聘吧。

我说那我给你讲一个故事吧,这个故事,也因为我是一个男人。

我开始给她讲故事,筱丹桂在台上唱着戏,我们都没有听筱丹桂的唱词。我说,你知道我爹为什么那么身体虚弱吗?是因为他选了赵甲做他的管家,是因为我爹其实在外边和一个戏子生下了一个儿子。我爹准备把戏子连同小儿子一起娶进家门。我很早就没有妈了,爹对我很不错。但是他不可以把戏子和小儿子带进家门。那样的话,我们家的财产我只能得一半。所以,我爹开始生病了。其实他的小儿子,那个我从未见过面的小弟弟也开始生病了,是赵甲让他们生病的。病了一段时间,我爹终于就老去了,那个小弟弟也去了,只剩下那个戏子。你想知道那个戏子是谁吗?那个戏子叫作月娘,她在茶楼里唱戏。

赵小兰的脸一点点开始变白,白得像一堵墙一样。赵小兰说你说的是不是真的。

我说我喝醉了,我不知道是不是真的。

赵小兰说没想到呀你是一个文弱的人。

我说文弱的人一般情况下都会比孔武有力的人可怕。

赵小兰后来一声不响了,她的手从我的手里退出去。

这天我把赵小兰送回家,就再也没有去找她。赵小兰没多久就许配给了大竹院的骆家少爷。

现在，让我来给这个故事结尾。一九三九年的微风里我显得很疲惫，但是我突然变得喜欢在风里行走。我把家里的大事小事都交给了赵甲，赵甲一直是我们家最忠实的仆人。我爹是得病老去的，我也没有一个未曾谋面的小弟弟，我只是给赵小兰讲了一个虚构的故事而已。现在我出现在丹桂房的土埂上，一人出行让我感到很轻松。我去找长得像山羊一样的乡长，我要让他带我去城里见他的侄女。那个女校的学生影子，一直在我的脑海里浮现着，当然，还有她家的酱园米行还有无数产业，也在我脑海里晃动。一九三九年的微风里，我的骨头在发胀，我的口袋里藏着一把篾刀，看到它，我浑身就会产生一种快乐的痛感。田里的庄稼在欢叫，它们疯狂地生长，然后等待镰刀降临它们的头颅……但是，但是当乡长带着我到县城他侄女家里时，我在他们花园的草地上，看到了杜民居然在陪乡长的侄女——那个女校学生打球。女校学生发出了咯咯咯的声音，我看到了她脸上的小雀斑在阳光下很醒目。杜民的腿不瘸了，相反他健步如飞。我不知道他是治好了腿，还是一直在装瘸。乡长愣了一下，说，这不是那个没有名字的人吗？我微笑着点了一下头。乡长马上对侄女说，侄女，你把这个人叫来干什么？女校学生没有停止打球，说，他叫杜月生，是我们家新来的保镖。我喜欢让他陪我打球。

这时候我看到了杜民的腰部鼓鼓的，我看到了一支短枪隐隐外露的枪管。杜民现在是保镖了，保镖腰间当然是插着武器的。球落在我的脚边，杜民过来捡球。我一脚踩住了球，刚刚弯腰的杜民缓慢抬起了头，他在微笑着，但是他的微笑在一点一点淡去。他轻声说，陈老爷，香香已经在这个世界消失了，香香不在我可以轻松许多,我不用再去管她了。我说,杜民,香香为什么不在了?杜民说,我现在叫杜月生,请你叫我杜月生。你也不用问香香为什么不在了,这与你是无关的。说这话时,杜民已经完全站直了身子,他的声音充满愤怒。他冷冷地说,你把脚抬起来。我看了看乡长,又看了看女校学生,露出了苍白而无力的微笑。女校学生站在了杜民的身边,看来他们已经很亲近了,她正疑惑而且不友善地望着我。风一阵一阵在我的身边奔走,我一把握住了口袋里的篾刀。篾刀让我的血液奔流加快了速度,但是我不知道该把脚抬起来,还是继续踩着球。我只听到了远远传来的鼓乐,我就想,会不会是赵小兰正和她的嫁妆一起走在去大竹院骆家的路上?

往事纷至沓来

朱如玉跪在夕阳中的丝厂操场，蚕蛹被采丝后的腐败气息在丝厂上空随风飘荡。操场的空地上，零乱的报纸和那些鲜红鲜黄鲜绿的写满标语的纸，像随处丢弃的一堆残破的衣裳。朱如玉其实在心里喜欢着这样悲凉的场景，她看到远处空旷的围墙上挂着的半个红得让人触目惊心的太阳，她还看到一个戴着报纸糊成的高帽的男人，从丝厂大门口一闪身进来了。男人的脚步蹒跚而摇晃，走动的模样仿佛皮影戏中的人物。这时候朱如玉想起了十六岁的夏天，那个漫长得像一生的夏天朱如玉得了不知名的怪病，这场病差点让朱如玉死掉。父亲朱一文请来了道士，至今她的眼前仍会时常浮起道士拿着桃木剑捉鬼时晃动得让她眼花缭乱的脚步。

后来朱如玉活了过来。她不知道是不是道士那把桃木剑把她从阎王殿给救回来的，她只知道好像父亲对她的活过来没有表现出多少的欣喜，只是一味地边抽着水烟边不停地抚摸着她的头。她害怕父亲老是这样摸着，会把她所有的头发摸下来。

在后院荡秋千的时候，朱如玉突然想，十六岁以后的日子，是她多出来的日子。她可以把日子过得很随便，可以自由地打发掉。后来她走到了前厅,看到父亲的二老婆正在呵斥秀云。秀云是朱如玉的丫头,她在为朱如玉炖莲子百合汤。小炭炉中的青炭在秀云晃动的麦草扇下,红得让人要发疯。在二老婆的责骂声中,秀云一声不吭,眼泪却没有忍住,拼命地往下落着。

朱如玉的绣花鞋悄无声息地踱到了二姨太的身边。二娘,朱如玉说,二娘,你是不是在骂秀云?

二姨太说,我在骂一块木头。不是木头的话,秀云怎么会那么笨?

朱如玉说,二娘,你能不能再骂一声秀云让我听听?

二姨太说,好,你听好。我开始骂了,我说秀云,都说猪笨,你比猪笨一万倍。

朱如玉抓起了墙边的花锄,像一条疯狗一样一下子就窜到了院子里,对着养鱼的大缸就是一锄。朱如玉瞪着一双眼睛对二姨太说,你要是敢再骂我的丫头一声,我就让你的头像水缸一样。

二姨太张大的嘴一直没有合拢,直到很多年后,她仍然有睡觉合不拢嘴的习惯。

那一缸营养丰富积着绿苔的水奔涌而出,漫过并且打湿了朱如玉的绣花鞋。朱如玉看到了随水从破缸缺口奔涌而出的那些细若柳叶的小鱼,还看到了潮湿得想要发芽的十六岁。朱如玉很长时间都紧握着花锄,刚刚隆起的胸脯在这个初夏不停起伏着。

令朱如玉不解的是,睡在屋檐下一把躺椅上的父亲朱一文,竟然睡得纹丝不动,像死过去一般。他的水烟壶像一支手枪的形状,奄奄一息地歪倒在夏天的空地上。二姨太什么话也没有说，在朱如玉的花锄前走过。她突然消失了，像是从来都没有出现过一样。朱如玉就知道，这个夏天太安静了。

1

朱家是暨阳县城里头开丝厂的。那些茧农会摇着船在水汽氤氲的河面上驾船掠过，把一船船的白茧运到朱家设在枫桥码头的收购站。朱一文一直都喜欢睡觉，他的神态永远都是似醒非醒的。他仿佛从来没有烦恼，也从不用去想怎么样来挣钱。在朱如玉十八岁那年，朱一文盯着朱如玉像是恍然大悟地说，怎么那么快就长大了？爹找个好日子把你嫁出去。

朱如玉一下子愣在原地，她一直都在想，难道我已经长大了吗？没有容朱如玉来得及细想，一个装备精良手艺高超的木匠班子组建了起来。他们提着斧刨、凿刀，像部队一样整齐地排列在朱如玉家的院子里。

朱一文坐在太师椅上，眯着眼边抽水烟边看着每一个木匠的表情。朱一文看了身边垂手而立的朱如玉一眼，对面前的木匠们说，我的女儿要嫁人了，嫁给岭北胡老爷的大少爷胡金瓜。你们给我打一套红妆，我要连绵十里的路上都布满朱家给女儿的嫁妆。

朱如玉的耳边就开始充满那些锯刨榔头发出的千奇百怪的声音。院子里木头被剥皮去衣，木质的清香四处飘扬。朱如玉喜欢这样的清香，她总是微笑着蹑手蹑脚地在院子里踱步，拼命呼吸着木头的气息。木工们脱了厚重的棉衣，穿着单衫站在冬天最深的地方，一点儿也不觉得冷。他们的身上在冒汗，每个人都热气腾腾的样子，身体就像一支支充满力量的蜡烛一样闪动着劳动的光辉。

朱如玉对同学唐小糖说，我要嫁人了，嫁给岭北胡老爷的大少爷胡金瓜。我爹说，胡老爷家的毛竹连绵数十里，比天上的星星还要多。

唐小糖说，你真没出息。你当个地主婆算什么？嫁人就要嫁像陆大龙那样的。

朱如玉说，陆大龙算人吗？陆大龙就是一头熊，只长力气不长脑。要嫁就得嫁像柳岸那样的。

朱如玉这样说着的时候，暨阳县中国文教员柳岸穿着长衫的样子就浮在了她的面前。她的内心充满了甜蜜。在一次柳岸组织的剧社演出中，柳岸演的是一位斩灭黑暗的勇士。柳岸举着手臂，大声地说，让我们用利剑斩破黑夜，光明必将在我们期盼的目光中渐渐来临。朱如玉喜欢柳岸这样的状态，朱如玉想，柳岸怎么可以长得那么温文尔雅？柳岸的长衫怎么可以永远那么干净？柳岸的诗怎么会写得那么好？他朗诵的时候怎么会有那么多人屏住呼吸？

唐小糖却对柳岸表示明显的不屑，唐小糖说，他就算再好，光动不动翘兰花指就让我不舒服。

朱如玉盯了唐小糖一眼说，他是他，你是你，他凭什么要让你感到舒服？再说陆大龙同样让我不舒服，力气大有什么用？经常在学校欺侮人有什么用？拳头大有什么用？他能写剧本吗？他能写诗吗？他能温文儒雅吗？就算是兰花指，他也跷不出柳岸的那种韵味来。

唐小糖和朱如玉是最好的朋友，但是关于男人的谈话，她们总是不欢而散。很多时候朱如玉和唐小糖分开后，会站在弄堂的一头望着弄堂的另一头。她的目光穿过整条弄堂，那些杂乱无章地晾晒着的衣衫，像一面面旗帜一样。旗帜在风中飘动的声音，在朱如玉的耳膜里越来越响。弄堂安静极了，一粒灰尘被风移动的声音，都没有逃过朱如玉的耳膜。

朱如玉想，我要离开，我一定要离开暨阳县城。

这时候柳岸用手臂夹着一包书从朱如玉身边走过，他看到了朱如玉，眼睛随即荡漾起笑意。柳岸的声音像水草一样摇摆着，柳岸说如玉，你站在这儿干什么？

朱如玉说，柳老师，我在发呆。

柳岸又笑了，你上次写的诗我看了，很好。但是要注意，诗歌不是文字的堆积，是需要诗性的。

朱如玉说，什么是诗性？

柳岸说，这诗性只能意会不可言传，你只能慢慢地去琢磨了。

朱如玉看到柳岸向前走去，本来空寂无人的弄堂因此而变得生动起来。朱如玉一直看着柳岸在她的视野里消失。然后骑着脚踏车的陆大龙出现了，陆大龙的长腿踮地，说如玉我送你回家。朱如玉说，我想走走。陆大龙说，那你怎么站着？朱如玉说，我在发呆。陆大龙说，你为什么要发呆？

朱如玉不再说什么，她快步地向前走去，她想离陆大龙远一点。在她的心中，陆大龙多出现一秒，都会让她觉得不快。当她推开自己家的红漆大门时，院子里成群的木匠热火朝天赶做嫁妆的场面再次映入她的眼帘。朱一文叼着水烟，在院子里走来走去。他表情严肃地看了朱如玉一眼,说,木匠们就要完工了,接下来我们要请的是漆匠。

朱如玉怎么都觉得,父亲不是在给自己做嫁妆。父亲是想尽快像一盆水一样,把自己给泼出去。

一个布满雾气的清晨来临的时候,朱如玉和唐小糖手挽着手走向学校。她们的嘴里都叼着一串冰糖葫芦。小城的街道显得破败和杂乱无章,油条摊升腾的热气中弥漫着油条的清香,偶然奔过的黄包车,像一阵风一样一下子不见了。只有空气是新鲜的,朱如玉和唐小糖走在那个年代的新鲜空气里。然后他们不约而同地走向了暨阳县城最有名的三寸面馆。面馆老板钱三寸是个矮个子,大家都叫他三寸钉。钱三寸开的面馆其实门面狭小,但是他烧出来的面却让县城里头的食客一次次地做了回头客。

朱如玉其实一点儿也没有想到那天会发生那么大的一场争斗。她和唐小糖走进面馆的时候,看到陆大龙和柳岸老师都在吃面,他们是坐在两个角落。从吃面的吃相可以看出两个人有多么大的不同。而一群北方来的麦客,腰插明晃晃的镰刀,正在大口地吃面。他们很像是赶路的样子,大概是要奔向下一个麦场。唐小糖和朱如玉坐在了柳岸的身边,但是唐小糖的目光却一直在陆大龙的身上飘忽。陆大龙吃面吃得有滋有味,声音响亮。他突然盯着一名麦客说,喂,你在看什么?

那名长脸麦客正在看着朱如玉,他的目光被陆大龙的声音打断。长脸麦客不高兴了,我看什么关你屁事?

陆大龙说,你再说一句试试,我一定在三秒钟以内让你滚出三寸面馆。

长脸麦客看了看身边的一群麦客。麦客们都停止了吃面,纷纷向长脸麦客点了点头。长脸麦客大笑起来,他站起身来走到了陆大龙的身边,把嘴贴近了陆大龙的耳朵说,我看什么关你屁事?

陆大龙笑了,你胆子真大,你知道我陆大龙是学什么出身的吗?我陆大龙在滴水岩跟牛三道士练了十年拳棒了。

长脸麦客道,你就算跟牛三道士练一百年拳棒,又关我屁事?

陆大龙说,我说过让你三秒钟滚出三寸面馆的,现在咱们来数数,一——二——三。

陆大龙说到三的时候,长脸麦客已经腾空而起,飞了出去,跌坐在三寸面馆门口的街面上。他挣扎着爬了起来,没走几步腿一软又跌倒在地上。陆大龙又看了看身边的麦客,麦客们都站了起来,纷纷拔出了腰间闪亮的镰刀。陆大龙一纵身跳到了大街上,麦客们像出闸的泥鳅一样纷纷涌出了店面。

柳岸苦笑着摇了摇头,这个陆大龙真是太不成器了。

唐小糖说,柳岸老师,你是老师,你不去帮帮陆大龙吗?陆大龙会被麦客揍死的。

柳岸刚好低头吃面,听了这话他脸上有些挂不住,一会儿他讪讪地说,那是他自己的事。

唐小糖冷冷地笑了,说柳岸老师,你真不像个男人。

柳岸的脸一下子红了,结巴着说不出话来。朱如玉却对唐小糖吼了起来,你说什么?你对老师可以这样说话?

唐小糖笑了,说我已经说了。唐小糖说完走出了三寸面馆,她看到了令人眼花缭乱的刀光,而从对面暨阳县中奔出来的学生和老师们,都站在一边看着热闹。

朱如玉和敬爱的柳岸老师走到街上时看到的场景是这样的,麦客们的镰刀丢得四处都是,许多麦客都躺在了地上,只有浑身沾满细小血点的陆大龙还站着。陆大龙的嘴角流着血,手上也在不停地淌血。他轻蔑地笑了,用手指着众麦客大声喝道,你们服不服,你们还想砍老子?猫有九条命,老子比猫多一条命,有十条命。你们砍不翻老子,你们也别跟老子斗。

唐小糖的眼睛里闪动着动人的光芒,那是只有年轻女子才会有的流转着的眼神,她很想冲上去抱一抱陆大龙。唐小糖拉着朱如玉一起走向了陆大龙,唐小糖急切地问,没事吧你陆大龙?陆大龙的目光却一直不离朱如玉。

陆大龙说,朱如玉,他们竟然敢那么随便地看你。

朱如玉生气地说,你浑蛋,谁让你动手了?

陆大龙擦了一下嘴角的血,我就是浑蛋我也不许他们那么随便地看你。

朱如玉说,为什么?

陆大龙说,因为你以后会嫁给我,我一定要娶你。

唐小糖一下子蒙了。朱如玉却恼羞成怒,恨恨地将手中没有吃净的糖葫芦砸在了陆大龙的脸上,边砸边吼,你以为你是英雄?你不是,你没有脑子不懂文明,你简直是垃圾。

陆大龙的样子看上去很难过,然后一阵风就从远处如期而至。陆大龙倒了下去,仿佛是被风吹倒一般。陆大龙倒下去的时候,手刚好触到了那串糖葫芦,他把糖葫芦紧紧地抓在了手中。朱如玉并没有感到意外,她只是明显地感受到这是春天的风。朱如玉把那些地上的镰刀都收成了一堆,丢在了三寸面馆

往事纷至沓来 | 071

的门口。唐小糖扑向陆大龙,大声地叫喊着,黄包车,黄包车。

一辆黄包车飞奔而至,车夫和唐小糖一起把陆大龙抬到了黄包车上,拉着陆大龙向医院奔去。望着那堆寒光闪闪的镰刀,朱如玉的内心充满了快意,她甚至想要欢叫一声。这时候她听到柳岸正挺着胸在训斥那帮看热闹的学生。柳岸的嗓音很雄浑,中气十足。柳岸说,你们怎么视而不见?你们怎么能看着自己的同学流血?你们还有没有男人的血性?如果中国民众都是这样,日本人怎么赶得走?我们怎么能够胜利?

几天以后,朱如玉在唐小糖租的房子里看到了陆大龙。陆大龙躺在床上,他的身上密密麻麻地缝了很多针,伤口上的线已经拆去。唐小糖正在为陆大龙炖鸡汤,朱如玉望着唐小糖忙碌的身影,在心里为唐小糖感到不值。陆大龙看到朱如玉来了,露出一口白牙灿烂地笑了起来。

陆大龙说,如玉,你来看垃圾了?

朱如玉什么话也没有说,是因为她懒得说、不想说。她找了一张椅子坐下来,安静而长久地看着唐小糖忙碌。唐小糖在数落陆大龙的鲁莽和不顾死活,像数落自己的亲人一样。她捧着一碗煎好的冒着热气的中药轻轻地吹着,小心而心怀甜蜜。朱如玉的思绪飘了起来,越过县城的上空。她再一次看到了丝厂老板朱一文的家里,二姨太正缠着朱一文要钱,自己的丫头秀云正在用麦草扇扇着一个小炭炉,而那些已经被油漆一新的嫁妆,有好多还上了金粉,正安静地躺在一间厢房里等待风干……

朱如玉想,我真的得离开暨阳县城了。

2

　　暨阳县中毫不犹豫地把陆大龙给开除了。陆大龙从此和一堆拉黄包车的人混在一起，为了感谢唐小糖，每天清晨陆大龙都会到唐小糖租住房的门口等待唐小糖，然后飞奔着把唐小糖拉到学校门口。陆大龙跑步的速度令唐小糖惊叹，那简直是一阵风的速度。唐小糖喜欢陆大龙拉着她，整个小小县城的道路就被陆大龙的黄包车车轮渐次压过。

　　唐小糖在学校的小路上兴奋地告诉朱如玉，说陆大龙成了黄包车夫们的头儿了。

　　朱如玉不屑一顾，成为头儿又怎么了？他仍然还是一头有力气没脑子的熊。

　　朱如玉带着唐小糖，经常跟柳岸参加一些诗会。在小小的暨阳县城里头，柳岸是少见的才子。朱如玉还经常写诗，送给柳岸请他斧正。在柳岸的教工宿舍里，光线从窗口打进来，柳岸反背着双手在屋子里边轻声朗诵边来回踱步。他的下巴很尖，所以在光线中他的下巴显得很立体。更令朱如玉喜欢的是他的表情，他沉醉于诗歌中不能自拔的神情，令朱如玉着迷。曾经有一次，柳岸轻轻抱了抱他，嘴唇在朱如玉的脸上轻轻地触了一下。这让朱如玉一下子就想到了家里厢房里堆放着的嫁妆，她恨不得把那些嫁妆用一把火烧掉。

　　当朱如玉再一次推开柳岸的门的时候，看到了一个大脸盘的姑娘。她正在梳着长辫，对朱如玉热情地说，你是学生吧？朱如玉摇了摇头，又忙点了点头说，是，我是学生。朱如玉的手里拿着诗稿，交到柳岸的手里请他斧正。柳岸好像和朱如玉不是很熟的样子，轻声说你叫朱……朱小玉吧？朱如玉说，不，我就叫朱如玉。

朱如玉后来知道这个大脸盘的姑娘家里是开南货店的，而且把这南货店开得很不错。她是柳岸的未婚妻，据说是独养女儿，将来家里可以让她继承财产。朱如玉走出柳岸宿舍的时候，心里装满了难过。朱如玉难过的时候，她的胃就会不由自主地泛酸水。朱如玉一阵阵地泛着酸水，然后她走到了小县城的河边。在一棵柳树下，她从下午站到黄昏，整整站了半天。当她回过头去的时候，忽然看到了陆大龙。陆大龙坐在黄包车里，一言不发。从朱如玉的视角看过去，那安静的黄包车简直是一块纹丝不动的石头。

朱如玉说，你怎么会在这儿？

陆大龙说，我在这儿已经半天了，我一直在看着你。

朱如玉，你想干什么？

陆大龙说，我想用黄包车把你拉回去。

朱如玉最后还是坐上了陆大龙的黄包车。陆大龙说，坐好了。然后陆大龙开始奔跑，朱如玉看到了陆大龙宽阔的后背和肩背手臂处隆起的肌肉。春风沉醉，夜色泛着一阵阵的温暖，陆大龙就那么健步如飞地奔跑着，一直把朱如玉拉到最黑最黑的夜里。很快，就像一滴水掉进一盆墨汁中，朱如玉和陆大龙以及黄包车，都被夜色像海绵吸水一样，深深地吸了进去，然后不见了。

院子里早就恢复了往昔的宁静，那些木匠和漆匠离开，像是一群麻雀突然降临晒谷场,又突然离去一般。对着院里惝惶而瘦弱的枣树,如玉觉得日子变得又薄又瘦。婚期在一天天临近,终于有一天,如玉把柳岸约到了学校里的小土包上,小土包有一个揽月亭,在这个石头亭子里,如玉鼓动柳岸和她私奔。柳岸答应了,他很激动地一把捧住了如玉的手,放在唇边说,我们一起去革命,去上海,我们要过新的生活。如玉笑了,她想原来人生的变故,只要一个念头就能决定。在如玉小小的脑海里,一列黑车皮的火车慢慢清晰起来。在如玉的梦境中,这辆火车喷着热气呼啸着向她奔来。

在如玉出嫁的前几天,院子里开始热闹起来,一些鸡鸭猪羊被赶进院子,它们睁着惊恐的眼睛望着院子里的一切。如玉一成不变地露出微笑,穿着学生裙装进进出出。

第二天就要出嫁了。如玉把秀云拉到了屋子里,告诉秀云自己的计划。秀云望着满屋明晃晃的嫁妆和床上的锦被,有些不知所措。如玉说,我一定会报答你的,这一点你可以放心。秀云突然就跪了下去,眼泪在黑夜里无声地滴落。秀云说我怕的是老爷伤心难过,从你用花锄砸破水缸那一天起,我就对自己说,我的命是你的。

如玉一把揽过秀云的头,咬着牙说,好,今天晚上你就帮我逃出去。

如玉一直没有睡着,她躺在锦被中,睁眼望着窗外冷冷的月色。她想象着,柳岸怎么样从县中宿舍出来,坐着黄包车在龙山脚下的火车站等她。然后,他们将一起出现在上海,他们革命,像别的年轻人一样,举着旗帜,喊着口号,即便在枪口下倒下,也是无上的光荣。如玉终于从想象中坐起了身子,穿好衣服，背上了一个布包。她走到院子里的时候，看到围墙下站着秀云。秀云的身边是一把梯子，秀云什么话也没有说，就那么在月光之下看着如玉。

如玉觉得她应该说些什么话的，想了想，话到嘴边仍然是那句我会报答你的。秀云不接口，只是把头扭了过去。如玉登上了梯子，爬上了围墙，又把梯子给提起来搭向围墙以外的空地。她在下梯子以前，很深地看了一下她生活了多年的院子。她的心里突然觉得空落下来，好像不是她抛弃了院子，而是院子把她给抛弃了。

如玉站在县城火车站的时候，发现长长的月台，只有她一个人。一名提着马灯的车站工作人员正蹲在一根巨大的柱子下抽烟，他不说话，但会不时地看看如玉。如玉在等着柳岸，柳岸迟迟没有赶来令她感到失望。在如玉的想象中，柳岸早就等在车站了，至少会在看到她的时候，马上就给她一个胸膛。在如玉的等待中，秀云按照如玉的意思，睡在了如玉的房间里。然后，在剧烈的咳嗽声中朱一文起床了。朱一文起床是因为他想撒尿。他其实是有尿壶的，尿壶就放在床底下，但是他觉得，在这个并不太冷的夜晚，如果把尿放在院里的枣树下，该是多么惬意的一件事？他果然就这样做了，并且在枣树下射出一道弧形的白光，然后还幸福地打了一个嚏。在他回房以前，他突然觉得他理应去女儿的房中看一下女儿，因为过了今夜，女儿就不再是自己家的人了。女儿属于胡金瓜家。

朱一文走进了如玉的闺房，他伸出了手，想要摸一下如玉的脸。他的手在秀云的脸前僵住了，借着清冷的月光，他看到的竟然是睁着一双圆眼的秀云。

朱一文抽了一口凉气，小姐呢？

秀云说，她走了。

朱一文说，她去哪儿了？

秀云却从被窝里伸出一只白藕一样的手，手里抓着如玉写的一封信。

朱一文打开了信，信中说她去上海了，是和柳岸一起去的。他们为什么要去上海？是因为他们相爱了，而且，他们要革命。朱一文把信纸揉成一团，又一把将秀云从被窝里拎了起来，像扔掉一件破棉袄一样，把秀云扔在了地上。朱一文迅速地蹿向了院子，他就站在院子的中间，对着两边的厢房大喊起来，给我追，给我追。

寻找如玉的火把连绵三里，让这个夜晚变得不再安静。火把把天空烧出了一个长条形的窟窿，朱一文敞着怀站在队伍的最前面。喊叫如玉的声音此起彼伏，把这个夜晚喊得支离破碎充满恐怖。在这样的喊声里，一辆火车开进了如玉的视野。如玉茫然四顾，柳岸的身影始终没有出现，她终于明白，柳岸不会来了，那个会写诗的俊逸的柳岸不会来了，那个在揽月亭里告诉她，一起去上海去革命的柳岸不会来了。如玉的心像被掏空似的，她看到那个蹲在柱子边上的铁路工人丢掉烟蒂走到了如玉的身边。他温和地说，你一定在等人，你一定没等到人。如果你想留下来的话，你可以再发一会儿呆。但是如果你要上车的话，你得赶紧了。

朱如玉在火车开动前的一秒钟上了火车。她把两张票捏在手心里，已经捏得汗津津皱巴巴。她失望地看着火车把陈旧的小县城给抛下了，在她的视野里，突然发现县城原来那么小，小到只是一块黑影而已。如玉在车上找了一个位置，车厢里很空，有冷的空气灌进来，让她蜷紧了身子。她在想此刻柳岸是在干什么，她情愿柳岸是误了钟点才没有赶上这趟车，那样的话，她可以在上海等着柳岸再次赶来。

柳岸不能再赶到上海了。柳岸从被窝里被朱一文拎了起来。朱一文让人把柳岸像粽子一样捆了起来，带回自己的家中。柳岸就跪在那被如玉砸破的缸边。他穿着单衫，兴许是有些冷了，不停地颤抖着。长工、家丁们都散去了，只留下黑夜和黑夜里的柳岸，他把头勾得很低，仿佛犯下了天大的罪一般。

第二天清晨，当如玉望着车窗外一格一格的景色时，柳岸被吊了起来。穿着绸衫的朱一文慢条斯理地接过二姨太递给他上过牙粉的牙刷，刷完牙以后又慢条斯理地洗了一把脸，然后他走到了柳岸的面前。那时候晨光初现，太阳红色的光芒非常柔情地映着柳岸清瘦的面容。朱一文用手抬起了柳岸的下巴，说你为什么要把她骗走，而你自己又不走。你要真走了，我倒还愿意成全你。

柳岸没有说话。柳岸知道自己的心里因为有了小九九而没有去车站，他觉得他离开县城的成本实在太大了。革命，可以在学校里革一下。但是他不知道他已经惹毛了朱一文。他的父母也救不了他，因为朱一文在县城里头的势力，夸张一点地说就是伸出手来，能把太阳挡住，从而让县城阴郁一片。现在他就被一名长工用绳子吊了起来，吊在一棵树上，他像钟摆一样晃荡起来。或者说，他多么像一只秋蝉，在风里无比恓惶地颤抖。院门口聚了好多人，他们是来看热闹的，这里面有许多人都是拉黄包车的。陆大龙也在其中，陆大龙看到朱一文接过二姨太端过来的一杯茶，喝了一口以后轻声地说，敲断他的腿。两名家丁手持木棍从屋檐下冲了过来，他们的身手很矫健，很像是练过武的人。

柳岸的汗随即从额头挂了下来，他紧紧地闭上了眼睛。院门外的陆大龙拨开人群，冲到了柳岸的面前。陆大龙夺过了其中一根棍子，却没有躲过另一根棍子。陆大龙就惨叫了一声，说，王八蛋，你们敢打我的老师！这时候柳岸睁开了疲惫的眼睛，他看到被暨阳县中开除的学生陆大龙，突然之间被一群家丁围住了。所有的木棍都向陆大龙奔来，陆大龙用手中的棍子抵挡了一阵以后，再也不能抵挡，被打翻在地。朱一文的一只脚踩在陆大龙的胸口上，他看到陆大龙的嘴角沁出了血。

朱一文说，你真不怕死，你比那个柳岸更像一个革命的人。

陆大龙说，丈人，你不要这样凶。

朱一文说，你叫我什么？

陆大龙说，丈人。

朱一文说，我什么时候是你的丈人了？

陆大龙说，我一直把你当丈人的，有一天我要你做我的丈人。

朱一文说，你不怕我现在就打死你吗？

陆大龙说，打死我，你还是我的丈人。

朱一文哭笑不得，对家丁说，这个柳岸的学生是个疯子，把他扔出去。

家丁就用棍子把陆大龙架了起来，架到院门外，当着许多看热闹的人的面，把陆大龙扔在了地上。拉黄包车的兄弟们迅速地把陆大龙给抬到了黄包车上奔向医院，没想到陆大龙却用

往事纷至沓来 | 079

手捂着胸口笑了,他大喝一声,兄弟们,我是打不死的,猫有九条命,我比猫还多一条,我有十条命。

陆大龙刚说完,胸口一甜,从嘴角又流出暗红的血来。然后,陆大龙正式昏了过去。

3

其实这是个令朱一文很不愉快的清晨,但是他还是和二姨太一起平静地吃起了早饭。他一边默默地吃饭,一边在考虑问题。胡金瓜家就要向他要人了,他要怎么办?而二姨太在喋喋不休地说着如玉的坏话,二姨太主要是说如玉不懂事,养那么大的人跑了。就算养条狗,也会很忠勇地守着院子。

二姨太的这句话令朱一文很不舒服,朱一文说你给我住嘴。二姨太果然不敢说话了,小心翼翼地瞄一眼朱一文以后,开始专心地吃早饭。朱一文吃完了早饭,又喝了一碗汤,总的来说,他的早饭吃得很不错。他看到院子里站了许多吹鼓手,正在等着他的命令。他的眼光落在了院子里的秀云身上,秀云正在给已经从树上解下来的柳岸喂饭。

朱一文走到院子的中央,他每走近柳岸一步,都让柳岸感到莫名的恐惧。朱一文笑了,说秀云,秀云你有很重要的一件事要做。

秀云说,老爷,什么事?

朱一文对柳岸挥了一下手,滚,你这个胆小鬼你给我滚,你要革命的话先去学一下你的学生。

柳岸果然就滚了。他滚得很迅捷,说明白些就是他是连滚带爬地跑出朱家的院子的。朱一文望着柳岸的背影摇了摇头，他怎么都想不明白，女儿怎么会选择这样一个随时都会被捏扁的柿子私奔。朱一文对秀云说的一句话是，知道胡家吗？

秀云说，是不是竹林连绵数十里，毛竹比天上的星星还要多的岭北胡老爷家？

朱一文说，是的。现在你赶紧去打扮一下，穿上新娘的衣裳，我把你嫁过去。

秀云说，我是丫头。

朱一文笑了，说丫头就不是女人吗，你要是把自己看轻了，别人就更容易把你看轻。

秀云没有再说什么，她闪身就进了如玉的房间，一名专门候在一边的老妈子迅速地跟了进去。她的手里捏着绞脸用的丝线。

在朱一文的安排下，鼓乐手们开始敲锣打鼓。胡家的嫁妆队来了，他们把嫁妆搬到院子里，一件件地抬走，像是蚂蚁搬香火一样。秀云盖着红头巾，被伴娘从如玉房里搀扶出来，走出了院子。朱一文把秀云想象成了女儿，他微笑地看着盖着红头巾的女人被人扶出了院门时，眼角突然有些潮了。

十里红妆的嫁妆队伍绵延十里，成为暨阳县城里头的第一道景观。秀云就坐在花轿里，她怎么也想不明白，自己的婚姻大事昨天还八字没有一撇，今天怎么突然就嫁人了，而且是嫁给大户人家。

当夜半时分，闹房的所有人都已经离去，新郎用一根秤杆将秀云的红盖头掀开时，秀云才看到了眉清目秀却挂着口水的胡金地。胡金地看到秀云以后笑了，他发音含糊地从口中挤出两个字,俏亮。他说的俏亮,其实就是漂亮的意思。新郎和新娘被安排入睡,这个流着口水的新郎对男女之事倒是无师自通的。他毫不犹豫地解开了秀云的衣衫,然后非常顺利地就把秀云给办了。秀云忍着剧痛,看到胡金地从她的身上翻滚下去时,竟然很快就打起了呼噜。这时候秀云的眼泪挂了下来,她想,自己的命改了,自己以后就是大户人家的少奶奶了。让自己过上好日子,是不是就是如玉说的所谓报答?

秀云没有想到的是,胡老爷安排给她的新郎不是胡金瓜,因为胡金瓜也在昨夜跑了。昨夜胡金瓜其实一直和傻弟弟胡金地在一起。第二天胡金地告诉胡老爷,前夜哥哥一直在读文章,读得他昏昏欲睡,就在他打了一个盹儿的时候,哥哥不见了。

胡老爷啥也没有说,他很清楚如果胡金瓜不见了,那么他派一万个人去找都没有用。他只能用胡金地来顶替胡金瓜,好让胡金地尽快替他们胡家鼓捣出一个儿子来,以便继承胡家殷实的家业。胡金地却是一个喜欢踢毽子的人,他早早就醒来了,仿佛无视身边有一个新娘子躺着似的,套上裤子就乐呵呵地跑到院子里踢毽子。他是一个笨拙的人,但是他把毽子踢得灵动异常,让人眼花缭乱。

胡老爷抽着烟看着胡金地踢毽子,在胡金地的毽子掉落在地上的时候,胡老爷认真地、一字一顿地对胡金地说,你给我生,狠狠地生,生个儿子出来。

胡金地说,爹,我生不出来的,要新娘子才能生得出来的。

胡老爷说,新娘子没有你也能生得出来?

胡金地说,那当然了,新娘子要是能下蛋就好了,这样可以孵出一群孩子。

胡老爷没有笑，他眨巴着眼睛，突然之间从心底的最深处涌出来一丝悲哀。他把毽子还给了胡金地，轻声地重复着，生，生，你给我生。生，生，你给我生。

4

漫长的冬天，朱如玉一直都喜欢去苏州河看那河面上黑压压的船只。她喜欢听汽笛的声音，这让她有一种漂泊的沧桑感。朱如玉在这样的汽笛声中，一次次地想起柳岸，柳岸他现在怎么样了？

朱如玉喜欢做的另一件事，是去住所不远处的海记牛肉面馆吃牛肉面，其实朱如玉喜欢吃的是牛肉。在牛肉面馆里，朱如玉认识了苏步云。在腾腾热雾里，朱如玉能听到牛肉面馆里的吃客们此起彼伏吸食面条的声音。朱如玉看到温文的苏步云躲在角落里看书，他和柳岸是同一种类型的，只不过他比柳岸要洋气，因为他经常穿着西服，戴着鸭舌帽。当有一天苏步云因为忘了带钱而在吃完面条后露出尴尬神色的时候，老板操着江苏口音的上海话说，苏先生，那位小姐替你付了账。

那位小姐就是朱如玉。朱如玉正眼也没有瞧他一下，而是望着窗外纷乱的人群。人群在匆忙地赶路，在寒风中他们的身体前倾，表情木然。朱如玉听到了苏步云的声音，苏步云说，谢谢侬。

苏步云在朱如玉的面前坐了下来，他紧盯着朱如玉的脸说，侬是做啥事体的？

朱如玉说，我在闸北工会的图书馆里帮人整理资料。

苏步云听出朱如玉不是上海人。苏步云说：侬好像是绍兴一面搭过来的？

朱如玉皱起了眉头说，我是绍兴暨阳县的，劳驾你能不能说国语？

苏步云的国语其实是很标准的，他笑了起来，露出一口白牙，还可以看到脸上两个精致的酒窝。苏步云说，你把地址给我，我一定要把钱还给你。

朱如玉说，不用还了。顿了一顿又说，不就是一碗面吗？

苏步云说，那就不还了。明天早上还是格辰光，我请你吃一碗面。

第二天朱如玉就吃了苏步云的一碗面。苏步云很健谈，他告诉朱如玉一个真实的上海，一个汪精卫成立了伪政权的上海，一个汪伪特工、日本兵，还有国民党军统特务像梭子鱼一样穿梭在人群中的上海。苏步云说到激动的时候，手挥舞起来，眼镜片闪着灼人的光芒。知道天亮剧社吗？知道天亮剧社排的《天色微明》吗？天色微明的时候，是我们冲破黑暗前最关键的时候。黎明就在不远处等着我们，我们还有理由不向着黎明赶路吗？花朵能够掐掉，草木可以焚毁，但是花朵和草木的消亡，难道就证明这个春天不存在了吗？

朱如玉安静地听着苏步云在他的面前激动地说着这些，看得出这是一个激进的进步青年。苏步云终于说完了，他埋下头去吃面，吃完面条他掏出手帕，温文地擦了擦嘴角。走吧，他说，我们走吧。

朱如玉却没有站起来。朱如玉说，我要看《天色微明》，你带我去看《天色微明》。

在复旦大学的礼堂，朱如玉和苏步云坐在一起，望着台上的年轻人们为了革命而抛下了功名、爱情、亲情以及更多，他们向着远方进发。远方的名字，就叫延安。演出结束的时候，朱如玉和台下的学生们一起激动地鼓着掌。到延安去，到延安去，一个低低的男声发出了这样的音节，就有好多人附和，赶走日本人，到延安去。

在朱如玉的心里，延安是一个青翠欲滴的字眼。朱如玉跟着苏步云一起印传单，一起唱抗日救亡进行曲：脚步合着脚步，臂膀挨着臂膀……苏步云活得忙碌、充实，而且浪漫，他像有使不完的劲一般，上台演讲，散发传单，组织学生运动。然后，一切安静下来以后，他带着朱如玉去喝咖啡。在孤岛时期的上海，咖啡馆仍然林立，音乐声和咖啡的浓香中，朱如玉和苏步云一起喝了好几次咖啡。那是苏步云省下钱来请朱如玉喝的咖啡，那是珍贵的咖啡。而且苏步云还带着朱如玉去黄浦江边吹风，那是在明月当空的夜晚，夜风清凉中透着暖意，穿着单衫的苏步云搂紧了朱如玉，他们靠在码头的护栏上，望着黑黝黝的江面上那模糊的船影。苏步云说，总有一天我们要一起去延安。

朱如玉以为，这是上天派苏步云来到她面前的，是为了让她忘掉柳岸。朱如玉在图书馆里整理资料，誊写材料，穿着轻便的布鞋，走路像猫一样无声无息。但她的爱来得很汹涌，当苏步云很长时间没有请她喝咖啡的时候，她把苏步云叫到图书馆，他们在一张桌子的两边对坐着。朱如玉把一个蓝色的小布包推到苏步云的面前，轻声说，你把这个拿去，你不能断了请我喝咖啡。

苏步云打开了布包,他的眼睛瞪圆了,因为他看到了金和银,看到了一大把首饰。朱如玉家是暨阳县城的大户,朱一文能给她置办十里红妆,当然朱如玉也就能拿得出这些细软。苏步云惊喜万分地说,不,要不我请你吃牛排。

苏步云用朱如玉的细软换来的钱,请朱如玉吃牛排、看戏,而且还为她订了一只金戒指,戒指上刻着一颗心。苏步云为朱如玉戴上戒指,轻声说,勿管侬走到哪儿,我们勿能够分开额。

苏步云介绍朱如玉认识了一个叫七哥的人。七哥很瘦,有些弱不禁风的味道,但是七哥还是很高兴地和朱如玉握了手。不久,朱如玉在一面党旗和七哥的面前入了党,因为在这之前苏步云告诉她,党是爱情,党是民主,党是自由和平等。

朱如玉举着拳头入党,但是她的誓言却很轻,甚至相当于在心里默念,这让苏步云在七哥面前很没面子。苏步云说,你能不能大声点?你要大声地表达,你对党的忠诚。

是七哥替朱如玉解了围。七哥笑着说,好了好了,你不要难为如玉。所以朱如玉觉得,七哥是一个温暖的哥哥,是一个温和的可以交的朋友。朱如玉其实是希望有这么一个亲哥哥的,亲哥哥就是一棵树,树可以让朱如玉倚靠攀缘,但是,朱如玉没有这样的一棵树。

在上海,朱如玉只有苏步云。不管苏步云是不是树,朱如玉都必须把苏步云当成树。然后,穿着薄底布鞋的朱如玉和苏步云一起,上街游行,参演活报剧,散发传单,站在高大的卡车上演讲,到处都涌动着年轻人,到处都是流动着的激情。苏步云是演讲的天才,每次演讲结束,都能让群情激昂。苏步云有一次从卡车上跳下来,走到了人群中朱如玉的身边,把朱如玉的手高高举起，装作不认识似的说，这位小姐，你为大家说几句。

朱如玉有些窘迫，但是她还是走到了人群中间。她缓慢地举起了手，看上去并不十分有力。她想喊口号的，比如把日本鬼子赶出去之类，比如中国不能亡之类，但是她突然发现她嗓子哑了。她不停地挥动着手臂，却没能喊出一句口号。她很清楚地看到了苏步云失望的眼神。一会儿，哨子声响起，警察赶来了，汪伪特工也像一群黑色的蝌蚪一样从不远的街口涌过来。苏步云拉起朱如玉就跑，他的反应灵敏得像一只猴子。这让朱如玉有些失望。

在家里，苏步云看着正在洗脚的朱如玉说，你连革命都不会。

朱如玉停止了擦脚，愣了一会儿，又开始擦起脚来。她始终一言不发，开门，倒洗脚水，关门。然后她就坐在长条凳上发呆，苏步云开始说话，他不停地说话，意思是他要把朱如玉培养成优秀的共产党员。朱如玉有些烦了，突然一声断喝，你给我闭嘴。

苏步云愣在原地一动不动。朱如玉的脸上泛起了温暖的淡淡的光线，她突然想起了那个答应和她私奔的柳岸，在这个安静的夜里，柳岸在干什么？

秀云抱着自己的肚皮，她怀孕了，脚微微地肿着，这让她走路的姿势有些像一个发福的矮胖男人。秀云经常看到胡金地戴着瓜皮帽，勤奋地在院子里踢毽子。秀云不去理会胡金地，胡金地也不去理会秀云，他总是觉得一个陌生女人突然出现在他家是一件奇怪的事。他经常去摸秀云圆滚滚的肚皮，然后嘿嘿傻笑着，流下一串亮晶晶的涎水。只有胡老爷看秀云时是眼睛放光的，他看秀云的肚皮时想到了肚皮里面藏着的胡家香火。他看秀云肥大的屁股时，想到了这么大的屁股，一定是专门生儿子的屁股。

秀云偶尔会在丫鬟的陪伴下去街上走走，她已经很像一位太太了。在喧嚣的街上，她抬眼望望白花花的日头，很有一种想睡觉的欲望。这个时候肚里的小胡踢了她一脚，她不由得骂出声来，小畜生，你这个小畜生。秀云就那么幸福地骂着，这个时候她看到了柳岸，柳岸穿着洁净的长衫，坐在一匹矮脚马上，戴着帽子，胸前佩着一朵大红花。他是去娶亲的，在他身后的轿子里，坐着南货店老板的女儿，那个脸大如饼的姑娘。柳岸的脸上看不出有什么喜气，他脸上的表情，像一块没有刻过花纹的雕版，平整而没有内容，在秀云的眼里一团模糊。

秀云想，这个男人终于娶妻了，那么小姐一个人的私奔，真是一个天大的笑话。秀云不愿多看柳岸一眼，转身进入了一家喜铺。她背对着街面上热闹的场面，背对着一大群喜气洋洋的锣鼓和唢呐声，就好像背对着一个朝代似的。

5

苏步云也在秋天来临的时候离开了上海。他对外宣称自己是上海人，但其实他是江苏海安人。他把上海话讲得比上海人还顺溜，在他的潜意识里，他比上海人更像上海人，上海就是一个温暖的摇篮，在一摇一晃中他革命了。现在组织上需要这个白净的后生走出去,去浙东山区,去金绍支队。

苏步云在二十世纪三十年代末一个普通的上海黄昏里,开始整理自己的行李。他把自己要带走的东西都装进一个陈旧的皮箱,然后锁上。他看着朱如玉,说,真想把你也装进皮箱里带走。就是这么一句普通的话,差点让朱如玉号啕大哭。最后朱如玉还是忍住了,她只是眼角有些控制不住地潮而已。这天晚上,苏步云搂着朱如玉睡了,朱如玉却在半夜起床,在油灯下坐到天亮。天亮的时候苏步云看到白色的光影中,坐着朱如玉的背影,不由得惊讶地叫了一声。他说,呀,侬一个夜都没有睡觉?

朱如玉转过身来,我睡不着,我得送送你。

苏步云起身,把朱如玉搂在了怀里,说,傻,傻,傻,你真是太傻了。

天亮时分,一辆黄包车在弄堂口歇着。朱如玉说,走吧。苏步云就拎起皮箱走了。苏步云没有回头,朱如玉也没有追出门去,她一点儿也不想说那些多余的话,比如路上小心。朱如玉知道,你说了小心,未必就真的会小心。这个时候,她闻到了早餐店飘过来的油条的清香,以及大饼的叫卖声,还有早晨渐次明亮清晰的声音。她不由得一阵恶心,忙跑到门口的阴沟边吐了起来。

这是一场清晨的呕吐。弄堂口的黄包车不见了,可以想象现在的苏步云坐在飞快闪过的三轮车上,奔向上海火车站。朱如玉吐完了,却没有很快地离开,她的手扶在墙上,一动不动地看着巷口。屋檐上的檐草突然在风中欸了欸身子,朱如玉才想起,她的男人去浙东了。

隔壁的老女人吐着大烟圈,在打了一个很长的哈欠后,无精打采地盯着朱如玉看了好久。朱如玉努力地把自己靠在墙上,摆出一个随意省力的姿势说,怎么了?

隔壁老女人吐出一口烟说,孩子,你怀上孩子了。

朱如玉愣了一下。孩子,你怀上孩子了,这是一句听上去有点儿别扭的话。朱如玉想了想,头也不回地回了房。隔壁正吞云吐雾的老女人不由得冷笑了一声。

朱如玉是在正月过后去兰溪的。那天她腆着五个月的肚皮,正在翻晒一床棉被。她用竹拍子重重地拍打着棉被,那些灰尘就在棉被的上空飘扬起来,这让朱如玉打了一个响亮的喷嚏,然后她看到了依然消瘦的七哥出现在她的面前。

七哥把手插在唐装的口袋里,抬头望了望冬天的铅云,好像很冷的样子。好久以后,他把目光投在孕妇朱如玉的身上说,如玉同志,你马上整理一下,组织上决定派你去兰溪,任兰溪妇女部副部长。

朱如玉手里捏着竹拍子,愣了好久以后说,苏步云怎么样?

七哥说,他去了金绍支队后,和我们上海交通站的联系不多。我没有他的消息。

朱如玉说,我真怕他被打死了,他要是死了,我就成寡妇了。

七哥说,你还没结婚,你怎么成寡妇了?你们未婚先孕,没有向组织上汇报,这件事还要秋后算账呢。

朱如玉笑了,说,七哥,算账就算账,我可是死过一次的人。

朱如玉终于在这天晚上,由七哥将她送上了火车。火车穿透了黑夜,在漫长的没有边际的黑夜里,朱如玉在火车的晃荡中难以入睡。她摸着自己的肚皮想柳岸、想苏步云,当然也顺便想了想陆大龙和唐小糖,以及她的丫鬟秀云。

火车到杭州后,朱如玉下了火车。她要搭乘汽车去兰溪,在去兰溪以前,她突然想到要在这片浙江的土地上见一见苏步云。负责护送的同志联络了金绍支队,支队同意让苏步云和朱如玉见面。但是,苏步云却把见面的地点定在了枫桥镇上的丹桂茶楼,这让朱如玉有些失望。本来她想看看山上的情况,看看她的男人苏步云,是怎么样在山上生活和战斗的。

朱如玉在丹桂茶楼见到了苏步云。苏步云憔悴而慌乱,以至于替朱如玉添茶时茶水洒了出来。他们坐在一个敞开的包厢里,四目相对却不太有话。茶楼正厅,一个穿旗袍唱评弹的女人,正弹着琵琶把词儿唱得水一样柔软。客人并不多,是一个说话的好天气,但是苏步云却说,他病了。他病得很严重。

朱如玉看着苏步云,突然发现苏步云其实是陌生的。他的所有的激情和热情都不见了,倒像一个大宅院里靠中药度日的瘦弱少爷。朱如玉说,你不想说些什么吗?说这话时,朱如玉故意侧过身去,让苏步云看到了她将要怒放的肚皮。

苏步云的脸上浮起一个生硬的笑容。苏步云说,如玉,你就要当妈妈了。

朱如玉说,难道不等于是你要当爹了吗?

苏步云说,对对,我要当爹了,我苏步云就要当爹了。

朱如玉说,你没有其他的话要说了吗?

苏步云说,我的身体不太好,身边又没有钱。

朱如玉盯着苏步云，好久以后她解开了随身的包袱，把一件呢子大衣扔在了茶桌上。朱如玉说，把这个当了吧，去抓药，你得先补身子。

朱如玉说这话的时候，苏步云在评弹的声音里颤抖起来，好像很冷的样子。后来苏步云带着大衣走了，走的时候什么话也没有说，只留下一个像稻草一样弱不禁风的背影。当苏步云走出很远的时候，朱如玉拿起茶杯，喝完了茶杯中的茶，然后高高举起扔在地上。

瓷器碎裂的声音很刺耳。在刺耳的声音里，唱评弹的女人突然停止了演唱，她愣愣地望着朱如玉和苏步云。苏步云停住了脚步，但他没有回头，好久以后他又继续向前走去。这时候，评弹的声音又响了起来，仿佛是合着苏步云脚步的节拍一般。

朱如玉在黄昏的时候离开了丹桂茶楼。她觉得很累，每走一步都气喘吁吁。她在一条很普通的小街上，在这南方小镇三十年代末陈旧的空气里，用无神的眼睛审视着冬天的江南。她不知道的是，苏步云调到金绍支队后，马上就开始纠缠一个叫向东的女干部。她更不知道的是，向东的原名叫唐小糖，就是朱如玉曾经的闺中密友。她更更不知道的是，向东没有答应苏步云，向东告诉苏步云，她想嫁的是一个叫陆大龙的男人。

朱如玉的儿子馒头出生的那天，是五月的一个黄昏。几十年以后朱如玉仍然记得，那天梨花开得很旺，她能听到梨花开放时呼啸的声音。然后她被几个粗壮的农村女人按在一张脏兮兮的床上，她的嘴里被塞上了一团布头，她的衣衫被汗水完全浸湿，她嘶哑的叫喊声在农屋的周围四处飘荡。

一个小个子男人，他是专门替人接生的，他替朱如玉接生下了馒头。他在洗净手上的血，吃了一碗面条，并从一个农村女人手里接过一只鸡后，一言不发地离开了朱如玉临时的家。

走到门口的时候，他忽然转过身来，对这几个表情木然的农村女人说，这个产婆的命很硬。说完他继续向前走去。女人们都愣了，好久以后她们开始替朱如玉照料和清理。朱如玉安静下来了，她望着身边一团粉嘟嘟的像馒头一般的肉，突然很想哭。因为她觉得老天在十六岁的时候给了她一次命，现在又给了她一次命。

馒头就是她的又一条命。

朱如玉抱着孩子，一次次走上木楼，站在木窗前望着对面山坡上白得耀眼的梨花。这样的画面后来成为朱如玉记忆中的一部分，它是那么深地镶嵌进朱如玉的脑海里。在浙江山区，梨花像海一样汹涌着过来，淹没她的儿子馒头的第一声啼哭。

朱如玉的工作忙乱，妇女工作开展得如火如荼，那些没有多少文化的女人，非常喜欢听朱如玉说话。她们觉得朱如玉是有文化的，听有文化的人说的话是没有错的。她们在纳制布鞋的鞋底时，不时地爆发出大笑，露出满口的黄牙。然后，联络交通员，送年轻人到游击队，护理伤员，都是朱如玉和她的妇女部的事。

馒头在许多女人粗壮的大腿和肥硕的屁股后头，更加健康地成长起来。他已经能叫妈妈了，他还能走路了。他能摇摇摆摆地走到那个大箩边上，抓起巨大的布鞋往自己的小脚上套。朱如玉就看着馒头，想，这个小男人怎么可以活在女人们中间，要是长大了会不会成为一个娘娘腔？朱如玉突然希望馒头长大了不要像苏步云，不如像陆大龙更好些。

有一天馒头在地上重重地跌了一跤，他开始大哭。哭声惊动了朱如玉，朱如玉轻轻走到了馒头的身边，蹲下身却没有伸出手，说你站起来，馒头你给我爬起来。馒头盯着朱如玉的脸不停地哭着，把一张脸给哭红了，但是朱如玉一直没有伸出手。馒头大概是失望了，他爬了起来。这时候朱如玉才一把抱住馒头，紧紧地抱在怀里，咬着牙狠狠地说，馒头，你爹是个浑蛋。

6

朱如玉在兰溪的日子日复一日，然后皖南事变发生了。朱如玉其实对皖南事变究竟是个什么事并不很清楚，只是听说本来是国共合作一致抗日的队伍，现在打起来了。朱如玉接到了命令，兰溪县委要紧急撤离一批党员，其中有两名伤员要由专人特别护送。

朱如玉带着馒头，跟着地下县委的副县长一起出现在一家小吃店，她要和两名伤员在这儿见面。小吃店里坐着两名正在吃面条的伤员。一名伤员的腰子被子弹打穿了，一名伤员的大腿被打了一个洞。朱如玉望着其中一名伤员，觉得他很面熟。伤员也盯着朱如玉看，看着看着伤员就笑了，伤员说你肯定不认识我了，我是陆大龙。

这时候朱如玉才看出，陆大龙变瘦了，变得胡子拉碴了，但是精气神却没有变。陆大龙大笑着，举起了面前的酒碗，倒了一碗酒猛地喝了下去，一抹嘴巴说，娘的，我在兰溪待了那么多年，没想到你也在兰溪。幸好这次我负伤了，要是我不负伤，我怎么碰得到你？真是天大运气。

朱如玉望着仍然废话不断的陆大龙，开始回忆有多久没有见到这个垃圾了。她的回忆像日光底下的一张塑料底片一样，散发出淡淡的白光，白光之上，是陆大龙纠缠她，是陆大龙为了她和麦客们打架，是陆大龙拉着黄包车，载着她在暨阳县城的街道上狂奔。朱如玉忽然觉得有些辛酸，在这样的辛酸中，朱如玉的嘴角却浮起了笑意。她觉得陆大龙太亲了，那么多年过去，还像一个亲人。朱如玉说，大龙，大龙，大龙。

陆大龙说，请叫我陆连长，我已经是一名连长了。等我当上团长，我就娶你当老婆。

朱如玉抱起了身边的馒头说，你还想娶我当老婆吗？

陆大龙愣了一下，随即笑了，这我不管，你嫁人了，可以离婚。

朱如玉说，我没有嫁过人，但是我有一个孩子。他叫馒头。

陆大龙笑了，那好吧，让馒头叫我爹，馒头，你叫我爹。你叫我爹，爹就让你吃馒头。

馒头的目光盯着碗中的几个馒头，不停地叫，爹，爹，爹……

陆大龙把包子递给了馒头大笑：好，爹就收下你这个儿子了，以后爹要是当团长，你就要混个师长当。要是爹能当上师长，你就要混个军长当。来，吃馒头。

朱如玉一言不发地望着陆大龙，她突然觉得，陆大龙的脑子大约是有点儿问题的，因为她是一个女人了，而陆大龙是小伙子；因为她有儿子了，而陆大龙没有。朱如玉望着欢叫的馒头，对陆大龙说，你为什么不问问孩子的爹是谁？

往事纷至沓来 | 095

陆大龙说，管他呢！哪个孩子是没有爹的？难道能像孙猴子一样从石头缝里蹦出来？

朱如玉说，你还是那浑蛋样。

陆大龙突然掏出手枪，拍在桌子上说，是不是浑蛋，由它说了算。

朱如玉笑了一下，她突然觉得，人和人怎么可以如此不同，比如陆大龙和苏步云，或者说，陆大龙和柳岸。这时候，她突然又听到了馒头在拼命地叫着爹爹，原来陆大龙高高地举着一个弹壳做成的哨子，在引诱着馒头。朱如玉又笑了一下，这时候她觉得她应该问一下另一名伤员的名字。朱如玉说，这位大哥，我怎么称呼你？

那名伤员还没有说话，却被陆大龙抢过了话头。陆大龙说，他叫陈秋生，你不用叫他大哥，你叫他秋生。他比你年纪小。

在上海的一座破庙里，朱如玉开始回想路上的一切。她带着两名伤员，从杭州上了火车，然后在火车站，她的钱包被小偷给偷了。然后，陆大龙找到了这间破庙，把她和馒头还有陈秋生给安顿了下来。安顿下来的时候，已经是黄昏了。朱如玉知道，上级交给自己给伤员治病的钱不会有了，他们吃饭的钱不会有了，他们回到浙江的钱也不会有了。朱如玉就赖在破庙的地上一言不发，夕阳从很远的地方漫过来，穿越屋顶的破洞，斜披在朱如玉的身上。朱如玉觉得有些累，过了很久以后她咬着牙坐直了身子，梳理了一下头发说，陆大龙同志、陈秋生同志，我一定会想办法搞到钱。

朱如玉去搞钱。她根本没有办法搞到钱，她最多只会去饭馆里站着，看到吃饭客人离开以后，马上用破碗装一些饭菜回破庙。而陈秋生的伤口已经发炎了，陆大龙的腿伤也好不到哪儿去。一个清晨，陆大龙看到朱如玉又要出去时，他从破麻袋上站直了身子说，你给我留下，你看紧陈秋生，今天我出去。

陆大龙是一瘸一拐地出去的，他的身影被早晨的太阳拉得很长，看上去很不真实。傍晚的时候陆大龙回来了，在斜阳中他的身影仍然很长，像一根随便扔在地上的丝瓜。陆大龙的口袋里有了一些钱，他拼命地晃着口袋，让那些钱发出悦耳的声音。陆大龙又变戏法似的掏出了一块报纸包着的熟牛肉，递给朱如玉说，这个给你，我知道你喜欢吃牛肉。

朱如玉接过了牛肉，狠狠地咬了一口。又递给馒头，让馒头咬了一口，又递给陈秋生，让陈秋生也咬了一口，又递给陆大龙，陆大龙拍拍肚皮打着饱嗝说，我吃饱了，今天我在上海大饭店吃的。今天要是有点儿酒，该多好啊，我们可以在这破庙里喝一杯。

其实这没有酒的晚餐，朱如玉已经很满意了。她接过了陆大龙递给她的钱，仔细地数了两遍，然后才想起要问一下陆大龙这钱是从哪儿来的。陆大龙说，你别管。

朱如玉说，不行，我一定要问清楚你这些钱的来路。

陆大龙沉吟好久以后说，我去赌拳了。

朱如玉愣了一下，她终于发现了陆大龙嘴角隐隐的血痕。她向陆大龙扑去，一把扯开陆大龙的衣服，看到了陆大龙的胸前一片青紫。朱如玉的眼泪在夜幕降临以前，开始奔涌，她不停地说着，浑蛋，你这个浑蛋，陆大龙你简直就是浑蛋。

陆大龙大约是累了，他歪倒在地上露出了一个笑容，他说浑蛋就浑蛋。然后他雄壮的呼噜,就此响了起来。

陆大龙赢来的钱并不多,很快这些钱就用完了。朱如玉不许陆大龙外出,朱如玉说,这是命令。陆大龙乖乖地待在庙里,其实他已经不太能走路了,而陈秋生更是横躺在地上,一言不发地望着庙顶的破洞。又一个夜晚,陆大龙和陈秋生被来自伤口的疼痛痛醒,朱如玉醒来后着急地替陆大龙和陈秋生用盐水洗伤口。这时候她才发现,盐已经没有了。

陆大龙笑了,在黑暗之中他的笑容显得诡异而狡猾。陆大龙说你不用担心,我不是说过猫有九条命吗,我比猫多一条命,我有十条命。

朱如玉说,你不要给我油嘴滑舌。

陆大龙说,我死不了,我还没娶你做老婆,我怎么能死?

这时候躺在他身边的馒头翻了一个身,小脚刚好搁在了陆大龙的伤口上。陆大龙随即发出嘶嘶的声音,豆大的汗珠滚落下来。陆大龙将手指竖在了唇边,对着朱如玉说,你不许吵醒我儿子,不许骂他。

朱如玉笑了,笑着笑着,她的眼泪还是滚落了下来。然后朱如玉站了起来,她对着一面墙壁喃喃自语,我向县委保证过,保证完成任务。现在我再一次保证,我,朱如玉,兰溪县妇女部部长,保证完成护送和救治伤员的任务。

躺在麻袋上的陆大龙皱起了眉头说,你有没有病?你保证个啥呀?

朱如玉说,是,我有病。我要是没有病,我就不会和一个会写诗的男人私奔了。

朱如玉抱着馒头走在漫长的街头，这条并不热闹的显得破旧的街道，散发出死气沉沉的气息。天空中的阳光充满了饭被烧煳时才会有的气息，云层很低，压得人喘不过气来。三三两两的西装、旗袍和短褂、长袍从朱如玉的面前飘过。然后，朱如玉就看到了墙角一排脏兮兮的小孩，小孩们的头发上，都插着一根草标。

朱如玉的脚步停了下来，一会儿，她把怀中的馒头放下说，馒头，你看他们好不好玩儿。

馒头说，好玩儿。

朱如玉说，你要不要像他们一样，头上插一根草？

馒头说，为什么要插一根草？

朱如玉说，因为插一根草，一会儿就可以分到馒头吃。

馒头说，那我也要插一根草。

馒头兴高采烈地捡起了一根稻草，自己插在自己脏兮兮的头发上，然后高兴地站在了小孩们的中间。他嫌一个高个子挡住了他，把那个孩子推开了，别挡住我，他说，我也要吃馒头。接着他又对着朱如玉嚷，妈，等会儿我要带一个馒头给爹吃。

朱如玉的心里开始流泪。她看到自己的心上，一条小河一样流动着的眼泪，但是她的脸上却浮起了笑容。朱如玉对自己说，你要笑，你一定要笑，你必须笑。在她的笑容中，一个体态发福、商人打扮的中年男人出现在小孩们的面前。

许多人都围了上去，向他介绍着自己的孩子。孩子们都眼泪汪汪，苦着一张脸。只有馒头是高兴的，馒头突然大声说，我要吃馒头。

商人笑了。商人转头对着众人说，这孩子谁的，这孩子？

朱如玉微笑着走到了他的面前说，我的。

商人：多少钱？

朱如玉说，他叫馒头。

商人又说，多少钱？

朱如玉说，他今年三周岁了，调皮但是听话。

商人不耐烦了，说，我问你多少钱。

朱如玉说，一百个大洋。

商人冷笑了一声，你以为你儿子是金子做的？

朱如玉说，少一个子儿也不行，因为我要救两条命。

商人说，什么意思？

朱如玉说，这个你不用管，反正一百个大洋。

商人想了想，笑了，他掏出了一百个大洋，十个一次，排进一个小布袋里。然后把布袋递到了朱如玉面前说，你要不要再数一下？

朱如玉接过袋子，摇了摇，听到了清脆的金属声音。朱如玉说，有钱真好。

商人说，那我带走了。

朱如玉说，你要对他好一点，不然我杀了你。

商人听到朱如玉说出这个"杀"字的时候，才愣了一下。但是他没有再说什么，牵起馒头的手就走。馒头叫了起来，妈。

朱如玉蹲下身，抱紧了馒头，又松开，微笑着说，跟这个伯伯去拿馒头。

馒头说，妈妈一起去。

朱如玉说，妈不能去的，得馒头去才能拿得到馒头。你记着,给你爹,给秋生叔叔,给妈妈,都拿一个馒头回来。

馒头笑了,他被商人牵着手向前走去,没走几步,他像是意识到了什么似的,猛然转过身来,望着像一根瘦草一样站在风中的朱如玉叫了起来,妈,我不要吃馒头了,我要跟你回去。

这时候,商人蹲下身把馒头扛在肩上,大步向前走去。馒头拼命挣扎起来,他的哭声响起来,像要穿透云层似的,尖厉而响亮。朱如玉一直保持着不变的姿势,她用双手环紧了自己的手臂,用牙咬着嘴唇。她对自己说,不能掉眼泪,不能掉眼泪,不能掉眼泪。她的眼泪果然没有掉下来。

破庙里的一盏油灯,无力地举着昏暗的一小簇光。朱如玉疲惫地把装满了大洋的小布袋放在陆大龙和陈秋生的面前,然后她像是虚脱一般,歪倒在地上。

陆大龙看看钱,马上意识到了什么。他爬到了朱如玉的面前,脸对着朱如玉的脸急切地说,我儿子呢?你快说,我儿子呢?

朱如玉什么也没有说,只是呆呆地望着破庙的屋顶。这时候陈秋生叹了一口气,他的眼泪流了下来,对朱如玉说,朱部长,你要是这样做,我们就算是活着又有什么意思?

朱如玉突然吼了一声,你们都不要管了,我必须完成任务。

陆大龙支撑着站起了身子,他把那张破旧的供桌给举了起来,狠狠地砸在地上。供桌顿时散了架,那些灰尘开始弥漫起来。在弥漫的灰尘里,陆大龙像一个醉汉一样把朱如玉提了起来,重重地扔在地上。朱如玉觉得自己的身子被陆大龙扔散了架,所有的疼痛袭向她身体的任何部位。陆大龙的眼泪鼻涕全

往事纷至沓来 | 101

下来了,陆大龙吼了起来,你说我是垃圾,你才是垃圾。你说我是浑蛋,你才是浑蛋,你把我儿子卖了,你看我怎么收拾你?

陆大龙的手高高举了起来,他并没有拍下去,好久以后他把手收了回来,痛苦地走到了墙边,用头猛撞着墙壁。后来他慢慢地平息了下来,说,能找到馒头吗?

朱如玉说,上海那么大,找不到了。

陆大龙说,要是馒头的亲爹也不见了,或者死了,那我娶你当老婆。

朱如玉说,你可怜我?施舍我?

陆大龙说,不是。命中注定你要成为我的老婆,而且我欠了你一条命。

朱如玉不再说话。一会儿,她开口了,说你靠过来。

陆大龙靠了过去,朱如玉搂住了陆大龙的肩,突然一口咬在了陆大龙的肩头。巨大的疼痛让陆大龙皱起眉头,这时候陆大龙才发现,朱如玉叼着他肩头的肉,是在泪流满面地呜咽着。好久以后,陆大龙站直了身子,这时候伤口传来的巨大疼痛让他昏死过去。等他醒来的时候,是在一家医院的病床上,窗外的阳光明晃晃的,那些光线像水一样一摇一摇地映在病房的墙上。隔壁的床上,是陈秋生,他也醒了。

他们不约而同地看到,门口出现了剪着短发的朱如玉,穿着干净的衣衫,显然她去洗过澡了,她去剪过头发了,她变得精神了。她对两位伤员说,我的任务总算完成了,医生说,你们的身体不会有什么问题。

7

陆大龙和陈秋生是在出院后分手的。分手的时候他们在一家小饭馆里撮了一顿,这时候朱如玉已经回到了兰溪县。陆大龙和陈秋生在喝酒的时候,主要回顾的是他们从兰溪动身到现在的一些事,他们一致认为,有机会的话,一定要给朱如玉送上她爱吃的牛肉。

他们把酒喝得都有些多了,于是都动起了感情,两个大男人一把鼻涕一把眼泪的,最后都醉趴在桌子上了。等他们醒来以后,陆大龙去了金绍支队报到,当上了短枪队的队长。而陈秋生去了苏北的新四军部队报到。在送陈秋生上路的时候,陆大龙说,兄弟,你等着我娶朱如玉的那一天,那天你一定要给我死命喝,你不喝醉我就不认你这个兄弟。

陈秋生笑了,说我喝死也没关系。

朱如玉是一年以后从兰溪县委妇女部部长调到金绍支队的,上级把她调到金绍支队当女兵连连长。在一个小汽车站,支队长路波派人把朱如玉接上了山。然后,朱如玉看到了倚在一扇门框上的唐小糖。

唐小糖望着朱如玉,笑了,说你终于来了。

朱如玉说,唐小糖,原来你也在这里。

唐小糖说,我现在不叫唐小糖了,我叫向东。

朱如玉说,向东,原来你也在这里。

门框的边上,是一副已经破旧了的对联,红色之中泛着难看的白色，像破旧的棉絮。但是那对联的内容，仍然洋溢着喜气。对联的意思是，我们结婚了。

向东说，你认识这字是谁写的吗？

朱如玉说，认识，是苏步云写的。

向东说，他和我结婚了，但我不知道他曾经和你在一起。

朱如玉说，是的，他是全世界最大的骗子。

向东说，我后来才知道你为他生了一个儿子，叫馒头。

朱如玉说，你不要提馒头。

向东说，其实他在老家江苏淮安就有一个老婆，女儿都很大了，可他还要冒充上海人。

朱如玉说，你不要提他了，我要见陆大龙。

向东说，陆大龙被捕了，是苏步云出卖了他。

朱如玉说，那苏步云呢，苏步云在哪儿？

向东说，他在皇协军那儿当上了小队长，你准备把他怎么样？

朱如玉说，准备把他怎么样？我想想。

朱如玉想了一会儿，肯定地说，我想把他身上的肉一刀刀割下来，然后喂狗。

向东冷笑了一声说，就怕狗不要吃。

然后，两个人就不再说话了，她们一个人占据了门框的一边，目光散淡地抛向远方。她们都不约而同地想起了在暨阳县中上学的时候，一个叫陆大龙的人，一个叫柳岸的人，不约而同地想起了，此后那些阴差阳错的人生。朱如玉微微地笑了起来，轻声说，不知道她现在过得怎么样了，我还说过要报答她的呢。

向东说，她是谁？

朱如玉说，我以前的丫鬟，她叫秀云。

几十年以后，当朱如玉回忆劫持板田小分队的军车时，仍然记忆犹新。那是一次短平快的行动，差不多五分钟时间，就结束了战斗。朱如玉仍然记得那天早晨，路边的野草上还挂着晶亮的水珠，空气中弥漫着植物的气息。然后，朱如玉和一个小分队一起，飞快地从田间土埂上掠过。

小分队占据的是一个小小的峡谷上方，两边都架起了枪，峡谷中间还布上了地雷。小分队此行的目的是劫持一辆装着十名俘虏的军车，日本人要把这些俘虏押到麦城监狱去。

其实这是一场并不动人的战斗，你都无法用语言来做多么精彩的描述。从第一声枪响开始，地雷就爆炸了，军车被迫停了下来，日本兵开始苍白无力地反击。然后小分队从两边山坡上往下冲，日本兵除了被击毙的，只剩下一名会中国话的小个子士兵，他负伤了，目光警惕地望着从山上下来的小分队。就在队员们靠近他的时候，他突然抽出了匕首，狠狠地扎进了自己的心窝。

车上的十名俘虏被解下来松了绑，其中一名就是陆大龙。陆大龙从人群中看到了熟悉的身影时，突然愣了。他走到了朱如玉的身边，两个人都不说话，只是笑，不停地笑。

后来，陆大龙说，我又欠了你一条命，看来这一辈子是还不了了。

朱如玉说，那就欠到下辈子还。

陆大龙望着朱如玉被风吹起的散发，突然盯着朱如玉隆起的胸说，我真想摸摸你，总有一天，我要娶你当老婆，让我摸个够。

朱如玉的手臂在空中划了一个漂亮的圆弧，清脆的声音过后，陆大龙的脸上多了五道指印。所有人都向这边张望着。小队长走了过来，怎么回事？他盯着朱如玉说。

朱如玉说，问他。

小队长的目光落在了陆大龙的脸上，陆大龙说，没什么事。

小队长盯紧了陆大龙，我命令你说，刚才怎么回事？

陆大龙看着众人似笑非笑的眼神，一咬牙大声地说，老子说了，老子想摸朱如玉，老子还想娶她当老婆，怎么着，老子说这些不犯法吧？

众人大笑起来。朱如玉却轻声地说，垃圾。

这时候朱如玉看到了陆大龙手臂上的伤口流出了血，她想上前看看伤口，没想到陆大龙厚着脸皮说，我知道你会帮我处理伤口的。朱如玉的脸色变了，说你想得美。

陆大龙大笑起来，他从腰间抽出烟杆叼在嘴上。他学会了抽烟。

陆大龙是后来才知道朱如玉本来是不参加行动的，她是女兵连的连长，和小分队八竿子打不着边。陆大龙想，朱如玉一定是为了救自己才主动要求参战的，据说在支队长路波那儿还闹了情绪。陆大龙想到这里，心里漾起了蜜。当向东主动来病房里给陆大龙换药时，陆大龙还在轻声地哼着歌。

向东说，你怎么那么高兴？你的骨头怎么那么轻？

陆大龙说，我什么时候不高兴了？老子就是牺牲了，也要笑着牺牲。

向东给陆大龙换药，说你疼不疼。

陆大龙说，我想笑都来不及，我为什么要疼？

向东说，你升官了？

陆大龙说，没有。可是比升官了更开心，因为老子天天都可以见到朱如玉。

向东突然把手中的药盒重重地顿在了桌上，脸拉了下来。

陆大龙说，你怎么了？老同学，我得罪你了？

向东说，我给你换几天药了？

陆大龙说，我不知道。

向东说，我给你换了十二天的药了。

陆大龙说，十二天怎么了？等我伤好了，下次在战斗中从鬼子身上弄块表给你戴戴。

向东说，你那是犯错误。

陆大龙说，为了报答你的恩情，犯错误算个鸟。

向东说，朱如玉来看你了吗？

陆大龙说，没有啊。

向东说，没有你还记着她，我天天换药你也不记得我。

陆大龙说，你和她不同，她是我儿子的妈。

向东说，你儿子是谁？

陆大龙说，馒头呀。

向东不再说话，突然把陆大龙刚换上的药给扯了下来。陆大龙负痛，皱眉大叫，老同学你是不是想杀人灭口？

向东的眼睛一下子潮了，她又轻轻地替陆大龙清理起伤口来，轻声说，垃圾，我上辈子欠你的。

陆大龙架起了烟杆说，你怎么也叫我垃圾了？快给我点口烟抽。

向东边替陆大龙点烟边说，从现在开始，我才发现你真的是垃圾。

陆大龙的短枪队接到了新的任务。在支队长路波的作战室里，路波皱着眉望着举着烟杆吞云吐雾的陆大龙，说你为什么像半仙似的，一天到晚云里雾里？

陆大龙说，我们都是神枪手，都神枪了，至少得算得上半个仙吧？

路波说，以后你到我办公室来少抽烟。

陆大龙有些不高兴了，支队长你有啥吩咐？

路波说，你带三名队员下山，执行锄奸任务。苏步云你认识吧？

陆大龙说，化成灰我也认识，我执行任务的时候，是他出卖了我。

路波说，那现在给你一个机会，干掉他。三名队员，都已经来了。

这时候从布幔后面一闪身，两名男队员和一名女队员出现在陆大龙的面前。陆大龙看了好久没有理自己的朱如玉一眼说，你怎么也去？

路波说，她怎么不能去？她是拼死拼活要去，就像上次救你的时候一样。

陆大龙笑了，好，有个女的在路上，咱们不寂寞。什么时候出发？

路波说，现在。

陆大龙带着三名队员出发了，他们下山的时候，朱如玉一言不发。她不说话是因为她一直在想这些年来的事，她想到柳岸让她看到了黑暗之中的光明，但是柳岸自己却退却了。她想到了苏步云带着她参加了共产党，然后苏步云自己却叛变了。朱如玉跟着陆大龙到了枫桥镇上，在一家小旅馆住了下来。这儿驻扎着一个营的日本兵和两个连的皇协军，一下子变得热闹起来。他们经过丹桂茶楼的时候，朱如玉突然想起了她和苏步云之间匆忙的见面。那天她留下了一件呢子大衣，是为了给苏步云换药吃的。想到了那个唱评弹的女人，琵琶声突然戛然而止，仿佛戛然而止的人生。一切都是冥冥之中注定的，那个叫朱一文的老男人，现在是不是还躺在屋檐下的躺椅上打瞌睡？

这天晚上，线人把陆大龙和三名队员引到了醉红楼前，朱如玉也把自己扮成了一个男人。她看到线人离去了，四个人影在红灯笼的光辉下很豪迈地提起了脚。尽管他们没有钱，但是他们仍然迈着有钱人才会有的步子，高昂着头向醉红楼走去。老鸨恶心粗糙的声音响了起来，四位爷来啦？她的脸上涂着厚重的脂粉，仿佛是死人没有生机的皮肉一般。陆大龙嘎嘎地大笑起来，说我们要找丁小香。

老鸨说，丁小香有客人在侍候。

陆大龙说，侍候谁？

老鸨说，这个不好说。今天晚上，客人包她一晚。

陆大龙说，好，那先给咱们开个房间，沏上茶，我们先摸一会儿牌。

老鸨说，要不要叫几个姑娘陪着？

陆大龙说，当然。要是几年前我还年轻的时候，那得叫两个陪我一个。

朱如玉伸出了手，狠狠地在陆大龙的手臂上扭了一下，轻声说，你真恶心。

陆大龙也压低了声音，我是假恶心，真恶心的在丁小香的房里。

陆大龙带着三名队员上楼了，灯笼光的映照下，四位爷摇摇摆摆地上了木楼。朱如玉的眼睛四处张望，她看到了一扇门上，一块反挂的牌子。朱如玉迅速地把木牌子翻了过来，看到牌子上果然就写着，丁小香。

朱如玉笑了，跟着引路的一个瘦男人进了一间房间，屋子里温暖如春，脂粉的气息飘荡着。陆大龙带着四个人坐了下来，一副牌端上来了，四杯茶和点心也端上来了，一会儿，四个姑娘涌了进来。

这是一个热闹的夜晚。陆大龙喝着酒，抽着烟杆，他让姑娘替他点烟，并且将吐出的烟喷在姑娘的脸上。朱如玉恨得牙齿直痒痒，但是她还是忍住了，不停地催促着陆大龙，差不多了是时候了。

陆大龙果然站起身来，大喝一声，姑娘们，你们替我们来摸牌，咱们下楼到天井透个气。一会儿上来了，都有赏钱。姑娘们兴奋地叫了起来，坐在牌桌边上，叽叽喳喳的声音此起彼伏。在叽喳的声音中，陆大龙带着朱如玉和两名队员走出了房间，然后他们的身影出现在走廊上。那间挂着丁小香牌子的门，被陆大龙用一根细棍子拨开，四个人涌进了房间。

苏步云听到门口有响动的时候，仍然一动不动地躺在丁小香的身边。他本来想去拔枪的，但是他知道迟了，所以他索性连枪也不拔，笔直地躺着。丁小香被屋子里突然多出来的四个人吓了一跳，其实她已经很累了。她累是因为刚才苏步云给了她很多钱，苏步云趴在她身上的时候，竟然流着泪，当然她不知道苏步云是因为绝望与害怕。

丁小香的嘴被一名队员迅速地捂住。队员说，不许叫，你要叫我就扭断你的脖子。丁小香舍不得被扭断还十分年轻的脖子，所以她很乖，她一点儿也没有叫，甚至连一根头发也没有落下来。

苏步云望着朱如玉，凄惨地说，你终于来了。我一直在等你，我知道你会来的。

朱如玉用枪逼住了苏步云说，你给我起来。

苏步云赤身从被窝里钻了出来，站在朱如玉的面前。朱如玉感到一阵阵的恶心，她怎么都想不起来，自己当初为什么会和这样的人一起喝咖啡。苏步云在朱如玉面前跪了下来，他头上的汗水，在这个并不温暖的夜晚不停地往下淌着。陆大龙在一边抽着烟杆，陆大龙点烟的时候，甩了甩那盒盒上画着日本光屁股女人的日本火柴对朱如玉说，如玉，在我抽完这杆烟之前，咱们必须走。隔壁传来了男人的淫笑，以及女人们放浪的声音。有人在招呼客人，尖厉的声音让朱如玉一阵阵反胃。她总是觉得，这个醉红院，就是个猪圈。

朱如玉从贴身衣袋里掏出了一张照片，递到苏步云的面前说，知道这是谁吗？

苏步云看了看照片，照片上一个孩子虎头虎脑，充满好奇地对着镜头张望着。苏步云说，我猜这是我儿子。

朱如玉，是，他叫馒头，他被我卖了。我不知道还能不能见到他，但是你是见不到他了，我让你看馒头最后一眼。

苏步云的眼泪滚落下来，身子不停地颤抖，像是在发比较严重的寒热病一般。那个英气逼人的青年形象，在朱如玉面前像一缕青烟一样慢慢地消散了。朱如玉又掏出了一枚戒指说，认识这戒指吗？

苏步云说，认识，这是我送你的定情戒指。

朱如玉突然用枪管捅苏步云的嘴，捅得苏步云的嘴全是血水，他的嘴巴张开了，朱如玉将戒指送入苏步云嘴中，一拍苏步云的背，那枚戒指滑入了苏步云的喉咙。苏步云瞪圆了眼睛，一会儿他的肚子开始绞痛，苏步云涨红着一张猪肝脸说，朱如玉，你怎么可以那么狠？

朱如玉说，我当然要狠。我为什么不狠？我恨你恨到骨头里了。朱如玉说这话的时候，陆大龙烟杆头上的火星，在不停地明灭着。陆大龙说，如玉，时间到。

就在陆大龙说出"时间到"的一瞬，朱如玉麻利地掏出了一把刀子，在苏步云的脖子上抹了一下。那是一把像风一样快的刀子，跪在地上的苏步云脖子上，只能看到一条细小的血线，在停顿了好久以后，他的身子向前扑倒在地。在扑倒的同时，那条细线才张成一张长长的红嘴的形状，鲜血喷了一地。

丁小香在一名队员的怀里，她的嘴被队员紧紧捂着。其实已经不用捂嘴，丁小香在看到苏步云脖子上那条细小的红线时，就已经昏死过去。

对于朱如玉来说，这个夜晚特别漫长，因为她用刀子解决了多年的恩怨。她看到陆大龙把烟杆插到了腰间,然后一行四人向外走去。他们一言不发,沉着脸,步子迈得很沉稳。红灯笼的微光从四面八方向他们扑来,所以他们是四个红人。他们走向大门口的时候,坐在一把藤椅上嗑瓜子的老鸨突然说,慢着,你们的账还没结呢,你们叫了四个姑娘,怎么不尽一尽兴就走了呢?这么好的夜,浪费了多可惜啊。

老鸨把话说得温暖、轻微,像亲人的呢喃。几名壮汉像从地底下钻出来似的,突然出现在四个人的面前,把四个人围住了。陆大龙笑了,说知道老子是谁吗。

大汉们说,不知道。

陆大龙说,知道山上的陆大龙吗?

大汉们摇了摇头说,不知道。就算你是皇帝,跟我们又有什么关系?

朱如玉手里那把带血的刀子,突然插在了桌子上,那你们认识这是什么吗?

大汉们都亮出了刀子,我们也有刀子。

这时候楼上丁小香的屋子里,血在地上像河流一样漫游。血水钻出了门缝,漫过一条木头走廊,然后从廊檐滴落,刚好滴在大厅一名大汉的脖子上。大汉的脖子痒了痒,他摸了一把脖子,摸到了一片鲜红。大汉其实是有血晕病的,他眼睛一翻就翻倒在地上,像一条被抛上岸的鱼一样,蹬蹬腿就不动了。几名大汉握着刀子愣愣地站在原地,老鸨却忙站了起来,走到门边,把门开得很大。朱如玉笑了,和陆大龙一起摇晃着身子走出了醉红院。

在醉红院的门口,朱如玉回头看到那门被合上了,一会儿

往事纷至沓来 | 113

传出一阵阵女人的尖叫声。朱如玉抽了抽鼻子,醉红院门口有急速奔走的风,这清凉的风让她觉得惬意和清醒。脂粉的气息已经荡然无存,朱如玉望着灯笼那红红的光晕,轻声对自己说了两个字,了断。

  朱如玉记得那天晚上月明星稀,四个人无声地往山上赶。赶到金绍支队驻扎的营地时,朱如玉看到支队长路波反背着双手,身披月光站在岗哨的旁边。陆大龙向路波报告,说是苏步云已经处决,路波却没有理会陆大龙,他的目光紧盯着朱如玉。

  路波说,是谁动的手。

  陆大龙说,朱连长。

  路波说,果然是朱连长,和我猜的一样。

  朱如玉望着路波说,路队长,是不是天快亮了?

  路波抬了一下头,看到了天边露出的鱼肚白说,天已经亮了。

  朱如玉说完走向了不远的山顶,把路波和陆大龙等人都抛在了营区的门口。山顶上有一大块平整的地方,朱如玉爬到顶上以后,刚好看到呼啸而出的太阳。万丈光芒在转瞬之间铺天盖地地卷了过来,很像是从远处扔过来的一束束明亮的松针。朱如玉跪了下来,她跪向了枫桥镇的方向,她知道苏步云的灵魂已经出窍,或许正升腾在半空中。

  朱如玉撮土为香,对着遥远的天际说,苏步云,我为你送行了。

  这时候向东站在了她的身边。向东的眼神散乱,没有精神,她绵软得就像被风吹上山的一只风筝。然后陆大龙也出现了,他在一块大石头上无声地坐了下来,掏出烟杆抽烟。他想,这两个女人估计要吵架了,在他抽完一杆烟的时候,两个女人果然开始争吵。

朱如玉站起身来离开山顶,向营区走的时候,向东站在了她的面前,刚好挡住她的去路。朱如玉笑了,她看到向东的头发被风吹乱,看上去她的星星眼有些迷乱。朱如玉伸手摸着向东的脸说,向东你真是金绍支队的一枝花,你不会是想吵架吧。

向东一把打开了朱如玉的手说,不是吵架,是想打架。

朱如玉说,你是打不过我的,还是不要打了吧?你让开。

向东突然挥手打了朱如玉一个耳光,说,你杀的是我的丈夫,是组织同意让我们结婚的丈夫,所以这个巴掌我是在向你讨一个说法。

朱如玉也还了向东一个耳光说,苏步云是我的前夫,是你们合谋把我的爱情杀死了,所以这个巴掌我也是向你讨一个说法。

这对曾经的同学,开始互相抽起对方的耳光。陆大龙说,你们别抽了,你们要抽,回家自己抽自己去。向东暴怒了,说你滚开,你个浑蛋垃圾。朱如玉也愤怒了,说这是两个女人的事,你跑到山顶上来干什么?

这个清晨,两个女人因为心中有恨有痛,所以她们竟然蛮不讲理地逼向了陆大龙。她们开始抓咬陆大龙,用脚踢用拳头打陆大龙的身体。其实她们出拳是无力的,踢腿也是无力的,击打在陆大龙的身上,仿佛是海绵在击打铁块。但是陆大龙还是装出了痛苦的神色,他被打得屁滚尿流,简直是滚下山去的。

然后,两个女人看到滚下山的陆大龙,紧紧地抱在了一起,在这个清晨开始一年之中最漫长的一次流泪。一个男人,让两个女人在短时间内空落落的,但是她们认定,男人不见了,女人照样活得风生水起。

这天傍晚,向东就离开了金绍支队。向东早就知道,她要被调往江北新四军部队搞宣传工作。因为她一直写文章,一直编《金绍快讯》,是支队里有名的才女,所以名声在外,连新四军大部队也知道了她。现在,路波告诉她马上动身,所以向东很快就打起了背包,然后带着她那些心爱的书要下山。《金绍快讯》报社的几名同志来送她,金绍支队长路波也带着几名干部来送她,而她则在人群里寻找着朱如玉,却始终没有看到朱如玉的影子。

朱如玉把自己关在了屋子里,她正在喝一碗黄酒,因为她的胃病了,她觉得胃痛就是胃冷了,需要酒来暖暖胃。她自己都不知道她喝酒的真正原因,是因为她一点也舍不得这个曾经的闺密现在的战友离开。陆大龙来敲门,陆大龙的声音从门缝里传了进来,他说向东要走了,朱如玉你快出来送送她,唐小糖要走了,朱如玉你快出来。

朱如玉把门打开了,她的表情很淡,她想说真舍不得向东走,但是话到嘴边却变成了走吧,走吧,走吧,有什么了不起,不就会写几篇豆腐干文章?革命靠的是什么?是这个。

朱如玉一边激动地说着,一边猛地拍了拍腰间的手枪。

陆大龙听着朱如玉的连珠炮,他有些愣了。当他失望地回转身的时候,朱如玉突然叫住了他,大声地,你去送吧,你必须去送,你代我送一送。我就不去了,我没空。

朱如玉说着,在自己的身上摸索起来。她摸到了一支派克钢笔,于是从上衣口袋里掏出来塞到陆大龙的手上说,你把这个给她，就说是因为放在我身上没用，所以才给她用。并不代表我有多么稀罕她，但是你得转告她，必须保重身体。让她保重身体，不是我在意她，是因为我们还需要革命。

这是一段听上去有些牵强的话，不像一个大人能说出口的话。朱如玉说完，狠狠地将房门合上了。房门重重地撞击了陆大龙的鼻子，把陆大龙撞得鼻子一酸一酸的。陆大龙听到了锣鼓的声音，那是战友们在送向东下山。

陆大龙在半山腰追上了向东，向东正由两名支队队员护送着往山下赶。陆大龙突然从树丛里蹿了出来，把向东吓了一跳。陆大龙说，向东我来送送你。陆大龙说着掏出了那支派克钢笔，塞到向东的手中。陆大龙说，这是朱如玉给你的，她说她懒得来送你；她说她一点也不稀罕你；她说这支钢笔是因为她用不着才送给你的；她说你必须保重身体，不是因为她在意你，是因为我们还需要革命。

陆大龙还没说完的时候，向东白花花的泪水已经糊了自己一脸，她拼命地擦着，不停地说，我知道她不稀罕我，我也不稀罕她。她当了一个女兵连连长有什么了不起？给，把这个给她。就说我也不稀罕她，是因为天还没有亮，我们还需要革命，这块表是给她打仗时看时间用的。

向东从手腕上摘下了表，塞在陆大龙的手中。陆大龙哭笑不得，说你们一个个都疯了，你们都是疯婆子。好了，你赶紧下山，我也要回营房了。

就在陆大龙转过身去的时候，向东突然在背后抱住了他，在陆大龙的耳边轻声地说，我爱你陆大龙，你是我这一辈子唯一爱过的男人。向东说完，还没等陆大龙反应过来，就从斜里抽出了陆大龙插在腰间的烟杆，说这烟杆送给我吧，这一生或许我们见个面都难了。

陆大龙说，你个女人婆，你要烟杆干什么？你又不抽烟。

向东说，说不定我什么时候就抽烟杆了。

陆大龙挥了一下手说，拿走吧。你们两个女人都撞鬼了，都有病。

然后，向东就下山了，下山的时候她为了显示自己的开心，唱起了山歌。她的目标是江苏，那一片平原上，湖田相连，稻花盛开，鸭子在湖里自由游荡，太阳均匀拍打每一寸冒着热气的土地。很快，向东就可以赶向那儿，把自己的身心全部融进那片土地。

向东在上火车的时候想，这就是命运，在前一站上车的时候，你不知道下一站是在哪里停靠。

8

金绍支队在百步界驻营的日子一成不变，陆大龙和战友们打架，喝酒，打伏击，端据点，大声地说笑，日子过得波澜不惊。有一次陆大龙在朱如玉带女兵出操的时候吹了一个响亮的口哨，没想到朱如玉却停了下来，走到陆大龙面前，你再吹一下试试？

陆大龙就又吹了一下说，吹哨子算什么？我还要抱你摸你，我还要讨你当老婆，让你给老子生十个陆小龙出来。

朱如玉的手枪突然抵在了陆大龙的面前，你这个流氓，说够了吗？

此时刚好一队男兵跑步经过，陆大龙丢不起这个脸，他大声地咬着牙恶狠狠地盯着朱如玉说，老子就是流氓怎么了？老子就是想讨你当老婆有什么错？你要是真有本事，你开枪。

　　朱如玉果然开枪了，陆大龙在朱如玉扣动扳机之前抬起了手，把手枪架向了天空。枪声划破静寂的树林上空，许多鸟奋勇地扇动翅膀冲向了天际。大家都愣了，陆大龙也迅速出枪，枪就抵在了朱如玉的脑门上。

　　朱如玉说，你要是真有本事，你开枪。

　　陆大龙子弹上膛，涨红着脸，半晌却将枪对着天空放了一枪，大声说，你还像不像个女人？你动不动就掏枪还像个女人吗？你再这样下去，连我也嫁不成。

　　这次事件的后果是，两个人被关在两间相邻的黑洞洞的屋子里，关了半个月禁闭。路波说，这已经算是从轻处罚了，从重从严的话，上军事法庭。

　　日子像流水一样过去，陆大龙的心却始终还放在朱如玉的身上。偶尔在夜深人静的时候，他会站在女兵连连长朱如玉的门前发呆。然后，日子又过去了大半年。就要攻打唐城了，唐城是一座被金绍支队攻打过三次的县城，却一次也没能拿下。驻守在这儿的有日军一个摩托化旅，属于日本战神坂本竣一少将率领的队伍。现在，金绍支队要在路西支队、金萧支队和四明山支队的配合下，在一天一夜之内拿下唐城。

　　路波给各连长开会的时候说，大家有没有信心？大家都说，有。

　　路波笑了，说，小鬼子靠的是先进武器，咱们先把他的机关枪和炮给轰掉。

然后路波的目光就落在了陆大龙身上。路波大声说,陆大龙我给你五十人,你可以在各团排营连挑,我要你组成冲锋队,给我打头阵。

陆大龙双腿一靠说,支队长,冲锋队是不是敢死队?

路波沉吟了一下,说算是吧。

陆大龙双腿又一靠,说,支队长,敢死队是不是很容易成为炮灰,或者说,成炮灰的机会是其他同志的十倍?

路波的脸沉了下来说,你什么意思?你不想当这个敢死队长?

陆大龙双腿又猛地靠了一下说,报告支队长,就算成为炮灰,我也要亲自把红旗插到唐城的城楼上去。

路波脸上的皮肉舒展开来,说你小子,专门捣蛋,等打仗回来,看我怎么收拾你。

部队凌晨五点就要开拔,朱如玉的女兵连担负了四个支队的救护工作,担架都是临时做起来的。五点,薄雾中许多火光亮了起来,战士们都起床了。当朱如玉推开门的时候,赫然看到门口竟然不知从哪儿移来了两棵正开着花的桃树,桃花娇艳,一左一右放肆地笑着春风。而陆大龙扎着武装带,笔挺地站在两棵桃树的中间,向朱如玉行军礼。

陆大龙说,报告朱连长,冲锋队队长陆大龙前来求婚,请求你,如果在攻打唐城的战斗中我不牺牲,请你嫁我给我当老婆。我以前说话粗鲁,虽然明知道你嫁给我以后我仍然可以摸你抱你,但我还是忍不住提前说了出来,请你原谅。报告完毕请指示。

这一次朱如玉没有生气,或者说她一点儿生气的心思和时间都没有。她看了看腕上那块向东送的手表说,时间不早了,你怎么还不集合你的冲锋队?

陆大龙大声说,你还没有回答我,到底答不答应我的求婚。

朱如玉说,这一仗打下来如果你还活着,我可以答应嫁给你。但是,如果是我牺牲呢?

陆大龙大声说,你不会牺牲。天要是敢让你牺牲,我把天捅个大窟窿;地要是敢让你牺牲,我让大海的水倒流。你不许牺牲,如果我牺牲了,我请求你为我活下去,并且找到我的馒头儿子。

不提馒头则好,一提馒头,朱如玉的心里就泛起了一汪一汪的酸水。女兵连副连长正好朝朱如玉奔来,朱如玉不再和陆大龙说什么,而是对刚好奔来的女兵连副连长说,集合好了吗?

副连长说,六十副担架,一百二十人刚好,余下三十个人,她们要求参加正面部队的进攻。

朱如玉说,不行,我们的人不会不倒下,倒下一个补上一个,我们要保证发现伤员就往下送。

副连长跑步离开了,朱如玉看着仍然笔直站着的陆大龙,心中有了感慨。这个打不死的,据说有十条命的汉子。这个阴魂不散被自己称作垃圾浑蛋的汉子。这个腰腿笔挺看上去像是长不大的汉子,好像有点儿触动了自己的心房。她看着陆大龙笑了,走到陆大龙面前整了整陆大龙的帽子。陆大龙说,你这算是答应了吧?

朱如玉平静地对着一树的桃花说,如果唐城打下来了,如果我们都还活着,我答应你。朱如玉好像是在对一树桃花说这样的话,在这个硝烟弥漫以前最为宁静的早晨,陆大龙突然直挺挺地仰倒了下去，双脚双手张开，幸福地望着天空。他的内心欢叫了一声，像是被子弹击中了心房。

几十年以后，当朱如玉回忆起攻打唐城的战斗时，枪声从密集到零落的过程又一次浮了上来。她认为在抗日战争和解放战争中，金绍游击支队攻打唐城只不过是一场很小的战斗，几乎可以忽略不计。但是那场战斗的枪炮声，一直在朱如玉的耳膜中轰响了几十年。她看到了漫天的被炮弹掀开的黄土，以及断墙残垣，以及凌乱的，像是随便丢弃的断腿残手，还有那被炸飞以后挂在门窗或者树枝上的肚肠。

信号弹在一片漆黑中冲破夜色的时候，朱如玉带着女兵连和医疗队的人在总攻部队的后边，然后枪声响起来，这时候朱如玉突然想到，作为冲锋队的陆大龙，无疑就是冲锋在前的。他一定在呐喊，在疯狂开枪，火舌一阵阵从枪管里喷出来。他和他的冲锋队队员，必定是迎着飞蝗一般的子弹往前冲的，牺牲的概率大概是百分之九十九。这样想着，在爆豆般的枪声和此起彼伏的爆炸声中，伏在掩体后的朱如玉不由得心里紧了紧，她突然觉得，她的心里已经挤满了陆大龙。陆大龙是一阵狡猾的风，慢慢地推开了她这扇紧闭的门。

冲锋在陆大龙身边的小个子，一个放牛出身的小游击海皮在战斗结束后大哭，整个冲锋队硕果仅剩的就是他了。他不仅没有伤着，而且连一根毫毛也没有掉下来。追思会那天，老天开始下雨，连绵地将近下了半个月。海皮的眼泪和雨水混在了一起，他不停地用手擦着脸。在为战友们新堆的大片坟堆前，海皮始终站在第一排陆大龙的坟前。海皮说，陆队长抱着机关枪疯狂扫射,他第一个冲进了被轰开缺口的城门。在城里和鬼子巷战的时候,子弹打完了,手榴弹扔完了,大刀片子砍卷了刃了,一个班的日本兵躲在破庙里没人敢冲向他。他躺在一堵残墙后,对着破庙狂喊,老子就要娶朱如玉当老婆了,有种的矮日本给我出来,让我一个个收拾你们。

海皮说,他是一头疯牛,或者说癫掉了的老虎,身上到处都是血。然后,三颗手榴弹绑成了一束,扔向了陆大龙。这是海皮说的话,海皮说这些的时候,朱如玉一言不发,她轻轻地在陆大龙的坟边蹲了下来,伏下去,将身子和脸紧贴着潮湿的黄土。她的整个身子都湿了,身上的衣襟沾染了大片的黄泥。她的眼泪开始不停奔涌,混合着雨水,全都流在了坟上。她记得她带着担架队冲进唐城的时候,焦急地寻找着陆大龙的身影。担架队的小何看到了一个血人,她大叫,朱队长,这儿有一个伤员。

朱如玉在断墙前看到了差点认不出来的陆大龙,双手炸飞,血肉模糊,脸上的皮肉都翻开了一道道的口子,像是长出来的许多张嘴巴一样。陆大龙的喉管上被弹片穿过了一个洞,洞口是凝结成块的血浆。陆大龙看到了俯下身去的如玉,喉咙咕咕地翻滚着,含混不清地说,如玉,我一直说要摸你,可是现在摸不成了。

这时候朱如玉开始了一生之中最悔的一场后悔。她突然觉得,为什么不让他摸一摸?为什么不让他抱一抱?不让他亲一下?现在,陆大龙的双手炸飞了,他怎么摸?朱如玉猛地撕开了衣服,衣扣蹦跳着飞起来落在阵地上,她雪白的双乳就势压在了陆大龙的脸上。朱如玉不停地说,你亲,大龙你亲,是你的,你摸,我是你的,我是你老婆。

陆大龙笑了,他最后的一句话不是说出来的,他只是断断续续、含混不清地唱了一句民谣,妹妹在屋里头,哥哥想在心里头……然后,陆大龙连眼睛也懒得闭就断了气。朱如玉哭了,她不停地摇着陆大龙的身体吼着,你浑蛋,你垃圾,你给我活过来。你不是说过猫有九条命,你有十条命吗?你才死过六次,还有四次,你给我活过来。你不是说欠了我两条命吗?你这个没良心的,你怎么还?

陆大龙没有办法再还朱如玉的两条命,一次是朱如玉卖掉儿子救的他,一次是朱如玉参加营救小分队,拦了日本兵的车子救了当时是日军俘虏的他。朱如玉后来不哭了,她就那么敞着怀,坐在那堆乱砖上,怀里抱着陆大龙,将自己的脸紧紧地贴在陆大龙的脸上,像是抱着自己的孩子一般。然后,太阳升起,地气上升,硝烟没有散尽,到处是乱哄哄的一片。日本旗歪倒在一边,几具日本兵的尸体就在朱如玉的不远处。路波带着几名连长和担架队员向这边走来,路波走到了朱如玉的身边,蹲下身说,朱连长,你要节哀。

朱如玉轻轻地把手指头竖在唇前,轻声说,你们走开,让他睡一会儿。他是我男人,我要让我男人睡一会儿。

这时候,路波的眼泪才夺眶而出,他转过身对身边的随行人员说,让陆队长睡一会儿,咱们走。

身边都是打扫战场的战士。朱如玉就这样抱着陆大龙,一直抱到黄昏。路波、海皮以及很多同志都围成一个很大的圈,和朱如玉保持着适当的距离,没有人敢去惊动她。一直到黄昏第一缕夕阳射下来,罩在朱如玉和陆大龙的身上,虚脱了的朱如玉身子一歪,昏倒在陆大龙身上。路波挥了一下手,担架队就飞快地冲了上去。

其实在墓地的追思会上,海皮含着热泪地诉说,只是陆大龙牺牲过程的一部分而已。更多的记忆,被朱如玉埋在了心里。追思会是新来的政委主持的,这是一个文质彬彬、戴眼镜的男人。在淅淅沥沥的雨声中,一名战士为他撑着雨伞,他为地下的勇士们致了声情并茂的悼词,他还朗诵了《可爱的中国》……听着!朋友!母亲躲到一边去哭泣了,哭得伤心得很啊!她似乎在骂着:"难道我四万万的孩子,都是白生了吗?难道他们真像着了魔的狮子,一天到晚地睡着不醒吗……"

在雨中已经淋得湿透的战士们都认为他是个书呆子,战士们其实不知道《可爱的中国》,他们只知道,要把矮日本赶走,最好把日本人的娘儿们也睡了,把日本人的房子也烧了,把日本人的金子运到中国来。朱如玉穿着一身素白,她就站在陆大龙的坟前。一身素白在江浙一带,那就是最重的孝,那是老婆在为老公戴孝。她的手里紧握着一串风干的冰糖葫芦,在海皮抽抽搭搭说起陆大龙打伏如何勇猛的时候,朱如玉在想一个问题,如果陆大龙心里真想着在战后娶她为妻,是不是不会那么发疯般地不顾死活?在朱如玉的心中,这成了一桩悬案。但是朱如玉美好地认为,陆大龙的一生其实只爱过她一个人,因为陆大龙将那串冰糖葫芦一直藏在胸前,以至于风干了。那冰糖葫芦是多年前,朱如玉恶毒地掷在他的脸上的,他却捡了起来,珍藏于胸。

朱如玉一直趴在湿漉漉的黄泥新坟上,紧贴坟堆的半边脸上尽是泥巴。她听到支队长路波响亮的声音:举枪。

往事纷至沓来 | 125

所有的战士都举起了枪,对着天,仿佛是想要让天收回那么多的雨。

支队长路波说,放。

所有的枪都鸣响了。一名战士替新来的政委撑着伞,他们走到了朱如玉身边。新政委轻声说,节哀。

朱如玉没有说话。

新政委又动手去拉朱如玉,你要当心身体。

朱如玉突然起身夺过了战士的雨伞,扔在地上,用脚踩烂。所有的战士都看到了这一幕,他们一言不发,连路波支队长也装作没看见,将脸扭向了别处。

朱如玉不知道的是,这个新来的政委,就是当年逃婚的胡金瓜。差一点儿他就成了朱如玉的丈夫,而现在,她和胡金瓜跌进了同一条与硝烟有关的壕沟。

在队部,胡金瓜批评了朱如玉。胡金瓜是从新四军部队转过来的,他是部队里的秀才,写得一手好文章。他还认识了从金绍支队调到新四军部队,担任军报记者的向东。他说朱如玉同志,你怎么可以这样?

朱如玉说,请称呼我为朱连长。

胡金瓜说,朱连长,你怎么可以这样?

朱如玉掏出手枪,猛拍在桌子上,一只脚踩在长条凳上,由于用力过猛,桌上的茶杯翻倒了,滚落在地上,在一声脆响中碎成数片。

朱如玉说,那你想怎么样?

这时候路波刚好进来。路波的脸一下子青了,大声喝止,朱如玉你的枪口朝向谁！

朱如玉说，我的枪口朝向敌人，也朝向看不顺眼的人。

路波大喝，来人，给我绑起来。

海皮已经是路波支队长的警卫员了，海皮带着两名战士冲了进来，在迟疑了一会儿以后，还是动手用麻绳把朱如玉给捆了起来。捆得松松垮垮，形同虚设。

路波说，关起来，关三天禁闭，想通了再来找我。

朱如玉被关起来了，关在一间干净的、但是却光线极差的房间里。每天海皮都给朱如玉送饭，他叫朱如玉姐，他叫得很欢，以至于朱如玉错误地认为，在她的生命中确实有着这么一个弟弟。海皮说，新来的政委姓胡，叫胡金瓜，是暨阳县岭北胡老爷家的大少爷，听说他是逃婚参加革命的，他家的毛竹林像海一样，毛竹比星星还多。

朱如玉一下子就愣了，她想，原来世界很大，人生却很小。

一连下了两天的雨，胡金瓜都撑着雨伞来看望朱如玉，他改掉了让别人替他打伞的毛病。他仿佛天生就是当政委的，不停地翻动着嘴皮子给朱如玉讲革命的道理，甚至把俄国作家柯罗连科的《火光》朗诵给他听。那火光啊，就在前头……朱如玉不爱听胡金瓜的演讲，但是胡金瓜让她想起了柳岸。她曾经把柳岸爱得那么刻骨铭心，现在，这个和柳岸一样儒雅，甚至比柳岸读了更多的书的胡金瓜站在了她的面前。

当第三天胡金瓜捧着一大堆书来给朱如玉的时候，天刚好放晴。唯一的瘦弱的光线，从一个小圆洞射进来。太阳光饱满地穿透了飞舞的灰尘，落在胡金瓜捧着的那些书上。胡金瓜咧开嘴笑了，露出整齐的白牙。

朱如玉盯着胡金瓜说，你知道我是谁吗？

胡金瓜说，你是朱连长。

朱如玉说，我是暨阳县城里头开丝厂的朱一文的女儿朱如玉。

胡金瓜一下子愣了，他不知所措地捧着那些书和一小束的光线，不知道该说些什么好。朱如玉笑了，她不再理会胡金瓜，她的脑子里飞速盘旋着一幅画面：十八岁那年，朱一文盯着朱如玉笑了，说爹找个好日子把你嫁出去。

9

朱如玉的第三个男人，其实就是胡金瓜。两个人一直战斗在金绍支队，风里雨里，枪林弹雨，朱如玉觉得，自己随时都可能死去。当有一天胡金瓜说你好不好嫁给我的时候，朱如玉说，你当初为什么要逃婚？

胡金瓜说，你不也是逃出来了吗？听说我弟弟还娶了你的丫头。

朱如玉说，她叫秀云，我欠了她的，不知道该怎么还。

胡金瓜说，幸好你没有亲自嫁给我弟弟。

朱如玉说，我不嫁又怎么了呢？

胡金瓜说，因为留得青山在，就不怕没柴烧。

朱如玉和胡金瓜的婚礼很平常，没有波澜，向组织上递交报告，组织上同意。支队长路波亲自为他们证婚，并祝他们早得贵子，但是他们一直都没有贵子。接着他们配合解放军进城，在金绍地区的县城解放中，有好些是和平解放的，他们只要迈着脚步雄壮地跨进城门,在鞭炮声和锣鼓声中,在人们夹道的欢迎中,穿过县城就行。

接着就是分田地斗土豪,朱如玉担任了土改工作队队长。那时候剪着齐耳短发、穿着军装的朱如玉,成为暨阳县城的名人。很多人都知道,这个人其实就是好多年前失踪的朱一文的女儿朱如玉。朱如玉在分完了很多人的田地以后,开始着手瓜分胡家的毛竹林。

胡老爷已经死了。胡家有长工短工,还有用人老妈,他们围着胡金地和秀云转。胡金地当然是没有多少花头的,他只知道一到晚上就关起房门,往秀云的身上爬,把秀云的身子当成一座高山,把自己当成一名优秀的登山运动员。尽管胡金地不够能干,但是秀云是能干的。秀云虽然是丫鬟出身,但这并不影响她的智商,她总是把账目做得井井有条,把家务理得井井有条,把管家和下人管得井井有条。在岭北人的眼里,秀云是一个比慈禧太后还能干的女人。秀云的骨头和肉身都有了改变,她穿起绫罗的身姿不比任何有钱的女人差。然后,工作队突然进驻到她的家里,所有属于她和胡金地的财产被瓜分一空。她的脑子转不过来,她怎么也弄不明白,明明是她家的东西,怎么变成是大家的东西。后来她打听到,土改工作队的队长,就是她当年伺候过的朱家小姐朱如玉。

她又穿起了粗布衣裳,长工短工用人老妈管家账房都不见了,只剩下她和胡金地,还有一个贪玩的孩子。她必须伺候这两个没有生活能力的男人,毕竟这一大一小要伴随她漫长的一生。当她在一个清晨打开门的时候,见到了她当年的主人,一个腰间扎着武装带、身穿军装同样精干的女人朱如玉。

这个普通的清晨，朱如玉和秀云一直都在对视着，朱如玉感到奇怪的是，两人见面怎么没有了先前的亲热。然后秀云的目光避开了，秀云突然觉得，主人就是主人，她斗不过主人。朱如玉跨进了院子，看着偌大的院子里，一棵孤独的枣树努力地把枝丫伸向了天空。而枣树下面，一个没几岁的光屁股的孩子，正流着鼻涕在地上玩着蚯蚓。他把蚯蚓放在他裸露的小鸡鸡上，任由那蚯蚓在小鸡鸡上挣扎和扭动。

朱如玉转过身来，想要说些什么，但是她一句也没有说出来。

秀云却说出来了，秀云向她鞠了一躬说，我要谢谢你，因为你说让我过上好日子来报答我。你就是这样报答我的。

朱如玉说，这是政策。

秀云冷笑了一声说，你摸摸自己的良心吧。

朱如玉无颜以对，她知道接下来的日子，胡金地和秀云作为地主和地主婆，都会被批斗，漫长的艰难岁月在等着这个没过上几年好日子的女人。这就是命，朱如玉这样想。

朱如玉回到县城家中的时候，胡金瓜刚好在铺床，他铺了两张床。看到朱如玉回来，他一边铺床一边回头朝她温暖地笑了一下，说累不累。

朱如玉说，累。

胡金瓜说，听说你去分田地了，胡家的田地都干干净净地分完了。

朱如玉说，是的。

胡金瓜说，你为什么要分他们的田地，你为什么不让别人来做这事？你为什么只给他们留了那么一点儿地？他们怎么过？

朱如玉说，可是我是组长你懂不懂？组长是需要负责的你懂不懂？

胡金瓜不说话了，叹了一声说，我给你铺床呢，这是你的床，以后你可以睡在这张床上。

朱如玉咬了咬嘴唇，也轻声地说，金瓜，你不要跟我来硬的，我这个人向来不怕硬，只怕软。

胡金瓜说，这不软，也不硬，这叫心如死灰。

朱如玉一听到胡金瓜说出这四个字，就知道自己其实没有敌得过胡金瓜。心如死灰，最大的死不是身死，而是心死。朱如玉知道，她刚刚到来并不很久的第三次爱情已经走远了。

他们睡在两张行军床上，眼睛睁得大大的，望着天花板，一直到天亮。

胡金瓜说，你为什么不分了你们自己家的丝厂？

朱如玉说，分了。我爹带着小老婆去了香港，人去楼空。我只剩下我自己了，像一枚闲棋一样，只会长久地落在棋盘的一角。

捧着向东从北京寄来的冰糖葫芦，朱如玉特意找了一块向阳的地方，靠着墙角小心翼翼地吃着。她身后的墙上是红漆刷的标语，比如打土豪分田地之类。太阳的光芒穿透了她的身体，让她有了一些力气。她看到土地上升腾的热气，这让她觉得好像青春又将重来一样。特别是当她的牙齿切入山楂果的一瞬，果子的清香瞬间占据了她的唇齿，让她突然觉得回到了暨阳县中读书的年代。她和那个以前叫唐小糖，后来叫向东的女孩子，勾肩搭背，嘻嘻哈哈，对男同学评头论足。她的目光自然地投向老师柳岸，校园里青草黄黄……

和冰糖葫芦一起寄来的，是向东的一封长信。向东的钢笔字写得越来越好了，朱如玉想，会不会是自己送给她的那支派克钢笔写的？向东在信中告诉朱如玉，她结婚了，嫁给了一位只有一条手臂的师长，这位师长骁勇无比，在战场上出生入死，颇有陆大龙的风范。她还说她的长篇小说《红色龙山》就要出版了，书里面有她和朱如玉的影子。在信的最后，她郑重地说，她爱的是陆大龙，因为他像个男人。她说我一生只爱一次，就是最初的那一次。这让朱如玉一下子回到了十八岁，十八岁的时候她也爱过柳岸，那她是不是和向东一样一如既往地爱着最初中意的男人？

朱如玉不知道的是，在给朱如玉写这封信的时候，成为作家的向东手里捏着的是陆大龙常插在腰间的那根烟杆。她离开金绍支队的时候，强硬地把这根烟杆据为己有。现在她很庆幸，要是没有当初的举动，她就不可能留下一点儿可以对陆大龙有所念想的东西。

她毫不犹豫地学会了抽烟，抽的就是这根烟杆。

10

1968年，朱如玉在丝厂操场上搭起的台子上被批斗。在铺天盖地的喊声中，她抬起了头，看到了自己蓬乱地耷拉在脑门上的乱发。然后她的目光越过了台下的人群，看到了喊口号的人群中，分明站着一位表情木然的教书先生柳岸。朱如玉终于明白，这个曾经想和自己私奔的人，除了朗诵，除了在演出中扮演斩灭黑暗的骑士，原来还会喊口号。在飘荡着的像是米糊一样稀薄的阳光中，她看到柳岸像一张纸一样薄。这张纸随风扭动着。朱如玉笑了，她舔了一下嘴角，嘴角是挂下来的一串血球。她相信自己的目光是锋利的，她用锋利的目光把柳岸这张纸一切两半。

据说柳岸的成分也不是很好，因为他娶的是南货店老板的女儿，但是他并没有受太多的冲击。解放以后，柳岸当的仍然是老师，据说他把国文教得很好，并且带出来许多文笔优秀的学生。

后来朱如玉被解到了操场中间的空地上，人群渐渐散了开去，她戴着纸糊的帽子，孤零零地跪在地上，很像一枚被人丢弃的国际象棋。夕阳来得并不猛烈，是从西山那边慢慢地像海潮一样漫过来的。朱如玉觉得累了，她的身子歪倒在地上，脸就贴在地面上，目光刚好对准丝厂的大门。

这是国营的丝厂，多年前是她父亲朱一文一手创办的。同样地，她依然能闻到蚕蛹的清香，她觉得自己就是被抽丝剥茧的一只蚕蛹。在黑夜降临以前，疲惫的朱如玉开始回想自己的十八岁，回想父亲给她许了一门亲事，回想工匠们拥进自己家的院子，给她准备十里红妆，回想一个人的私奔，回想认识苏步云并参加了革命，如此等等。她听到了凌乱的脚步向她走来，她听到学生游行的声音，听到了夜袭时的炮火声，她就很轻地笑了一下。在她歪倒在地的目光中，看到丝厂门口出现了同样戴着纸糊高帽的胡金瓜。胡金瓜像皮影戏里的人一样，一飘一飘脚步蹒跚地走向了朱如玉。

胡金瓜走到了脸贴着地伏倒在地上的朱如玉身边，他的手里捧着荷叶包，他小心翼翼地解开了荷叶包，里面安静地躺着两片薄薄的牛肉。胡金瓜把一片牛肉塞进了朱如玉的嘴里,笑着说,吃吧,我知道你喜欢吃牛肉。

朱如玉开心地吃起了牛肉,她突然觉得,爱情好像回到了身边。胡金瓜在她身边长久地坐着,他看到了往事。其实往事越来越黑了,夜开始深沉起来,他想起三十来年前的一天,也是在黑漆漆的夜里,他翻后窗从家中逃走了。帮他逃走的是他的傻弟弟胡金地,因为他骗胡金地,如果他穿起新郎的衣裳,以后就有吃不完的糖。胡金地兴奋地拍起手掌,不停地叫着糖,糖,糖,直到第二天,他娶了冒名顶替朱如玉的秀云。

黑夜终于完全地盖住了这家国营丝厂的操场,操场中间,胡金瓜从地上站了起来,他大声地对着地上伏着的朱如玉说,朱如玉同志,现在由我来为你朗诵柯罗连科的《火光》:很久以前,在一个漆黑的秋天的夜晚,我泛舟在西伯利亚一条阴森森的河上……

胡金瓜的声音显得中气十足,穿透了黑夜。在他的朗诵声中,所有的往事像集束弹一样,向朱如玉奔来,并且在她的身边轰炸着。在那虚拟的爆炸后的红光中,朱如玉看到了可爱的儿子馒头,歪歪扭扭地向她走来。她还看到了大把的往事,在这个安静的有着微微暖风的夜晚,从四面八方纷至沓来。

在这以前和在这以后,曾有许多火光,似乎近在咫尺,不止使我一人心驰神往。可是生活之河仍然在那阴森森的两岸之间流着,而火光也依旧非常遥远。因此,必须加劲划桨……然而,火光啊……毕竟……毕竟在前头!……胡金瓜的朗诵结束了,胡金瓜最后一句话是,朱如玉同志,我爱你。

黑夜完全来临。

秋风渡

1

一个月后，秋风正烈，安大奎在仙浴来澡堂死于非命。

那天招娣一直神情恍惚地跟在警长华良身后。华良拿着一张葱油饼不时地往嘴里塞，一边塞一边拿一双老鹰眼四处张望。在仙浴来特别间里，招娣看到了四仰八叉躺着的安大奎。他两只白净的手在进口搪瓷洋浴盆的两边垂着，脖子上开了一道口子，洋浴盆里的水全成了漂浮而黏稠的红色。招娣突然感到一阵晕眩，那血腥味让她的胃不停地翻滚起来。墙角边的水汀仍然散发着一波一浪的热浪，考究的高级牛皮沙发上胡乱地扔着安大奎的绸布衣裳。华良面对这样一幅乱七八糟的场景站了许久，后来他吃完了手中的葱油饼，拿手在裤腿上擦擦，对招娣说，认得这个人吗？

招娣懵然地摇着头。但她说，我晓得他经常来的。

华良眯起眼睛笑了，说，安盛帮的老大安大奎。他的死期到了！

华良后来请招娣简单地回忆了一下下午的情景。招娣记得那天她一直坐在收竹筹的白铁皮筐前发呆，下午的时光因此而变得十分漫长。隔着那块写着"清水盆汤"四个黑字的白布帘，吴顺荣唱弹词的声音丝丝缕缕地传了过来。他是从光裕社请来的，据说是著名的李伯康的徒弟，但是招娣一直认为这是吴顺荣在吹牛。那天吴顺荣唱的是他最拿手的《杨乃武与小白菜》，在软不啦唧的弦乐声中，招娣差一点儿要睡着了。接着她听到一声尖叫，那块过道上垂着的白布帘被人撕开，一个中年刺客像一道白晃晃的光线一样冲撞了出来。秋天的风没有方向地胡乱吹着，招娣看到汉子身后的年轻人手里提着一把刀子穷追不舍。那时候招娣还不知道他叫来凤鸣。招娣猜凤鸣一定是从混堂大池里冲出来的，因为他的身子在不停地往下掉水。凤鸣和仓皇起身的招娣重重地撞了一下，结果让那个中年刺客趁乱逃掉了。招娣看到凤鸣冲到仙浴来的门口，手中那把刀子呼啦啦打着转飞了出去，结果却从刺客的身边飞过，直直地扎穿了馄饨阿四小摊上的那只白铁皮锅子。锅子里的汤水兴奋地冒出来落在燃烧的煤炉子里，很快就让那只煤炉子发出嗞嗞的声音，并且升腾起一团白雾。阿四望着白铁皮锅子上突然多出来的一把刀以及一团白雾发呆。很快他就被那团白雾给吞没了。

有看到的人讲，凤鸣追出来的时候，刺客的后背就已经被凤鸣用刀子划开了一道大口，白森森的一片，一尺来长，肉向外翻着，大口子里填满了糊成一团团的血。当时招娣真担心那肉会掉下来。

即便是多年以后，招娣仍然能记起那天的情景，像秋天里的一场电影显得辽阔而真实。她记得凤鸣赤膊的肌肉上流淌着密集的水珠。他就光着大半个身子站在招娣面前，不停地喘息着。所有的人都躲得远远的，他们用惊恐而好奇的目光打量着凤鸣。招娣看到凤鸣的牙齿把嘴唇咬穿了，还看到凤鸣光着的脚板上有一摊血。那天招娣扯下那块"清水盆汤"招牌白布，蹲下身替来凤鸣淌血的脚指头简单地包扎了一下。包脚指头的时候，招娣才发现凤鸣的脚真大。

凤鸣坐在一张长条凳上，他略带抱怨地说要不是被你挡了一下，那只猪猡可能就被我宰了。秋天的风一阵一阵开始紧起来，凤鸣说这话的时候不由抱紧自己打了一个寒噤。透过空落落的过道，招娣看到在长条椅子上休息的浴客们惊得瞠目结舌，如同一幅静止的油画。那个从扬州来的修脚小师父周正脸被吓白了，他手中那把修脚用的小刀一滑，不小心修出了客人脚指甲上的血，那血粒饱满有力地像一串小圆珠一样冒出来并且滚动着。客人却浑然不觉痛地张着嘴……

华良后来站起身来，把手插在黑灰色半新旧风衣的口袋里，看着忙碌的穿着黑狗皮服的警察把安大奎从洋浴盆里捞出来搬走。招娣一直觉得，安大奎的身体像一只泡在水中的丑陋而巨大的馄饨。

那天华良让人带走了来凤鸣。华良笑了，说你为什么不要命似的追那个刺客？

凤鸣说，我的命本来就是师父给的。安大奎是我师父。

招娣就盯着凤鸣看，她觉得凤鸣太年轻了，他站在华良的面前，像一棵乡下田埂边上随便生长的胡葱。

后来招娣才知道，在凤鸣用刀子扎穿那只馄饨锅的时候，一个留小胡子的男人向那个逃跑的刺客追了上去。追到大马路上的时候,小胡子被正在叮叮叮响着行驶的电车挡了一下。等电车过去,刺客不见了。小胡子灰头土脸回到仙浴来的时候,正看到招娣从澡堂走出来。招娣看到小胡子脚上的皮鞋开了一条口子,身上穿了一套七成新的格子西装。后来他一直在仙浴来的门口抽烟,阳光稀薄而准确地投在他的格子西装上。抽完烟的时候,他朝招娣笑了一下说,你不用怕。

小胡子又说,死个人一点儿也不稀奇,我见过一下子死几百个人的。

招娣记住了这个小胡子,觉得他的背影有点儿像一只老年的山羊。

2

一个月前,招娣跟在徐锁金的屁股后头,穿过那条狭长的宝珠弄,站在石库门前的时候,抬头看到了青瓦顶门头下面的门楣上"秋风渡"三个字。实心黑漆大门洞开着,白全喜的二房杨巧稚就坐在天井的一张藤椅上。她在翻一本《新月集》。她看了招娣一眼说你进来吧。招娣没有进去,而是仰着头久久地盯着"秋风渡"三个字看。这时候弄堂里跑过一阵秋风,让招娣觉得上海最好的天气已经来了。杨巧稚笑了,说这三个字是我写的,请砖雕师父雕了好几天呢。

招娣仍然没有说话。她的目光抬起来,看到了宝珠弄上空翻滚着的云。这让她想到了老家嵊县崇仁镇鳞次栉比的戏台,戏台的上空,也总是有五花八门的云在不停地翻滚。

招娣来上海以前,在崇仁镇西头裘氏大药房边上那排木栅栏前,碰到了游方和尚慧能。听说慧能以前是诸暨枫桥镇上海角寺的烧火僧,犯了命案逃到崇仁。那天慧能拉着招娣的手,说你认得我吗?招娣笑了,露出一排白牙说,你是慧能。

慧能喷着浓重的酒气,给招娣算了一卦。慧能说,小船荡荡,荡出崇仁。福兮祸兮,永不回头。他说你懂不懂?

招娣说,我不懂。

慧能就很失望,说,我已经算出来了,你这一辈子要嫁三次人。

招娣说,乱讲!你才嫁三次呢!

慧能急了,说我要是乱讲,罚我下辈子还当和尚。

招娣说,那你能不能把我的手松开?

慧能愣了一下,把招娣的手恋恋不舍地松开了,仍然十分失望地说,我算命很准的。你一定要相信命。这是天数。

招娣的养父是个阉猪匠,他把崇仁镇附近三十六个村庄的公猪都给阉了,所以有人说他做了这样的事体,会断子绝孙的。果然招娣的养父一直都没娶上老婆,所以他就在去往王村阉猪的路上,捡到了被人丢在凉亭里的招娣。招娣小时候是个不太爱说话的女小人,后来经常跑到裘家戏班听人唱戏。养父不愿她学唱戏,她就自己偷偷跟着戏班师父学吊嗓子。她觉得唱戏是多么美妙的一件事。她一有空闲就不停地唱,对着江河沟渠唱,对着天空唱,对着泥墙草棚唱,对着牛羊猪鸭唱。她不停地唱着,唱得附近四乡八邻的戏班主都登门来要她,但是养父仍然不放心。养父说,我只有这么一个女儿,不能跟着戏班子吃苦头。戏班主就说,我们是去大上海唱戏的。养父说,大上海有什么稀奇？金窝银窝不如自家草窝。

但是后来养父得了黄胖病，镇上开诊所的"赵西医"说这是肺炎，弄不好是要出人命的。要治这病，最好去杭州的大医院，少说也要三五十块钞票。养父的远房表弟带了一个上海人来，那个人叫徐锁金，说是为他的一个朋友在崇仁镇找一个小。招娣站在徐锁金面前的时候，徐锁金的眼睛一下子就亮了。招娣说，先生。徐锁金说，叫爷叔，叫爷叔。徐锁金脸上荡漾起甜蜜而幸福的笑容，他对养父说要是这个女小人跟我走，你看病需要多少钞票，白老板一塌刮子全包了。

那天黄昏招娣赶去花圈店，在一堆色彩鲜艳的花圈后面，找到了蓬头垢面忙碌着扎花圈的根灿。招娣说，你有没有钞票。我爹得了黄胖病，赵西医说，没有三五十块，救不了他的命。

根灿把脸藏在花圈的背后，好久以后才说，有是有的。

招娣说，那你给我送来。你给我送来了，我保证让我爹答应你。等他的病一好，我就嫁过去。

根灿仍然把脸藏在花圈的背后说，好的。

招娣等了两天，一直都没有等到根灿送钞票来。那天徐锁金把用申报纸包好的钞票堆在八仙桌的一角，然后一言不发地坐在桌子边上喝茶。一直到黄昏，根灿都没有出现，招娣就把那堆报纸包着的钞票移到了自己的面前，然后在养父的床榻面前跪了下来说，爹，那我就跟爷叔走了。你治好了病，还是要保重。你最好活到一百岁。

招娣又说，你捡了我就等于救我一条命，现在我把这条命还给你。

招娣在第二天清晨和徐锁金一起乘船到绍兴去坐火车。在河埠头，招娣突然停下了脚步，对着这条河莫名其妙地唱了一会儿戏文。她唱《十八相送》，梁兄你花轿早来抬。这时候根灿跑来了，因为跑得急的缘故，他的整个人都冒着热气，仿佛刚被蒸熟似的。

根灿说，我把三十块钞票给你送来了。

招娣说，你来晚了。来晚了这钞票就不是钞票了。是纸。

根灿眼圈红红地说，就等不了那一歇歇的辰光了吗？

招娣笑了，说阎王爷也没有等我爹。

招娣说完，上了那条通往绍兴的小船。招娣上船的时候，朝呆若木鸡的根灿妩媚地笑了一下。她理了理被风吹乱的头发，想，这人生简直和头发一样乱。又想，一个招娣不见了，另一个招娣要在上海重新活过。小船在水面上平稳地前行，把水面劈成两半，劈出一道好看的水纹。小船驶出去很远了，招娣纤秀而灵动的身影，在水面上越来越远，最后融进了水面的深处。远远地，传来几个孩子正在唱着的童谣：

……小船荡荡，荡到三江口。

三江口有个老外婆。

老外婆碰见了强盗坯。

强盗坯带着寡妇婆。

寡妇婆带着拖油瓶……

3

招娣穿过门洞，跟在瘦长的徐锁金身后，上了二楼的一间屋子。那个叫白全喜的男人在躺椅上不停地咳嗽着。他很白，豆腐一样白，肚皮上盖着一条狐狸皮，就像一只狐狸趴在他身上似的，看上去有些女里女气。白全喜在三官堂路上开了一个老虎灶，顺带着在老虎灶隔壁开出一家叫仙浴来的澡堂，可汰浴可吃茶，烧热水也一搭两便。另外还在六大埭开了一家南北货品店。他是十七岁那年从扬州泰兴来上海找生活的，听讲他大女儿死了，这像是挖走了他心上一块肉一样，自己也死掉了半个。

那天徐锁金从奄奄一息的白全喜那儿领走了十块大洋。他颀长的身子像一缕风一样穿过了石库门，消失得一干二净。现在只剩下招娣站在白全喜的面前，她突然发现白全喜的眼袋很大，像两个煮熟剥开的鸽子蛋。白全喜的喉咙不停地翻滚着，他的眼睛射出来两道精光，还用力地笑了一下。后来白全喜从躺椅上起身，带招娣去见了大房。王佳宝的房子很暗，那种不见天日的暗，弥漫着浓重的烟味，这种烟味牢固地深入到了柜子、棉被和墙壁中，牢固地渗透在每一寸空气里。王佳宝躺在一张酸枝木做的摇椅上，半个身子深陷黑暗中，只有那明灭的火星告诉你她在抽烟。后来白全喜啪嗒一声开亮了灯，招娣才看清王佳宝在用一支白玉烟杆抽烟，屋子里烟雾腾腾，窗帘紧紧地密闭着，仿佛窗帘以外是另一个光亮的世界。王佳宝的身子动了动，那把摇椅就不停地在电灯的光线里摇晃着。她冷冷地看着招娣，打了一个深长悠远的哈欠说，缘分。

接着她又说，晓得我是谁吗？

晓得。你是姐姐。

王佳宝冷笑一声：姐姐？告诉你吧，我是大清国的将门之后，我爹是绿旗营正三品参将武官，王福堂。

招娣笑了一下说，原来姐姐的爹是个大官。

招娣的目光落在王佳宝身后的墙上，墙上只挂了一张照片，照片里是一个扎着麻花辫的姑娘。后来招娣知道，那照片里的姑娘，是王佳宝和白全喜的小女儿，叫白秋官，在遥远的北平念书。

白全喜又带着招娣去见二房杨巧稚。招娣见到了那个刚在楼下天井里看书的女人，现在她站在屋子中央微笑着。和王佳宝相反，她把窗帘开得很大，甚至还打开了其中一扇窗。阳光蜂拥着扑进来，落在屋子的地板上，有力地照耀着那些飞舞着的灰尘，以及窗口花架上的几盆花。杨巧稚只穿了单衫，看上去她的眼睛很亮，仿佛整个人是一株灌满了浆的植物，比如说四月的麦子。招娣还看到了一只大喇叭，也是在后来，招娣知道那个会发出声音的喇叭叫留声机。那时候这只美国的猎狗牌留声机正在放着白光的《等着你回来》，招娣不知道杨巧稚这是要等着谁回来，但是她一下子就喜欢上这个爱看书的女人了。

招娣说，二姐。

杨巧稚就笑了，说你啥个名字？

招娣说，我叫招娣。

杨巧稚说，听说你是嵊县崇仁来的。上海好多戏班子，都是从那儿来的呢。

秋风渡 | 143

招娣的心头就涌过了一阵阵的暖流,她本来想说我也会唱戏,但是她忍住了。她就站在屋子里,看着那留声机的唱针划过旋转的唱片,一个女人不厌其烦地唱着等着你回来……

许多日脚以后,招娣越来越喜欢二姐。二姐一直说,做人终归是要死的,所以活着的时候要有情调,要过上档次的日脚。她爱穿旗袍,衣柜里挂了一整排的旗袍,好像有许多女人在衣柜里排着队似的。有时候她会穿上旗袍,去凯司令喝那种酱色的咖啡。这些都是招娣后来才知道的,招娣想,人和人到底是不一样的。

然后白全喜才领着招娣去了三层的前阁楼,那是一间狭小的房间。不仅狭小,而且低矮简陋,但是招娣的心里却像麻雀一样欢叫起来。她不仅看到了屋子里的老虎窗,以及老虎窗上停留的阳光,还有窗外隐现的绿色的爬山虎。她就站在那儿一动不动,欣喜地望着绿得让人欢叫的爬山虎,想,长得真威风。

4

招娣奇怪的是,白全喜从来都没有碰过她,而老是喜欢给她梳头。楼下的天井里,永远放着一只小炭炉,炉子上架着一只小药罐,中药的气息就在石库门里荡漾。这时候招娣才知道,白全喜是有毛病的。那个叫张阿三的用人曾经偷偷地告诉过她,白全喜讨第三房的意思,是想要让这喜气冲走他的晦气。

白全喜就在阁楼的老虎窗前给招娣梳头。招娣一动不动对着窗户坐着。从窗口看出去,可以看到工厂烟囱喷出的烟,看到突然从眼前掠过的鸟。白全喜麻利地帮她扎上头绳,看上去训练有素的样子。这让招娣幸福。养父从来没有给她扎过头绳，养父主要是养活了她，主要是每天从早上出去晚上回来，不停地阉猪。养父还带回血淋淋的猪卵子用大蒜叶炒熟了下酒……现在她觉得老虎窗就是一个瞭望塔，能望到很远的地方，望到她人生不可预知的迷蒙的前方。有时候，她甚至觉得她已经望见了崇仁镇镇口大门打开后，可以看到的那排酱红色的木栅栏。但是，养父的脸却在她的记忆里越来越模糊了。

招娣去高升泰戏院找过雅仙。雅仙藏在一件深紫色的大衣中从戏院里匆匆地出来，她看到招娣穿了一件单衫，站在戏院门口啃一截甘蔗。秋风正凉，吹过招娣卷起了衣袖的手臂。雅仙就望着招娣那张纯明得像湖水一样的脸，用蹩脚的上海话说侬来上海做啥西？

招娣说，我住在宝珠弄了。我住在一个叫秋风渡的石库门里。

雅仙看了看戏院门口凌乱的烟摊、甘蔗摊以及歇脚的黄包车夫，皱了皱眉说，上海混生活是蛮吃力的。你是来当用人的吧。

招娣想了想说，是的。

雅仙打了一个哈欠说，我很忙的，要演出。老板很器重我，他越是器重我，我越要卖力是不是？

招娣想了想又说，是的。

然后雅仙就消失了，她头也不回地说我会去寻你的，约你吃一顿饭。

招娣孤零零地站在高升泰戏院的门口。她掏出白全喜给她的零花钞票，买了许多甘蔗。她不停地啃甘蔗，啃得舌头都发麻了。她啃甘蔗主要是为了站在戏院门口回忆一下她和雅仙的过去。在崇仁的时候，雅仙和她好得就像是一个人，经常钻一个被窝里睡觉。雅仙身上挂着许多白花花的肉，她老是笑话招娣单薄，说招娣像一根扎灯笼架子用的竹片。招娣就狠狠拧雅仙身上的肉，拧得雅仙一阵一阵地惨叫。

招娣想，雅仙很像一个上海人了。

白全喜选了一个晴好的日脚，带着招娣去了三官堂路上的那口老虎灶和仙浴来澡堂。一些来老虎灶打开水的女人，晃荡着铜吊子，打满满一壶开水拎回家。她们恨不得在水上踩一脚，把水给踩实了，好让铜吊子多打一些水。老虎灶边上的仙浴来澡堂，一人多高的白布幔上写着"清水盆汤"四个黑字。招娣总是觉得这白布后面，隐藏着许多的秘密。浴客们在这白布的背后半裸着身子吃茶，汰浴，听说书，或者是听苏州评弹，还可以嗑瓜子，睡觉，修脚……那个扬州来的修脚师父周正的名气很大，三年了，他一直在仙浴来没有挪过身子。这让白全喜很感动，逢年过节的时候会给他封红包。周正脑子蛮灵光的，手艺好，所以就有好多的老主顾来找他。他不仅眉眼长得周正，还爱看书。一个修脚师父爱看书，招娣想，那书上会不会都是脚气？

一个中年女人，目光呆滞地坐在一张桌子后面收汰浴用的竹筹。桌子上放着一只白铁皮做的小箱子，里面凌乱地躺着一些竹筹。白全喜看了一眼招娣，对中年女人说，这是三姨太。

中年女人打了一个哈欠说，年纪交关轻啊。

白全喜又对招娣说，你不要小看仙浴来，还是有些头面人物欢喜到格种地方来的。

招娣说，我没有小看。

白全喜说，知道安大奎吗？他就喜欢在特别间里汰浴，天天来。

招娣说，我不知道。

白全喜有些失望，也有些伤感。后来他说，总有一天我会把老虎灶和仙浴来留给你的。说这话的时候，白全喜的眼圈红了。他说，做人就是做梦。

那天的风特别大。风吹皱了白全喜身上的长衫，也把他头上稀疏的头发吹得东倒西歪。在招娣的眼里，白全喜就像一棵墙头胡乱摇晃着的枯草。这让她感到一丝悲凉。

第二天，那个收竹筹的中年女人就被白全喜换了行当，招娣去仙浴来收竹筹。招娣一边吃着从馄饨阿四那儿买来的生煎，一边坐在那只白铁皮箱子前的时候，看到零落的工人来上工。周正的眼睛很亮，他看了一眼招娣笑了，说，吃生煎要小心烫嘴。

那天招娣果然被生煎流出的汤水烫了嘴。在之前，她从来没有吃过生煎，她只吃崇仁的米线。

5

招娣没有想到的是，还不到一个月，安盛帮的老大安大奎就被人宰杀在特别间里。仙浴来的生意一下子差了好大一截。每天晚上收工的时候，招娣就会踩着凉而薄的路灯光回到宝珠弄。招娣会认真地看石库门上突出的三个黑色的砖雕字——秋风渡。仿佛听到了遥远的风声,她觉得秋风越来越紧了。秋风差不多已经吹进了她的骨头,把骨头给吹冷了。

6

警长华良带走问话的那个来凤鸣很快被释放了出来,而据说凶手被找到的时候,也已经是苏州河上的一具浮尸。这消息登在《福尔摩斯报》上,整整一个版,上面果断地推测凶手应该是被幕后真凶灭口的。来凤鸣是没有罪的,他被叫进局子里也只是协助调查。现在他终于出来了,出来的时候顶着一头苍凉而干燥灰黄的乱发,带着他的两个小兄弟一起到仙浴来汰浴。他的两个兄弟一个是胖子,叫小四子;一个是瘦子,叫小六子。都是丹阳人。

凤鸣站在招娣面前,把三根竹筹扔进了白铁皮箱子。可能是被关了几天的缘故,他的脸色仿佛白净了许多,是苍白的那种白。他还露出了苍白的笑容,说我来汰浴,册那,我把晦气给汰干净。然后他带着小四子和小六子大摇大摆地掀起了一块棉帘。望着他的背影,招娣想起当时刺客从澡堂子里蹿出来的情景。那时候招娣面前的凤鸣光着上半身和脚丫,不停地喘息着。他的身上湿漉漉地淌着水,而他的手中紧握着一把冰冷的刀子。

这天晚上招娣回家,如往常一样踩着一地的路灯光。走到宝珠弄门口的时候,有一辆黑色的福特轿车悄无声息地停在她的身边。一个穿西装的男人从车上下来说，小姐我问一下路。

招娣说，我不是小姐，我也不认得路。

西装男人就笑了说，那我来给你带路吧。话音刚落，就有两个男人一左一右站在了她的身边，把她架上了车。西装男就坐在副驾驶室上，不停地剥着热腾腾的烤山薯的皮，回头看了坐在后排中间的招娣一眼说，你怕不怕？

招娣说，我应该怕什么？

西装男埋怨地说，这山薯没烤好，有点儿煳了。

那天招娣被送到了八大垺一个叫龙江里的地方。下车的时候，招娣看到一幢石库门房子，大门敞开着。八个大汉并排站成一条线，很像是八根木头做的电线杆子。八个汉子的边上，站着来凤鸣和小四子、小六子。一个穿旗袍的三十来岁的女人坐在八仙桌边剥香榧子吃，香榧子的黑衣粘在了她的嘴唇上。那时候招娣还不知道她叫金丽贞。金丽贞吃了好几粒香榧子后拍了拍手掌上的碎屑，站起来走到招娣的面前。金丽贞突然甩过来一个耳光，把招娣打趴下了。招娣的嘴重重地磕在了地上，她觉得嘴巴有点儿甜，于是吐出了一口血水，血水里竟然安静地躺着半颗被磕断的门牙。

金丽贞蹲下身，脸对着招娣的脸说，我想让你给大奎陪葬。

你问我愿意了吗？

如果不是被你挡了路，那刺客逃不出凤鸣的刀。

金丽贞说完，回到桌子边上坐下了，又开始剥香榧子，好像她和香榧子没完没了似的。

你有什么话就赶紧说。金丽贞把一把刀子扔在了招娣的面前，刀子呛啷响了一声，就死去一样一动不动了。像一条鱼干。

说完了,你就给大奎陪葬。金丽贞又补了一句。

招娣却认真地说,你嘴唇上黏着黑衣。

金丽贞愣了一下,拿一块手帕胡乱地擦去嘴唇上香榧的黑衣。

招娣就拿眼看着来凤鸣。来凤鸣的目光躲闪着,最后他像想起什么似的,一步步走了过来,走到金丽贞面前说,师娘,这件事体和这个女人没有关系。她不挡我一下,那刺客也是要逃掉的。

你在替谁说话?有人看见她挡着你的路了。金丽贞盯着来凤鸣说,你是想让师父地下合不了眼吗?

金丽贞有些气愤地从烟盒里抽出一支"孟姜女"香烟叼在嘴上,胡乱地寻找着火柴。来凤鸣走上前去,掏出一盒火柴替金丽贞点上了烟。金丽贞喷出一口烟,盯着地上的招娣说,这个女人不简单。

凤鸣说,怎么不简单。

金丽贞说,你看她眼睛。她眼睛里什么都能装得下。说不定她连人都敢杀。

招娣慢慢站起身来,拿眼睛在每个人的身上一一掠过,紧咬着嘴唇一言不发。

来凤鸣叹了一口气。他在金丽贞的耳边轻轻说了一句话,金丽贞的脸色就变了,她有些恼怒地把手中的香烟在烟灰缸里揿灭。她看到来凤鸣在安大奎的灵位前跪了下来说,师父,你放过这个女人吧,不关她事体。如果大洋的正面朝上,就放了她!

来凤鸣说完,变戏法似的手掌里多了一个袁大头。来凤鸣的手轻轻一抖，袁大头就腾空而起，嗡嗡响着在空中翻滚，最后笨拙地落在了地面上。招娣看到了袁大头肥胖的侧脸，就那么死皮赖脸地贴在地面上。她看到凤鸣笑了，说，师娘，正面朝上。

金丽贞一句话也没有说，而是又点了一支烟。凤鸣的笑容慢慢收了起来，沉着脸对招娣一声低吼：你还不走？你要是再不走，我以后见你一次杀一次。

招娣走了，连看都没有看金丽贞一眼，走过了屋里汉子们惊讶的目光。她走得从容但也有些失落，仿佛该发生的事情没有发生到酣畅淋漓。她就走在八大埭的路灯光下，走得缓慢而怅惘。她还在想着她离开后，那个有着女人名字的凤鸣，会做一些什么？而事实是，屋子里所有人在金丽贞挥了挥手以后，都消失得无影无踪，只剩下手心里还握着袁大头的来凤鸣。

金丽贞盯着来凤鸣说，你刚才出千。你连你地下的师父也敢骗了。你完了。

来凤鸣蹲下身，一直看着电灯光下那一小堆招娣吐出的血水，和血水里安静躺着的半颗牙齿。来凤鸣后来站直了身子说，放她一马吧，她不容易。

金丽贞说，谁都不容易。

来凤鸣后来走到金丽贞的身边。金丽贞仍然坐在那张太师椅上，她的头靠在了来凤鸣的胸前，身子开始不停地抖动起来。一会儿，来凤鸣的胸前就湿了一大片。金丽贞呜咽着说，你师父连为我死都愿意，可没想到是死在浴缸里的。

凤鸣就抚摸着金丽贞的头发，像安抚一个孩子。他想说很多话，但是最后只说了一句：我不会离开安盛帮的。金丽贞就

秋风渡 | 151

笑起来，一边哭一边笑，紧紧地抱住凤鸣，生怕凤鸣像一只鸟一样突然飞走。

凤鸣的心里一直在想，这个晃荡着走路的招娣，现在有没有走到宝珠弄。这是一个寒意深重的冬天，招娣喜欢冷风灌进她的脖子，她甚至闻到了风所特有的清香。她就迎着风一直走，走到宝珠弄的弄堂口，看到一个行动迟缓的中年人，穿着棉长衫，双手反背着，久久地等候着她。招娣就说，你不怕冷吗？

白全喜搓着双手略显腼腆地说，我怕冷的。

一会儿他又说，但我更怕你出事。

7

凤鸣常带着小六子和小四子来仙浴来汰浴。招娣被金丽贞绑走的事，就像没有发生过一样，招娣就当那是一场梦。凤鸣喜欢吃仙浴来隔壁不远处阿四馄饨摊的馄饨，加一点辣，每回都吃得满头大汗的。有一天凤鸣要了两碗馄饨，坐在招娣的面前，和招娣面对面一人一碗吃起来。他们吃馄饨的时候一直都不说话，好像不认识似的。

吃完馄饨，凤鸣擦着自己脸上的汗，很认真地说，我顶喜欢吃阿四做的馄饨，皮薄，馅大，是天底下顶好吃的馄饨。

招娣没有说话。凤鸣又说，热煞了热煞了。

招娣从那只馄饨碗中抬起头说，那天你和你那个师娘说了句什么话，她才放走了我？

凤鸣想了想说，我忘了。

招娣把筷子在桌上一拍说：就怕你忘不掉。讲吧！

凤鸣想了想说，我同她讲，要是她真想要杀你，那得先把我杀了才行。

招娣就一下子安静下来，一言不发地望着凤鸣看。凤鸣告诉招娣，这个叫金丽贞的女人不简单，她以前在宏福赌馆当一名发牌的荷官，吃住都在赌馆里，老板对她很器重的。她嫁了一个烟鬼老公，把所有的钞票全部抽完了，还欠下一屁股债。后来安大奎把她家所有的债务给还了，老公也就乖乖地退出，把金丽贞让给了安大奎。有一回六指帮和安盛帮在吴淞口附近抢地盘，安大奎背上被六指帮的二头目劈了一刀，结果金丽贞从赌馆得到消息后，拿着两把刀追砍，硬是卸掉了六指帮二头目一条胳膊。她像一个疯婆子一样，对安大奎死心塌地。所以做我们这一行，活不活得长，是一个未知数。

停顿了一会儿，两个人都一言不发。后来凤鸣又突然同招娣说，要是我活得长，我真愿意娶你。

招娣看着被进出的浴客一掀一掀的厚帘布说，你活多长，我都不会嫁你。

招娣说这话的时候，想起安大奎被人劈杀的那天一阵阵的秋风，以及来凤鸣脚丫上的一摊血。招娣呆坐着正在出神的时候，破天荒地雅仙来看她，穿着那一年最时髦的披肩，一扭一扭地出现在仙浴来的门口。招娣先是看了一会儿雅仙，又突然大笑起来，笑得眼泪都流了下来。她想起了在崇仁的那些日子，她不停地拧着雅仙身上白花花的肉，两个人用嘴咬，有时候又搂在一起睡觉。雅仙也笑，雅仙说，你个死东西。

那天雅仙意味深长地看了不远处坐在白铁皮箱子边的凤鸣一眼说，他是啥人。

秋风渡

招娣说,短命鬼。

雅仙又笑了。那天雅仙主要是在和凤鸣说话,凤鸣还带着雅仙离开仙浴来,去阿四馄饨摊上吃了一碗馄饨。他们看上去已经是多年的老朋友了,所以在馄饨摊上雅仙说,招娣说你是短命鬼。

来凤鸣没有吃惊,想了想有些委顿地说,我也觉得我是短命鬼。

你是想揩招娣的油吧?

没想。我只想她活得长一点。

在一堆和暖得像秋天干净稻草般的阳光底下,一辆黑色福特轿车停在了仙浴来不远处。车上下来一个男人,男人拿着一张卷拢的报纸,摇头晃脑地走到了仙浴来的门口。招娣正在数着白铁皮箱里的竹筹,头也没抬地听着这个微胖白净的男人说话。男人说了一堆话,招娣也刚好数完了竹筹。然后招娣抬起眼皮说,客人越来越少了,今天才二十来个人。

招娣说完站起身,跟着男人走了,一直走到那辆黑色的福特轿车边上。男人温文地打开了前车门,招娣坐了进去,回过头来对后座说,你还想再杀我一次?

坐在后排的金丽贞笑了,不,杀你用不着我亲自来。

金丽贞把一只黄皮纸袋塞到了招娣的手里,招娣打开纸袋,发现里面全是印着外国人头的钞票。

金丽贞说,这里是五万美金。你离开凤鸣。他和钞票,你只能选一样。不然没命。

招娣笑了,把鼻子凑在纸袋的袋口,狠狠地吸了一下说,我能两样都不选吗。

金丽贞就愣了一下。招娣直视着金丽贞的眼睛说，不是让我别找他，是让他别来找我。

招娣又拍了拍福特轿车的车顶说，这是小汽车吧？这车子闷得慌，像棺材，肯定不如马车舒服。

后来招娣下了车，一脚踩在了冬天的尾巴上。风中已经有那种潮湿和温暖的气息，直接荡进了她的身体里面，这让招娣的身子不知所措地微微颤动了一下。金丽贞对站在车门外的招娣说：你果然不简单。你把他让给我！

招娣说，为什么？

金丽贞说，他对我很重要，可是对你不重要。

招娣笑了，一甩手重重地合上车门说，不用让，他本来就是你的。

8

二月初二龙抬头，小六子在闸北火车站附近一家商店的玻璃橱窗边上被人堵住，用斧头劈掉了半拉脖子，倒地就死。血喷了一地，像八仙桌那么大。来凤鸣和小四子身上全是血，逃了出来，他们像没头的苍蝇一样乱撞，最后踉踉跄跄地扶着墙壁前行。他们身上的力气，像是被一种机器抽走了似的，每迈出去一步脚都是软的。最后他们顺着宝珠弄，走到了秋风渡门口时，像两张被风吹刮的旧报纸一样，软软地贴在了墙上。

经过外白渡桥的时候，被风一吹，招娣突然觉得春天已经正式来了。因为春风灌进了她的脖颈。春天来得没有半点儿预兆。春风一吹,所有的绿树都张牙舞爪地开始生长,招娣觉得身子骨懒得要命,需要拆开来重新装一装才会适意。杨巧稚变得忙碌起来,她经常穿上各不相同的旗袍,风姿绰约地坐上黄包车出门去。她把自己的日脚安排得井井有条,无外乎和妇女互助组织联络,参加徐家汇大教堂的义卖,以及偶尔去凯司令喝个咖啡,在兰心大戏院看看话剧,有时候也出席福州路185号警察俱乐部的舞会。她和招娣的生活是完全两样的,她年轻,漂亮,瓜子脸,念过九年书,生活里荡漾着自由的气息,很像是广告墙上日理万机的女人。有一次杨巧稚将自己的身子斜倚在门框上,用那种不紧不慢的腔调告诉招娣说,秋风渡的名字是被她改过的,老早的辰光叫春在里。

杨巧稚是一个任性的人。白全喜其实是喜欢她的任性的,对于杨巧稚做出的种种,白全喜都会宽容一些。当她告诉白全喜,要改石库门名字的时候,白全喜告诉她,只要你不把石库门拆了,你想改成什么都行。于是杨巧稚把春在里改成了秋风渡,那三个字还是她自己写的。写完了这三个字,她觉得这秋风渡从此以后就是她的了。那时候远远在一边观望的大房王佳宝叼着烟杆冷笑一声,说作心作肝,一定会作出祸水来的。

杨巧稚就是第一个看到凤鸣和小四子浑身是血的人。她举着一把黑色的长柄雨伞打开门的时候,看到两个血人后背贴在秋风渡正对面的墙上,像两只壁虎一样不停地喘着气。雨水正在密集地落下来,把两人身上的血淋落在地上,淡红色的液体没有方向地流来流去。两个人身上,都有细密的刀伤,仿佛是整个人炸裂开了似的,有的地方可以见到白森森的骨头。他们的眼神无力地望着杨巧稚，然后跌跌撞撞地摸着墙，顺着宝珠弄向前走去。

好久以后，杨巧稚才发出了一声尖叫。招娣和白全喜穿过狭小的天井快步走到了她身边。透过密密的雨阵，招娣看到了相互搀扶着远去的小四子和凤鸣的背影。招娣一下子冲进了雨中，她像一只低飞的燕子一样在宝珠弄开始一场春天的奔跑，跑到宝珠弄的另一头时，看到一辆车嘎地叫了一声停了下来，金丽贞从车上冲下，扶着凤鸣和小四子上了车。这时候已经被淋得湿透的招娣看到，金丽贞身上也有许多血。金丽贞远远地看了招娣一眼，她也上了车，关车门的时候，招娣看到金丽贞手上的虎口，开了很大的一条血口子。她的嘴角也挂着血。她笑了一下，车子无声地开走了，一直开到这场春雨的最深处。

白全喜穿着长衫撑着一把雨伞无声地走到招娣身后，他用雨伞为招娣遮挡出一片没有雨的天地。然后轻声说，你给我记牢，以后不要和这两个人来往。

白全喜说完，剧烈地咳嗽起来。招娣转身接过了白全喜手中的长柄雨伞，她搀扶着白全喜往秋风渡的方向慢慢地走。急促的雨阵扬起了迷蒙的水雾，白全喜轻薄得像一只风筝，招娣心头就响起了一声悲鸣。她对自己说，既然是风筝，那么等于是随时都有可能飞走。

两个礼拜后，招娣在苏州河边高低不平的堤岸上看到了来凤鸣和小四子在烧一堆锡铂纸。那些锡铂折成了一只只元宝的形状，在跳跃的火中卷起，变黑，最后软下去成了一堆灰。苏州河上船来船往，把一条河挤得很狭窄。一些在河边搭了棚子住的人,正在河水里汰衣裳。招娣笑了,她看到来凤鸣缓慢地转过身来,望着招娣一言不发。后来是小四子一直在和招娣聊天,小四子和招娣坐在河边,告诉她在苏州河边烧纸,是想要那些过往的船只,把小六子的灵魂带回家乡。小四子还告诉招娣半个月前的那一场变故。安盛帮和人在闸北火车站附近狠狠地打了一架,是金丽贞把差一点儿进了鬼门关的凤鸣救下的。但是小六子被劈成了肉酱,至少有五个人拿着短斧把小六子逼到了一家商店的橱窗下,手中的斧头胡乱地劈向小六子。那时候橱窗的玻璃碎了,碎玻璃像一堆亮晶晶的砂子,盖在了血人一样的小六子身上。

小四子说,那天金丽贞用小汽车在宝珠弄弄堂口接走了伤痕累累的凤鸣和小四子。在万航渡路上的同仁医院,凤鸣昏睡三天,金丽贞一步也没有离开。凤鸣醒来的时候,金丽贞咕咚一声倒在了病房里。这时候凤鸣才发现,金丽贞自己的身上,也到处都缠满了绷带。

那天凤鸣和小四子离开以后,招娣仍然在苏州河边久久地坐着。她把整个的下午都坐过去了,一直坐到夕阳的余晖远远地落在河水中,然后顺着河水,潮一样漫过来。招娣能听到夕阳漫过来的声音,夕阳把她紧紧地围住了。

这时候招娣对着苏州河说,凤鸣果然是她的。

9

白全喜死了。白全喜死前,还在老虎窗前替招娣仔细地梳了一回头发。仿佛他的死是有预谋的,他不仅去仙浴来澡堂汰了浴,还让招娣预约了光裕社的吴顺荣来澡堂唱评弹。白全喜边听着《杨乃武与小白菜》边和招娣说,你还记得死在特别间里的安大奎吗?他活得没有比别人长。

这天白全喜还去了城隍庙,兴致勃勃地吃了宁波汤团。吃完汤团他就打起了瞌睡,趴在桌上再也没有醒来。两只手低低地垂着,不停地打着摆,像两口同时走动的立式自鸣钟。白全喜的嘴角还挂着笑,仿佛一个睡着的孩子。招娣也在吃汤团,她吃那种麻沙馅大汤团,吃着吃着,看到了白全喜挂在口角的亮晶晶的涎水。一阵春风吹来,吹动了白全喜头上稀疏而苍凉的白发。这个时候招娣的眼泪一刻不停地奔涌出来,她没有把白全喜当成丈夫,她把白全喜当成了爹。她只是嵊县崇仁镇的一个孤儿,有一个会阉猪的养父,但是却从来没有一个会替她梳头发织辫子的男人,也没有一个温厚的关怀着她的男人。招娣的眼泪不停地滴落在碗里,她认真地吃完了汤团,最后专心地把汤和泪水一股脑儿喝光了。小二过来收碗筷的时候,看到了白全喜的模样,说,伊好像睏熟了,小心着凉。

招娣说,他要是还能着凉就好了。

花圈堆在秋风渡门口的时候,招娣想起了崇仁镇那个会扎花圈的根灿。但是奇怪地,她记不起根灿的脸是长什么样的。她只记得根灿有一个一兴奋就会发红的酒糟鼻。那天雅仙也来了。她穿着一件湖绿色的旗袍,和招娣一起站在弄堂里,不停地告诉招娣,你男人家死了,你要多捞一点儿是一点儿,一砖一瓦一坛一罐都不要放过。我同你讲,你以后是要自己过日脚的。

秋风渡 | 159

雅仙走的时候，问招娣借了二十块钞票。雅仙说有急用，是要去吃喜酒做贺礼的，一个礼拜后保准还。雅仙后来顺着宝珠弄一步步地越走越远，招娣觉得雅仙的腰好像比以前粗了一圈，滚动着浑圆的肉。二房杨巧稚的留声机在唱着苏州评弹《点秋香》，那软得像棉花糖的声音让招娣皱起了眉头。大房王佳宝像影子一样出现在招娣的身后，她很瘦，瘦得像一件衣裳。王佳宝难得离开她黑咕隆咚的房间，手里仍然握着那杆仿佛是长在她身上的白玉烟杆。她从容地对着招娣喷出一口烟说，老头子把你当死去的大女儿了。

这时候慕尔堂的牧师马吉顶着他的金发和高鼻子一步步向他们走来，他是来和王佳宝商量葬礼上做祷告的事的。其实他是白全喜的好朋友。他穿着一件皱巴巴的衣裳，鼻梁上架着一副眼镜。他的目光透过镜片落在了招娣身上，平静地说，主会接纳他的。

10

白全喜头七那天，王佳宝叫人在客堂间推了一天的牌九，推得她精疲力竭。那天牌九客人散去以后，她伸了一下懒腰，盯着杨巧稚和招娣说，分家。

杨巧稚什么也没有分到，这是令她意想不到的。王佳宝拿出了一张纸，弹了一下，喷出一口烟盯着杨巧稚说，这是死鬼留下的话。死鬼说，你只能分到一块洋钿。

杨巧稚就有些黯然，她流了泪，并且不停地冷笑着。但她很快擦干了泪，默默地走向了自己二楼的房间。她把自己关起来，听了一个下午的留声机，那永不停息的乐声好像是在秋风渡唱了半天堂会似的。招娣一直都不知道，杨巧稚其实是有一个相好的，原来就是在仙浴来替人修脚掏耳的周正。周正是一个奇怪的修脚工，据说以前在老家扬州江都县邵伯镇一所乡村学校教国语，而且他还特别喜欢看书。谁也不知道他们是怎么好上的，他等了杨巧稚三年，也在仙浴来修了三年的脚。本来商量好，白全喜的日脚不多了，两个人是要在白全喜走了以后过小日子的。

楼下的客堂间里，只剩下招娣和王佳宝。招娣一动不动地端坐着，她不知道白全喜能分给她多少。王佳宝抽完了烟，在桌角磕着烟杆里的残烟，嘴里叽叽咕咕地对着二楼的杨巧稚骂骂咧咧，我早就知道你们这对狗男女了，瞒天瞒地，瞒不了我的火眼金睛。只有死鬼蒙在鼓里，一直到死前才知道。我不难为你。走！

白全喜留下了老虎灶和仙浴来澡堂，是分给招娣的。此外还有五百块大洋。这是王佳宝用瘦长的手指头弹着那张纸骂骂咧咧讲的，招娣就知道，她的命和这张纸息息相关。她突然想起几个月前的某一天，白全喜伤感地告诉她，总有一天我会把老虎灶和仙浴来留给你的。说这话的时候，白全喜的眼圈红了。他说，做人就是做梦。招娣就想，白全喜是对的，做人就是做梦。

这时候雅仙刚好又来看招娣，她带来了一股香风，让王佳宝打了好几个喷嚏。这让王佳宝很不舒服，王佳宝将脚边一只淘米箩踢得滚来滚去，说才嫁过来就分嘎许多，还是死鬼给你预留着的，不晓得他怎么就迷了心窍。你果然一点儿也不简单，

秋风渡 | 161

你比二房厉害多了。招娣不说话，就笑，一直笑到王佳宝不说话了，招娣才站起身一字一顿地说，就按纸上说的分！

雅仙盯着王佳宝手中的那张纸看了半天，最后她还是跟着招娣上楼了。在阁楼的老虎窗前，招娣一直面对着窗外微笑着发呆。她突然开始想念老家崇仁，以及崇仁那鳞次栉比的老房子，还有那鹅卵石铺起来的弄堂。雅仙说，你不用难过的，你和他又不像夫妻，你顶多像他的女儿。

招娣说，你给我闭嘴。

招娣又说，他是个好人。

雅仙就撇了撇嘴，说，同你商量一件事体，我的身体不太好了，我想去同仁医院看病。不晓得你好不好借我三十块钞票的。

招娣说，你先把上次的二十块还上。

雅仙说，我们是老乡，你明明分到了五百块钞票，怎么可以这么小气的。

招娣说，不是我不肯借你，是你的病已经看不好了。

杨巧稚一直没有走出房门。她把留声机关掉的时候，招娣从一楼灶披间端了一碗红烧猪脚和一碗白米饭，在王佳宝懵然的目光中上了楼。招娣敲开了杨巧稚的门，把红烧猪脚和白米饭放在桌子上。杨巧稚正在喝酒，她在喝洋酒，已经喝得有点儿微醺了。她的脸上看不出难过，对招娣笑了一下说，我不喜欢吃猪脚。

招娣说，别给脸不要脸的，给你端猪脚已经不错了。

杨巧稚穿着肉粉色的睡衣，在屋子里转着圈，然后又端起高脚杯喝了一口酒说,我陪了老头子七年,最后给我一块钞票,真是天大的笑话。

招娣静静地看着杨巧稚,说,你要钞票做什么。

杨巧稚说,我和周正讲好了,我们要去香港。我们不愿回上海了,上海算什么,垃圾。

招娣想了想说,五百块够不够?

杨巧稚发了一会儿呆,把酒杯放在桌子上,然后摸了一把脸说,你不会是当真的吧。

招娣说,钞票不用还了,只要周正对你好。不然你就输了。

杨巧稚说,输不了。我和他都好三年了。要输早就输了。

这天杨巧稚又是哭又是笑,不停地在屋子里转圈,她还把那本《新月集》送给了招娣。招娣接了过来,十分珍贵地捧在胸前,但是却拿反了。

杨巧稚说,这是泰戈尔写的。

招娣说,我不认得他。招娣又说,谁写不重要。

杨巧稚离开宝珠弄的时候,一直站在石库门前抬头久久地看着门楣上"秋风渡"三个字。她仿佛听到了风声,并且想起了当初把春在里改为秋风渡时的情节,白全喜含笑穿着长衫反背着双手,看她一张又一张地在宣纸上写不同的秋风渡。在白全喜的面前,她像一个任性的孩子。但现在打死她也不会想到的是,白全喜只给了她一块洋钿。

杨巧稚的皮箱就放在脚边。周正穿着一套西装过来,拎起了她的皮箱。他的模样依然长得十分周正,白净的脸和一双纯明的眼睛,看上去像一个教书匠,怎么看都不像是修了三年脚的修脚工。周正大概是不习惯穿西装，所以他穿着西装走路的样子就有点儿怪异。招娣揪住周正的衣领，把周正拉到了一边，周正就靠在弄堂的一面墙上说，你想干什么？

招娣说，你骗女人的本事比你修脚的本事好。

周正看了看狭长的宝珠弄的天空，叹了口气说，招娣我也很难的。我付出的也是交关多的。我等了她三年了，你倒站在我的立场想想看，一辈子有几个三年的？

招娣盯着周正的眼说，真不是个东西。

周正有些厌烦地皱了皱眉头，拎起皮箱往宝珠弄的弄堂口走去。那儿停着一辆从祥生租车公司租来的别克车。招娣送杨巧稚顺着弄堂缓慢地往前走，招娣说，你都不和王佳宝讲一声，你这是没道理的。

这时候她们两个人同时回头看了一眼秋风渡，一个人影迅捷地缩进了门洞里，看不清是谁。但是招娣却看到了门口飘着的一缕烟。招娣和杨巧稚就相视笑了一下。远远地，能看到周正坐在别克车里，他正用一把小刀专注地修着指甲。从这个角度看过去，他的下巴很尖，被白亮的光线勾勒出好看的弧线。杨巧稚最喜欢的就是他的下巴。

上车的时候，招娣说，听着，别给我回上海！

杨巧稚眨巴了几下眼睛，睫毛里裹着眼泪，始终没有掉下来。

雅仙后来晓得招娣把五百块钞票给了杨巧稚，气得好久都没能吃得下饭，她说你自己为啥不留点现铜钿。招娣说，我有老虎灶和仙浴来，我还不够用吗？

雅仙说，那你为啥不肯借钞票给我去看病。

招娣说，你那是心病，治不了。

雅仙喜欢在嵊县话里面，夹杂一些学来的上海话。她说你瞎讲。她又说，你这个憨大。

11

民国二十六年春天，那个曾经追赶过刺客的小胡子又出现了。他笑了一下，在招娣面前的小白铁皮箱子里扔进一枚竹筹，然后挺着笔直的腰杆掀起了那块白色的帘布。那天他在混堂大池里泡到傍晚才出来，出来的时候红光满面，看上去热气腾腾的样子。他看着正收竹筹的招娣笑了，说要不我们去吃碗馄饨吧。

招娣本来是不想去的，但最后还是去了。她想一定是饿了的缘故，她刚好想吃一碗馄饨。另外一个原因是，那天她不觉得累。天气晴好，云就在头顶上卷来卷去，像一群作心作肝的羊。所以她去了，就在三官堂路阿四馄饨摊。吃馄饨的时候，他们都不太说话，招娣能听到小胡子吃馄饨时稀里哗啦的声音。后来小胡子抹了一下嘴巴说，我姓楼。

招娣喝着汤说，你上次说，死一个人不稀奇，你见过一下子死几百个人的。

小胡子说，我自己也差点死了。

招娣仍然埋头喝着汤，说，你走路腰杆笔挺，你是当兵的吧。

小胡子愣了一下，后来他终于告诉招娣，他在88师当一名连长，叫楼国栋。

楼国栋后来又来汰了几回浴,他的身上有好多枪眼疤。他还是个羞怯的男人,已经二十八岁了。一起吃了七碗馄饨后,楼国栋和招娣好上了。他们不仅去兰心大戏院看了一场戏,还去起士林的二楼喝过咖啡。招娣从来没有喝过那种酱色的玩意儿,喝咖啡的时候她突然想起了杨巧稚。她在想,杨巧稚以前的生活是不是就是这样的?

那天在咖啡馆招娣看到了来凤鸣。凤鸣戴了一顶低檐的灰呢帽子,还戴了一副墨镜,站在金丽贞的背后。金丽贞坐在沙发上,手里叼着一根烟,她的目光冷冷地投在了招娣的身上,显然她已经看到了招娣。看上去她正在和一帮人谈生意。又有几个人匆匆地从过道过来,边走边用手伸向了后腰。这时候凤鸣突然拔出了枪,对一个大块头连开三枪。而与此同时金丽贞腾空而起,手中竟然也有了两把枪。金丽贞接连放倒了刚刚过来的几个人,她紧紧地咬着嘴唇,手法干净得像一株被雨水冲刷过的白菜。所有的人都尖叫起来,一个刚刚端上来一份咖啡的送餐少爷仍然右手以标准姿势托着盘,左手习惯性放在后背,呆若木鸡地站在那儿。金丽贞和凤鸣迅速逃离了现场,走的时候金丽贞还顺手拿走了送餐少爷托盘上的一杯咖啡。一个躲在卡座里的汉子就在这时候突然扑向了金丽贞,金丽贞拔出一把刀子,顺手一划,那汉子的脖子上喷出了大股的血。他圆瞪着双眼,用手捂着脖子,仿佛是要把那打开的缺口给合拢似的。血并没有止住,顺着他的手指缝不停地溢出来,咕咕地冒着血泡。他显然被他自己的身体突然冒出来那么多血而吓坏了,咕咚一声倒在了地上。那个送餐少爷见不了这阵势,也咕咚一声软倒在地上。

金丽贞穿着旗袍的影子,在门口摇晃了一下不见了。招娣远远地望着她的屁股,金丽贞的屁股小而结实。这样的身形,是不太适合生孩子的。但她却是一个称职的杀手。

远远传来了刺耳的警笛。一会儿,在客人们的大呼小叫中,一队黑衣警察手持长枪冲了进来。所有的客人都一动不动,进来一名警察,大声地喝着,双手抱头,谁也不要动。楼国栋用双手抱住了头,但是招娣没有抱头,招娣定定地望着门口。她总觉得好像还会有人要进来,这时候她果然看到了穿着风衣的华良。华良手里拿着卷成一团的葱油饼,十分认真地边走边吃。他走到招娣身边的时候,停顿了一下,忽然笑了,俯下身子,用手撑在卡座的后背上,低着头对招娣说,怎么又是你。

招娣笑了,说我怎么了。

华良说,你肯定不是凶手,但是我突然发现,你其实是一个催命鬼。

招娣的笑容渐渐收了起来,后背一阵发凉。她突然觉得,华良的话是有一定的道理的,这让她想起了她刚来上海的时候,安大奎就被人杀死在仙浴来的特别间里。华良后来把最后一点儿葱油饼塞进嘴里,拿起招娣桌前的小方巾擦了擦手和嘴唇,又扔回原处。他走向那几具尸体的时候,手指头搭在招娣的肩上轻轻按了按。招娣望着他的背影,突然觉得他一定是个光棍。

一连三天,招娣和楼国栋都被警察局找去问话。问了三天,就把他们都放了。这个案子很快就结了,没几天《福尔摩斯报》上说,这是黑帮拼斗,杀手是从浙江来的。知道这个消息后,招娣就觉得好笑。她一边笑,一边开始担心来凤鸣。凤鸣曾经说,要是我活得长,我真愿意娶你。那么招娣就想,来凤

秋风渡 | 167

鸣一定认为自己是活不长的。

接着，夏天如期而至，上海大马路上开始响起了乱哄哄的蝉声。这让招娣想起嵊县崇仁镇热烈而绵长的夏天。仙来浴暂时关门了，天气炎热，几个月来，上仙浴来泡大池的客人很少，只有特别间偶尔还有人来享受一下。但是安大奎被杀的那个特别间，长久地把门关了起来，被招娣用来当作了杂物间。这时候北边已经开始打仗了，《申报》有消息说，北边打得十分热烈。

楼国栋匆匆忙忙来找招娣，说要汰个浴。招娣就把浴来的门给反锁了，在一间特别间的搪瓷洋浴盆里给楼国栋放满了凉水。那天楼国栋就久久地浸在水中，好像要把自己浸成一颗豆芽似的。招娣用丝瓜茎给他擦澡，擦得小心而缓慢，仿佛是不愿把一段时光擦去。丝瓜茎在楼国栋不高不矮不胖不瘦的身体上游走，显然，这个当兵佬的肌肉是结实而匀称的。招娣在楼国栋身体上发现了三个枪眼，一个在左下腹，一个在小腿肚上，一个在右肩窝。

楼国栋突然就把招娣拉进了浴缸里，那凉水就哗然四溢，地面上到处淌着水。楼国栋眼睛对着招娣的眼睛说，肚皮上那个枪眼，让我差点没活成。

招娣就泡在水里说，那你够本了。你现在活的，都是多出来的辰光。

楼国栋就剥招娣湿答答的衣裳，说，还有多出来的你。

楼国栋不停地喘息着，这让招娣闭上了眼睛，她差一点儿就把手里的那块丝瓜茎给揉碎了。后来楼国栋慢慢地平息了下来，他就懒洋洋地躺在浴缸里说，招娣，又要打仗了。

招娣的心里咯噔了一下。她安静地伏在楼连长的身上,轻轻地说,你要是不给我活着回来,我下地府也不会放过你。

招娣是看着浴缸外溢出的那一摊暗黑色的水说的。招娣的话音刚落,隐隐的枪炮声就传了过来。

12

后来招娣再也没有见过楼国栋。连尸体也没见过。8月19日正是上海热得最闹猛的时候,枪声响成了一片,一刻也没有停息。王佳宝把自己关在屋子里,拉上窗帘,不停地用她的白玉烟杆吞云吐雾。招娣也没有出门,而是坐在老虎窗前认真地听着那些来来往往的枪炮声。终于有一天,招娣匆忙地去菜市场买了两棵白菜,回来的时候看门框被炸塌了一半,阁楼上的老虎窗也被炸塌了。门楣上的秋风渡三个字,只剩下了一个秋半个风。招娣像是被挖走了半颗心一样,傻愣愣地在那堆断砖上坐了好久。她的屁股边上是两棵奄奄一息的白菜,和她并排坐在一起,远远看过去就像是三棵白菜一样。招娣在乱砖堆里找到了砖雕的半个风和一个渡字,这一个半字已经粉碎了,像死过去一样。招娣就很心痛。二楼房间里王佳宝从窗口探出半个身子,冷冷地说,好进来了。你是在等着子弹落你头上还是等着天上掉元宝?

那天招娣无力地回到了她的房间里,老虎窗已经垮了,窗架子就软软地垂着。招娣懒得收拾,她在想连石库门都被撕裂了,楼国栋还有没有可能活着?晚上招娣在梦里头听到有人在叫她,回头的时候看到楼国栋穿着那半新旧的西装的样子,肩

秋风渡 | 169

上还搭了一块白色的毛巾。他朝招娣笑，但是他的脸却越来越模糊，最后只能看到脸的轮廓。招娣醒来的时候，是被肚皮里突然伸过来的一只小脚踢醒的。招娣就轻轻抚摸着自己的肚皮，说，你爹昨天夜里来过了。

秋天来临。枪声已经平息下来，街上的行人也多了不少，中国军队差不多撤出了上海，只有保卫四行仓库的谢晋元部仍留在英租界里。招娣记得日本兵是 11 月的头几天举行的入城式，战靴踩出的声音整齐划一，黑而丑陋的坦克笨拙地像乌龟一样爬行着，发出巨大的轰鸣声。没过多久，招娣就得知了楼国栋阵亡的消息。那天下午，有一个穿黑色风衣的中年人匆匆来了一趟，在客堂间先是喝了一壶的茶，仿佛是很渴的样子。接着放下了一个小包裹，说里面是楼国栋的遗物，一塌刮子十块大洋。还有一封简短的信，说如果招娣有孩子，如果孩子生下来，那这十块大洋就作生产养育之资。中年人匆匆地走了，招娣先是发了一会儿呆，然后收起了那个小包裹，接着她站在天井里唱戏。她不仅唱了《三看御妹》，还唱了《碧玉簪》，她把古代的爱情唱出了风起云涌的味道。

后来她唱累了，就像一棵树一样站在天井里发了半天的呆。天气清凉，风吹来的时候有些微的寒意。招娣发了好久的呆，四处寂寥无声，多么安静的下午啊。后来她摸着自己的肚皮说，招娣你要是敢哭一哭，你就太没有花头了。

天冷了，仙浴来又开了起来。招娣的肚皮已经鼓得很圆，她坐在桌子跟前收竹筹的时候，掰着手指头给自己算了一下这一年碰到的事。除了死人，还是死人。这显然已经不像白全喜说的，做人是做梦了，做人简直是做噩梦。用人张阿三跌跌撞撞地跑来，告诉招娣家里来了许多从诸暨来的客人。招娣像是明白了什么似的，扔下竹筹，匆匆地从三官堂路往宝珠弄赶。远远地她看到来了一堆人，密密麻麻地站着，像移植到城里的一群粗糙的黑灰色的灌木。他们带着被铺行李，逃难似的。

招娣挺着大肚皮说，你们寻谁？

一个胡子拉碴的男人告诉招娣，他们是从诸暨县安华镇过来的，他是楼国栋的小舅子。然后他指了一下一个蓬头垢脸的女人说，她叫年糕，是楼国栋的老婆。他又拉过了三个脏兮兮的男孩说，这是小麦大豆和地瓜，都是楼国栋的儿子。

这和招娣想的差不多。招娣平静地笑了，说年糕，你过来。年糕听话地走到了招娣的面前。招娣说，你们想要怎么样？

年糕的目光求助地飘来飘去，最后落在了那个自称小舅子的男人身上。小舅子清了清嗓门，显然他是一个稍微见过世面的人。他说这是楼国栋的老婆孩子，这儿是楼国栋的家。国栋死了，他们这四个人要在这儿住下来。

招娣盯着小舅子说，说完了？

小舅子想了想说，我们都是国栋的亲戚，你看，这是大姨，这是二舅，这是三表妹四姑子……我们现在没有地方住，都需要在国栋家里住下来。

招娣说，你没做梦吧。

小舅子冷笑一声，说，是你在做梦。我们既然来了，就做好了住下去的打算。

王佳宝这时候穿过了天井，蹒跚着走到门口。王佳宝盯着那些客人看，拿眼神一个个过了一遍，然后很轻地说，这是白

秋风渡 | 171

家,不是楼家。这儿我说了算。别给我想花头精,我爹是清朝三品参将王三斤。

小舅子和几个亲戚对视了一眼,一步步向王佳宝走去。小舅子说,就是王十斤王一百斤,我们也不怕。

来凤鸣就是这个时候出现的。他像从地底下冒出来似的,一步一步地摇晃着走了过来。他看到招娣挺得很圆的肚皮时,凄凉地笑了一下,然后慢条斯理地对小舅子说,我身上有一百块钞票,你们拿了钞票就走吧。

小舅子和几个亲戚又对视了一眼。小舅子想了想说,不够,起码二百。

凤鸣就笑了,说,再不走,减到八十。

小舅子愣了一下,说,依你,一百就一百。

凤鸣叹了口气,把五十块钞票扔在了地上说,你们走得太慢了,再慢一会儿,五十块就成三十块了。

凤鸣说完,又拔出了一支手枪,缓慢地拉动了枪栓,子弹上膛的声音十分清脆地传来。小舅子忙从地上捡起了五十块钞票。这时候凤鸣慢慢抬起右手,枪口对准了小舅子,说,以后要敢再来这儿找招娣的麻烦,我见一个杀一个。我数到三,你们离开!

来凤鸣说,一……凤鸣才数到一,小舅子就拉上年糕和小麦大豆地瓜,带着一大群亲戚走了,像被龙卷风刮走了似的。走出几步路后,年糕回过头来,凄惶地看了招娣一眼。望着这群难民离开的背影,凤鸣把枪收了起来。凤鸣说姓楼的明明知道自己是个短命鬼,为什么还要害人。

招娣就说,你什么意思?

凤鸣说，早知道像他这样也行，那我早就这样了。

这时候王佳宝望着远去的人群，冷笑了一声。她的眼睛阴森森地盯着来凤鸣说，你也一样，你们都一样，都是作心作肝作出来的。什么爱情？屁！

那天晚上，凤鸣很晚才离开秋风渡。在湿冷的月光下，招娣什么话也没有讲，对着石库门上还剩下的一个半字不停地唱戏。她唱得很低声，唱得差不多只有凤鸣听得到，像蚊子的叫声。后来凤鸣走了，和他来的时候像突然冒出来一样，他什么话也不说就消失了。招娣对着那炸破了一个洞的大门，口齿清晰地说，其实你活多长，我都不会嫁给你的。我怕和你走得太近。

招娣盘掉了老虎灶和仙浴来，她把其中的五十块钞票还给了来凤鸣，说我不能欠你钞票。那时候来凤鸣正在朱阿三的小吃店里吃炒年糕。当招娣把五十块钞票放到桌子上，并且移到他面前的时候，他十分失望，好像是受了一记沉重的打击似的。招娣笑了，说亲兄弟明算账。凤鸣就说，我们是兄弟吗？招娣说，我把你当兄弟了，你把我当什么不重要。

招娣又说，要不这样吧，你把钞票收起来，我可以陪你喝一杯。

这时候凤鸣才露出白牙笑起来。那天在阿四的馄饨摊上，招娣喝了很多黄酒，这让凤鸣也很高兴。招娣说，你喝不过我，我酒量很好的。你一定要记住，敢喝酒的女人，酒量都不会差。

那天凤鸣和招娣都喝醉了，趴在桌上流眼泪。招娣坐在馄饨摊上，远远地望着"仙浴来"三个字，远远地望着那块新的白布上"清水盆汤"四个字，突然觉得老虎灶和澡堂子，都已经烙进了她的生命里。但是她必须卖掉它们，因为她觉得，秋风渡比这儿更重要。

招娣出钞票让人修了石库门门楣上秋风渡三个字，顺带着把大门被炸开的门框也修好了，接着还修了老虎窗。王佳宝也出了一半的钞票。她算得很精细，她是一个精细的女人。她说她抽的烟丝，是烟厂里最好的。她说这秋风渡我也在住的，我出一半的钞票好了。她对招娣的敌意仿佛在慢慢减弱，有一天，招娣看到她正在擦女儿白秋官的相框。白秋官这个在北平上学的学生，一直都没有消息传回来。这时候招娣才想到，就算她对人再凶，她也是一个当娘的女人。

砖匠是招娣从劳工会所请来的。他把半个"风"字和一个"渡"字给补了回去。在给老虎窗重新砌墙的时候，招娣就打下手给他递砖头。砖匠是一个喜欢吹牛的人，他说他叫皮四，是慈溪人，他还说中意轮船公司的老板虞洽卿就是他们那儿人，而且还是他的远房亲戚。如果要排辈分的话，连虞洽卿都要叫他爷叔的。虞洽卿一直想让他别干砖匠了，给他去做账房或者师爷，都被他拒绝了。他认为做人是要有骨气的，要自己闯一番天地的。

皮四就那么兴致勃勃地砌着砖墙，热火朝天地告诉招娣他和虞洽卿之间的往事。后来招娣终于忍不住了，说你专心地修老虎窗，虞洽卿和我没关系。

这让皮四很扫兴，他不再说话，沉着脸花了三天的时间，把老虎窗重新砌了一遍。

站在新的秋风渡前,招娣想起她就在这门口送走了杨巧稚。杨巧稚在香港过得怎么样?有没有像她一样怀了孩子?这时候秋风吹过,肚皮里的孩子又果断地踢了她一脚。

招娣留下了生孩子需要的钞票,用余钱在宝珠弄不远的地方租了两间屋子当门面,办了一个小轧棉厂。在一个姓杨的湖州人那儿,招娣又买下了两台旧的轧棉机。招娣还给厂子取了一个比较喜庆的名字,叫兴成轧棉厂。

招娣生下儿子,已经是民国二十七年的四月初了。生孩子那天来凤鸣和小四子一起来医院候着。手术室的门开了,医生把小孩送到凤鸣手中,说,是个儿子。医生又匆匆地回去了。

没一会儿,门再次打开,医生传来消息说,招娣大出血,需要好多血,但是血库里的血不够用了。凤鸣一下子揪住了医生的衣领,涨红着脸大声吼叫着,说你要是敢让招娣死了,那我一定把你的医院一把火烧了。医生一下子被吓得脸色发白,但是他仍然装出临危不惧的样子颤抖着说,你就是烧了医院,也变不来血浆啊。这时候凤鸣才明白过来,一把松开揪着医生衣领的手,疯了一样,又是用脚踏车,又是用公用电话,硬是叫了安盛帮的一堆人来抽血,这些血又源源不断地办理给了招娣,硬是把招娣从死神身边给拉了回来。招娣被推车从手术室推出来的时候,头发汗津津的,她已经昏睡了很久。招娣什么也不知道,醒来的时候,看到孩子就在她的脚边,睁着眼睛看了她一眼,又睡着了。这时候招娣的心中就漾起了无限的柔情,她侧着身子仔细地看着孩子的轮廓,楼国栋的脸就浮在了她的眼前。

招娣后来从医生那儿听说,自己去了一趟鬼门关。她猜救了她的就是来凤鸣。来凤鸣后来一直都没有再来医院,因为招娣住院的时候,他和金丽贞一起吃了一顿饭。金丽贞在洪福来酒楼订了位置,和凤鸣坐了很久。其实他们主要就是这么坐着发呆,也不说话。在吃到一半的时候,金丽贞才突然说,我早就说过这个女人不简单。

来凤鸣说,当妈的都不简单。

金丽贞说,你为什么要这样对她。

来凤鸣想了很久,想不出一个所以然来,于是又和金丽贞无声地吃起了饭。吃到一半的时候,他突然抬起头说,可能是我上辈子欠她的。

金丽贞扭过头去,眼圈随即就红了。

七天以后,来凤鸣租了祥生公司的一辆小汽车接招娣出院。车子在宝珠弄弄堂口就停住了,凤鸣没有下车,他坐在车里,远远地看着招娣打开车门抱着孩子一步步走向秋风渡,像是在送别一个亲人。招娣一直都没有回头,但是她知道只要车子没有发动,凤鸣就一直会在背后看着她。招娣抱着小孩进门,站在天井的时候,小孩突然就哭了起来。王佳宝的头就从二楼的窗口探出来,她先对着天空喷出一口烟,然后慢条斯理地说,这狗杂种叫什么?

招娣笑了,站在天井里一小堆苍白的阳光底下,她看到那天井一角砖墙边的青苔绿得发亮,心里就生出一些欢喜。招娣说,叫白安华。

王佳宝说,为什么不姓楼姓白。又不是白全喜的种。

招娣说，白先生对我不错，我得给他留个姓，不然我对不起他。做人要有良心的。

那天王佳宝给招娣送来一个小金花生的挂坠，用一根红丝线串着。王佳宝还端了一锅鱼汤给招娣喝，她说这是吃剩的，一点儿也不好吃，倒掉了蛮可惜。招娣想，倒掉了当然可惜，这白花花的鲫鱼汤可是催奶的。

但是第二天，用人张阿三却偷偷告诉招娣，这是王佳宝专门为她炖的鱼汤，还吩咐她鱼剖开后黑衣要去得干净，苦胆不要弄破，要放点生姜和葱花，不能太咸，必须用文火把汤给炖白了。要那种自然白，营养交关好的。

招娣听了，抱过白安华喂奶，轻声对白安华说，记住，你是有一个大娘的。

13

本来招娣是不可能把楼下的一间屋租给人家的，更不可能租给日本人。但是招娣最后还是把房子租给了光夫。光夫是做药材生意的，能讲蹩脚的中国话。他穿着一件单薄的西装，戴着一副眼镜，像个教书先生的样子，模样有一点儿忧郁。他就探头探脑地在虚掩着的门口向里张望，招娣正坐在一张小凳子上，在天井里择芹菜，白安华就躺在她身边的小摇篮里睡觉。招娣抬眼的时候，看到了这个衣衫单薄的男人。招娣就盯着光夫看，光夫怯生生地说，有没有房子出租。

招娣说，没有。

光夫露出失望的神色，抬眼看了看门楣上秋风渡三个字，深深地鞠了一躬说，给您添麻烦了。光夫说完，就往宝珠弄的深处走去。招娣手里捏着一把芹菜，走到门口，把身子倚在门框上对光夫的背影说，喂，站住，你哪儿人？

光夫转过身来说，我是日本人。

招娣的眼中就闪过一丝失望，说，你为什么想租这儿？

光夫说，我喜欢石库门。顿了一顿又说，我也喜欢那三个字，秋风渡。秋风渡是我找过的所有石库门里最适合我的。

招娣说，以后记得每天早上打扫一次天井。

光夫明白了招娣的意思，笑容就慢慢地浮在了脸上，他又深深地鞠了一躬，用蹩脚的上海话说，谢谢侬。

光夫住在了秋风渡。他是来做药材生意的，把中国的草药和成药运往日本，有时候也兼营着绍兴的老酒和杭州的丝绸。他喜欢养蛐蛐，还会吹笛子，所以自从他住进来以后，就多了笛声和蛐蛐的欢叫。他有一盏大理石做灯基的台灯，有一个绿色的玻璃灯罩，能发出绿油油的光。在日本，他还有一个妹妹。他的哥哥是军人，在攻打南京的时候战死了。更加难得的是，他居然经常和王佳宝去聊天，两个人聊得十分开心。王佳宝就躺在躺椅上用白玉烟杆吞云吐雾地抽烟，然后给光夫讲上海的旧事体。

光夫喜欢拍照。他有一台徕卡相机，经常捧着相机去苏州河边拍沙船的模样。当然他还拍河埠头洗衣的女人，以及河岸边上搭棚子住的下等人。有一次光夫还从水中救起了一个小女孩，小女孩的家里人后来摸到秋风渡来，包了一个红糖包和一个什锦包来感谢光夫，这让光夫兴奋得像一个孩子。他不停地摸着那个给他磕头的小女孩的脸，好像是要把这张脸摸掉似的。

也就在这一天，从来都不太愿出门的王佳宝出事了。以前都是用人张阿三替她去买菜，但是那天她不知怎么的就心血来潮自己去了菜场。她特别想吃慈姑烧肉，所以她不仅买了慈姑还买了肉，以及一块老姜，还挎了一瓶酱油。她美滋滋地拎着竹篮走上了回家的路。但是那天她却不小心和一个矮个子日本兵撞了一下，日本兵睁着一双红眼抬起头说，八嘎。王佳宝吓得浑身发抖，也不知道八嘎是什么意思，就说，侬讲啥？

然后几个同样喝醉了酒的日本兵就冲上去踢她，把她踢成了一个皮球。王佳宝本来就瘦，那么轻的一个人随时都会被风吹起来，这让日本兵踢得有些得心应脚。刚从兴成轧棉厂回秋风渡的招娣认出了这个皮球，她冲上去对一名穿军裤和西上装的男人就是一脚，那男人捂着裤裆倒在了地上蜷成一团，形状很像一只进入冬眠的刺猬。几个日本兵向招娣冲了过来，招娣随手拿起附近剃头摊子上的一把剃刀，刀子在阳光下划过一个漂亮的弧度，一名敞着怀穿军装的男人随即倒在了地上。招娣一下子呆了，她看到那个人脖子开了一张口，血正从那个泉眼里不停地往外喷。在他的身下，血水呈椭圆形慢慢地扩张，最后越来越大，有一张床那么大。日本兵都没有带武器，但是他们照样可以用拳头和脚打死招娣。他们号叫着冲上去，很快招娣就倒在了地上。她护着头蜷着身子，嘴角溢出一汪血来。如果不是光夫刚好路过，如果不是光夫看清了倒在地上的王佳宝和招娣，招娣可能就死了。光夫冲上来，用日语大声喊叫，招娣才没有被当场打死。但是招娣还是被抓到了宪兵小队，她被人像一只旧麻袋一样拖走并扔上一辆日本兵叫来的军车时，一名穿西装的汉奸推了一下鼻梁上的眼镜，用上海话告诉光夫，死的人是中国人,是个翻译,不是日本人。所以想要招娣活命,赶紧去许昌路的日军宪兵司令部救人。

他对光夫说,看到狗娘养的日本狗就要远避,晓得哦?对了,你学过日语?

光夫说,我就是日本人。

那天光夫把奄奄一息的王佳宝送到了广慈医院。在抱起身轻如燕的王佳宝并把她放在黄包车上的时候,王佳宝还恋恋不舍地望了地上被踩瘪的菜篮,以及地上的一块肉和慈姑一眼。光夫在广慈医院安顿好王佳宝,又去找认识的日本老乡帮忙。那天去宪兵司令部说情的一共有七个日本人,回来告诉光夫的回话都是,等消息。但是有一点儿是可以肯定的,他们不会对招娣动大刑。这让光夫稍微宽了一点儿心。

那天傍晚,光夫破天荒没有吹笛子,只有他心爱的蛐蛐在瓦罐里还在不识时务地疯狂大叫着。光夫开亮了那盏绿油油的大理石台灯,坐在台灯边发呆。敲门的声音把光夫惊醒,他穿过天井打开大门,门口站着金丽贞和来凤鸣。

光夫不认识金丽贞和来凤鸣,即便是很久以后,他也不知道来凤鸣这消息是从哪儿来的。金丽贞推开了文弱的光夫,和凤鸣一起走进了秋风渡。他们走进光夫的房间,然后金丽贞就坐在一张金丝绒单人沙发上不停地抽烟。有时候她还站起身来踱步。

不管花多少钞票,都要把她捞出来。金丽贞说,她对我蛮重要,当然,对凤鸣也蛮重要。

金丽贞和凤鸣离开秋风渡的时候,留下了一堆钞票。金丽贞说,这是硬通货,美金,一共是两万。你是日本人,你比我们有办法。

金丽贞又说,这事儿就当没发生过,不用让招娣知道。

那天金丽贞和来凤鸣匆匆走了,留下的是一堆钞票和一堆烟蒂。光夫的手缓慢地伸出去,他摸到了桌子上那没有温度的美钞,然后他把两把美钞紧紧地搂在了怀里,生怕这两把美钞飞走了似的。

那个望不到头的长夜,来凤鸣和金丽贞坐上车往龙江里赶。来凤鸣一言不发,他只是在摇晃的车里,觉得脑子里一片空白。招娣能不能活下去,实在是一个未知数,因为在日本人眼里,招娣差不多就只是一只蚂蚁。后来他终于说,为什么说她对你也重要?

金丽贞说,因为她不简单。我很少见到不简单的女人。

来凤鸣说,你是说她连人都敢杀?

金丽贞笑了,伸出手轻轻拍了拍凤鸣的脸说,你真笨。还有更重要的。她要是有三长两短,你一辈子都不会开心。你要是不开心,我这辈子还能开心吗?

听了金丽贞的话,凤鸣就不吱声了。他将头别过去,沉默地望着车窗外的上海。上海大马路两边,依然是霓虹闪烁的,不时传来歌舞的声音。偶尔也可以看到日本侨民,成群结队地走过,脸上荡漾着平和的笑容。他们走路的样子很怪异,脚步细碎,步速很快,像袋鼠一样。

后来凤鸣又说,你凭什么那么相信光夫。

金丽贞说,因为光夫爱上了招娣。

金丽贞又说,你是男人,不会懂的。

光夫最为忙碌和煎熬的时刻终于来临了。他四处找人，凡是和日本军方认识的老乡都找遍了。终于老乡中有一个认识梅机关影佐将军的，他喷着酒气说愿意帮光夫去打点一下。两万块美金全部送出去以后，梅机关说等消息。其实这个老乡连影佐将军的面也没见着，但是梅机关里的人轻描淡写地拍了拍那位老乡的肩膀说，只不过是杀了一个中国人。这让光夫的心稍稍缓和了一下，接着他又奔向了广慈医院。他要去照料王佳宝。王佳宝早就醒了过来，但是那个瘦弱的医生偷偷把光夫叫到了一边，告诉他，王佳宝可能不能站起来走路了。她弱不禁风的脊椎骨断了，更要命的是伤到了神经。

王佳宝在广慈医院躺了一个月。出院的时候，光夫租了广慈医院的救护车送王佳宝回秋风渡。用平板推车把王佳宝推出医院大门的时候，王佳宝的眼泪就挂了下来。她紧紧地抓住光夫的手说，我是不是不能站起来了。

光夫想了想，他不知道应该怎么回答。最后他模仿一句蹩脚的上海话说，瞎三话四。

救护车载着躺在担架上的绝望的王佳宝驶向了宝珠弄。车子停下后，两位护工协助光夫把王佳宝背在了肩上，这让光夫觉得自己背着王佳宝走向秋风渡的每一步都显得温暖，他觉得他是在背着自己的母亲。他已经有十一年没有母亲了，十一年前，他的母亲死于一间危房的倒塌。

光夫就这样背着王佳宝一步步地往秋风渡走。太阳很好，强烈的光线让光夫有些睁不开眼来。那些每年都如期而至的知了的叫声，在四面八方不知疲倦地响了起来。然后光夫看到了秋风渡门口站着的招娣，她显然是刚刚被宪兵队放回来的。招娣略微显得瘦了一些，下巴比以前更尖了。在强烈的光线照射下，下巴泛着一道柔顺的白光。她望着光夫一言不发。好久以后，两个人的脸上慢慢露出了笑意，但是眼中却都含了满满一眼眶的泪水。

14

王佳宝让光夫把窗帘紧紧拉了起来，生怕有一些光线从窗帘缝钻进来。黑咕隆咚的屋子里，她连烟也不抽了，招娣给她送的饭也不吃了。她的眼睛定定地望着柜子上女儿白秋官的照片，招娣知道，她在想那个北平求学的女儿。

王佳宝一共绝了三天的食。这三天里，招娣顿顿都给她送吃的。第三天的时候，招娣举着一只托盘进来，托盘上是一碗白米饭和一碗慈姑烧肉。招娣说，你差不多饿了三天了，应该快坚持不下去的。你如果真想死，要不我给你一把刀，你自己朝脖子上拉一刀。我帮你料理后事。

王佳宝阴森森地盯着招娣看，她有些不服气地拿一个枕头垫在了后背，然后安静地看着招娣。招娣把碗筷递到了她的手上，她果然是饿了，吃得飞快，把一碗慈姑烧肉全部吃了下去。然后她打着匀称的饱嗝，平摊着一只手说，你帮我把柜子里的铁皮盒拿出来。

招娣看到王佳宝的手心里，是一把小巧的铜钥匙。招娣用钥匙打开了柜门，取出一个装过冠生园月饼的铁皮盒子。那盒子上画着一个看上去长得很一般的嫦娥，因为年久的原因，嫦娥的一只眼睛生锈了。她用那只独眼和招娣对视着。王佳宝抓过床头柜上的白玉烟杆,填满了烟丝,然后用洋火点着烟,美美地吸了一口。看上去她已经烟足饭饱。她说,我要同你谈一谈。

那天差不多是王佳宝一个人在说,她从招娣第一天进秋风渡的门开始说,主要是说她对招娣是充满好感的,而且在白全喜的遗产分配上,还在白全喜那儿帮招娣说了很多的好话。王佳宝像是周密盘算过一次,她在嫦娥身上拍了拍说,这里面有交关钞票。我是笃定要等我女儿秋官回来的。你看这样好不好,我每月给你十块,你也不吃亏。

招娣笑了,说你想让我服侍你?

王佳宝说,不要说服侍,你就是顺便照看一下我。

招娣笑了,站起身来说,你以后得听我的了,这叫风水轮流转。

招娣边说边把嫦娥锁进了柜子,把铜钥匙拍在王佳宝的掌心里,说,我不要钞票,我得让你欠着。王佳宝愣愣地望着招娣远去,招娣走出王佳宝房门的时候,王佳宝大喊了一声,你用不着得意,总有一天你会要钞票的。告诉你,钞票永远都是好东西。钞票就是命,比命还命。

第二天招娣把一盆刺牡丹搬进了王佳宝的房间。永远关着的窗帘,也被招娣一把拉开了,那些久违的阳光像麻雀一样叽喳叫着跳进来,迅速地围在了王佳宝的身边。招娣大声说,要是你敢把这盆刺牡丹养死了,我就不管你了。

我让张阿三管我。

张阿三老了,她还能管你几年?我听说她下个月就回嘉善老家，她儿媳妇要生孩子了。

王佳宝一下子就蔫了。她望着招娣欢快的身影，眼睛里就有了一丝阴毒。招娣把杨巧稚没有带走的狗牌留声机也搬了过来，放上一张唱片，用手柄摇几下，屋子里就灌满了音乐的声音。等着你回来，等着你回来……王佳宝一下子没反应过来，她突然觉得自己的房间，已经不像自己的房间了。招娣后来一屁股坐在了五斗柜上，晃荡着一双脚，盯着王佳宝看。王佳宝说，你这是想做啥？

招娣说，我想让你活过来。你以前虽然没有死，但差不多也是半死不活。

没过几天，精瘦的王佳宝变得精神十足了，她说话的嗓门也大了许多。虽然她胃口大开，但还是瘦，仿佛是吃不胖的。有一天她吃完饭，一边打着嗝一边说，上次的事体，谢谢你。

上次什么事体。

还能有什么事体？你都为我杀了一个人。

招娣笑了，说，那是他死期到了！

光夫很长时间都没有在秋风渡出现。他的房门上挂着一把日本产的小巧的梅花牌铜锁。离开秋风渡的时候，他选择了一个随便的姿势，站在天井里和招娣说，我想出去走走。说话的时候，他的胸前挂着一个徕卡照相机。招娣觉得对于光夫的出门远行，她应该说些什么的，想了想最后说，记得回来。

光夫去了杭嘉湖一带拍照片。他拍江南地带随处可见的湖泊和船只，有时候也会仰躺在稻田里，拍那些高远的只有云层的天空。他还拍了一闪而过的黑色的火车，以及战火过后的焦

秋风渡

土和废墟。看上去，他不像一个生意人，而像极了一个流浪的艺术家。光夫在斜塘镇住了一段时间，天天对着穿镇而过的小河拍，拍那些摇船唱歌的船娘。光夫把自己像一件旧衣裳一样扔在石拱桥上，撅着屁股趴在桥栏上举着相机拍照，像是一个正在瞄准的士兵。

有一天，招娣把王佳宝的躺椅搬到了天井，然后她抱着身轻如燕的王佳宝下楼，让她安稳地躺在躺椅上晒太阳。王佳宝身上盖着白全喜盖过的那条狐狸皮。然后招娣退远三步，望着王佳宝笑，说现在看上去你真像一只老狐狸了。王佳宝也吃吃地笑，说你搞错了，是老狐狸精。招娣还在天井里摆了一只缸，缸里填满黑色的泥。招娣在缸里种一株刚从苏州河边挖来的幼小的梅花。她也不知道自己为什么喜欢梅花。她不停地忙活着，手上全是黑乎乎的泥巴，这使得她的身体升腾起热气。她抬起臂弯擦汗的时候，看到了秋风渡门口光夫胡子拉碴的笑脸。

光夫举了举手中的徕卡相机，笑着说，中国真大。

15

民国二十九年的秋天，光夫随船运了一批丝绸、黄酒和中药回日本，并且打算顺道从日本进一些货到中国。他离开上海的第二天，兴成轧棉厂闹了一场火灾。大火烧了一个晚上，烧死了三个夜里在轧棉厂过夜的工人。

三个工人的家眷把三具烧成焦炭的尸体抬进了秋风渡，就在天井里摆着。他们让招娣在尸体面前跪下，招娣就听话地跪下了。招娣手头紧，已经拿不出钞票，最后在一张纸上按了手印，各欠三户人家五百块钞票，三具尸体才被搬走。租给招娣办兴成轧棉厂的房东也找上门来，什么话也没说，只是在她面前抽着烟。

招娣说，你不用担心，你的房子，我给你修旧如新。

房东仍然什么也没有说，叼着他的烟走了。招娣走到二楼，走到王佳宝的床前，说，你说对了，钞票果然是好东西。

王佳宝冷笑一声，说，在柜子里，你自己拿。

招娣说，用不着了。你那点儿太少。

招娣把自己关在了屋子里，拉上窗帘。她曾经热爱的老虎窗前，被蒙上了一块黑布，她不想让光线透进来。她就一直把自己关在屋里，一直关到黄昏，这时候敲门的声音响了起来。招娣起身开门，看到的却是拄着一根竹竿走路的王佳宝。

招娣一下子惊呆了。王佳宝扶着自己的腰，说看到了吧，我都能站起来，你还有什么不能站起来的呢？我教你一个交关好的法子，你去找凤鸣。

招娣不是没有想过去找凤鸣。她是觉得欠了凤鸣太多，她不敢去找凤鸣。欠下的终归是要还的。但是招娣还是去了，在第二天的清晨，凉风灌进她的身体，让她觉得特别的神清气爽。招娣就那么大步流星地走着，走得像一阵风，走得身体微微地发热，一直走到了龙江里那间石库门前。辰光还早，大门紧闭着，招娣看到一个穿着纺织厂服装的女工也站在门口。她看了招娣一眼说，你是找凤鸣吧？

这时候招娣才知道，自己碰到任何难事，先想到的一定是找凤鸣。

两扇大门缓慢而沉重地打开了。招娣看到天井里堆满了花圈,也看到了客堂间里金丽贞镶着黑纱的照片。金丽贞看上去美得十分苍白,她的嘴角荡漾着一种说不出来的娇艳,这样的娇艳充满着江苏或者浙江一带的气息。金丽贞的目光穿过镜框的玻璃,然后从屋里延伸出来,最后来到了招娣的面前。金丽贞的目光说,我死了。

招娣就对着玻璃镜框深深地弯下腰去,好久以后抬起头来的时候,眼眶里已经蓄满了泪水。

纺织厂女工说,她这么年轻,怎么就死了。

招娣说,这是命。

这天招娣没有见着凤鸣,凤鸣仿佛是在上海消失了,或者是从这个世界上消失了。小四子穿着黑色西装从屋里走了出来,他在招娣面前站了一会儿,点了一支烟,看看招娣,又看看纺织女工,然后用丹阳口音的国语说,别找凤鸣了。凤鸣已经不在上海,他是死是活,要看老天菩萨是不是保佑他。

招娣没有回秋风渡,而是去找了雅仙。在高升泰戏院的门口,雅仙披着她的披肩跌跌撞撞地出来,她抬头看了看天,然后说你的事我都听说了。我实在没有钞票可以帮你。

招娣凄凉地笑笑,说我不是问你来借钞票的。我想让你帮我引见一下周老板。

雅仙嘴角牵起了一丝笑,说好吧,我让你碰一次壁。他是铁公鸡,你又不是不晓得。

雅仙领着招娣去见了高升泰戏班的周伯龙。周伯龙穿着他的月白色绸褂,敞着怀,一只脚搁在凳子上,正一个人吃老酒。周伯龙说,都是崇仁人,有话你就说。

招娣说，借钞票。

周伯龙说，多少钞票。

招娣说，六百块。

周伯龙吓了一跳说，你要嘎许多钞票干什么？

招娣说，兴成轧棉厂被火烧了，死了三个人。我还缺六百块。

周伯龙就不响了。过了一会儿，他喝了一口酒说，你先唱一曲助助兴。

招娣张口就来，她唱的是《我家有个小九妹》。唱小九妹的时候，招娣眼前浮起了上虞县祝家庄附近，波光粼粼的一条叫玉水的河。招娣对着那块天花板上垂下来的红色布幔唱，那布幔上绣着一条猪头龙，颜色有点儿暗艳。唱到一半的时候，周伯龙站起了身，站在了招娣的身后说，要不把你秋风渡那幢石库门卖给我。

招娣停止了唱戏，头也不回地说，秋风渡和命一样重，你哪买得起？

周伯龙的手就从招娣的身后伸到了前边，解招娣的衣扣，边解边说，好，强买强卖的事体不能做。石库门不要了，要人。

招娣仍然头也不回地说，你真想睡？

周伯龙捋了一下差不多掉光头发的额头说，我这把年纪了，再不睡，以后就只有看看的份了。

招娣笑了，说我自己来。招娣动手解起了衣扣，又说，你会折寿的。

周伯龙说，折寿我也认了。你留下来在高升泰唱戏，册那，你比雅仙唱得好多了。

秋风渡 | 189

招娣留了下来，在高升泰连唱了一个礼拜，算工钿的时候，雅仙却只交给她一半，把另一半给偷偷扣了。雅仙的意思是，招娣还是学徒，以后的路还很长，所以工钿只能是别人的一半。但是周伯龙却告诉招娣，工钿明明全部给了雅仙。周伯龙很生气，他带着招娣找到雅仙说，你把钞票给招娣，那是她血汗挣来的。如果你连这样的钞票也想动歪脑筋，那么你走。

雅仙的眼泪流了一下，她死命地盯着周伯龙说，你床上的鬼话都不算数了？你不是说要为我弟弟讨一房老婆的？

周伯龙没有再说话，低着头走了，只留下招娣和雅仙两个人。

招娣笑了，说，我真看不起你。

招娣说完也走了，只留下雅仙一个人。雅仙哭一会儿笑一会儿，还唱了一会儿林黛玉，最后她对着墙壁说，我活下去都难，哪里还需要有人看得起？

16

招娣突然病了。她是在高升泰唱下午场的时候突然病倒的。她本来在台上唱的是葬花，她背着一把花锄在台上走来走去，把眉头紧紧地锁了起来。这让她想起了老家崇仁会阉猪的养父、会扎花圈的根灿，以及镇东头那排被漆匠漆成了红色的木栅栏。然后她听到了自己的心跳，剧烈地响起来，一记一记像沉重的拳头一样砸向她的耳膜。在她的眼里，所有听戏的人，脸上都露出了诡异的笑容，然后这些人的脸一个个变得十分模糊。最后招娣就倒在了台上，那把花锄扔得很远。

招娣醒来的时候,光夫已经在她身边守了三天。这三天的光阴里,光夫一直用棉球棒蘸水,来打湿她干燥的嘴唇。而且他不时地用热毛巾,搭在招娣的额头。广慈医院那个姓董的医生认真负责地告诉光夫,没有什么特效药的,不能脱水,脱水就完了。所以在招娣的半梦半醒之间,光夫为她灌了许多的水。三天以后,招娣醒了过来,光夫叫了辆车子把她接回了秋风渡。

招娣在家里又睡了一天。她是被蛐蛐的叫声吵醒的,醒来的时候看到一尺开外就是光夫那张露出白牙的笑脸。光夫还为她炒了一碗绿油油的蒜泥菠菜,端到招娣的床前。光夫从日本回来了,他一直陪着招娣,还给招娣看一沓照片。在招娣眼里,从来没有看到过日本是什么模样,她看到了光夫的娘和妹妹,他们坐在有着三间平房的院子里的一条凳子上,院里有一只老气横秋的猫,娘和妹妹穿着和服。这样一张静止的照片,好像是从前一个朝代的剪影。

招娣笑了。她平静地躺在床上,吃了一筷光夫夹给她的菠菜,然后仔细而缓慢地咀嚼着。她的眼光一直停留在老虎窗上,从她的角度看出去,能看到零星的爬山虎的绿藤,除此以外其实是灰蒙蒙的一片。但招娣仍然专注地看着,她不知王佳宝是什么时候出现的,但是招娣闻到了一股烟味,就知道王佳宝来了。果然王佳宝拄着一根竹竿,手叉着腰把身子倚在门框上,冷着一张脸说,你们可不能在一起过日脚啊。

招娣想了想,对天花板说,为什么?

王佳宝说,你迟早会后悔的。

招娣就愣了一下,眼前闪过来凤鸣的身影。是的,凤鸣去哪儿了?那个会咬嘴唇,会开枪会用刀,也会舍了命救她的凤鸣，像水蒸气一样蒸发了。小四子说，凤鸣已经不在上海，他是死是活，都要看老天菩萨是不是保佑他。那么，凤鸣是死了还是活着？

好久以后，招娣才把思绪给拉了回来。招娣说，不后悔！

招娣又说，就算真后悔，人活一辈子，没几件后悔的事能算活过吗？

几天以后招娣的病全好了，她要去唱戏，走到石库门那秋风渡三个字下的时候，突然站住了。她觉得这三个字就是一出戏。然后她看到了不远处站着的光夫。光夫穿着一件套头衫，他说了两句话，第一句是，我不许你再去唱戏。第二句是，你帮我管药材吧。

17

来凤鸣回来的时候，是一年以后的秋天。他好像苍老了许多，有点儿胡子拉碴的味道。他出现在秋风渡的门口，最先看到他的是光夫。光夫又找来了一只缸，和原先招娣的那只缸并排放在一起。光夫搬来了泥，也种了一株梅花在里头，白安华就把手探在缸里玩泥巴。光夫的意思是，一株梅花，终归是寂寞的。光夫正在填土的时候，抬头看到了门口像一棵荒草一样的凤鸣。凤鸣穿着一身墨绿色的西装，他甚至还戴了一顶崭新的礼帽。但是仍然能从他脸上，一眼看出这一年来他的沧桑。他的脸上，有了一条很长的疤痕，不用说也能猜到这是被人用刀削的。光夫笑了起来，说，嗨，凤鸣，你到哪儿去了？

招娣腆着肚皮匆匆地走了出来，她的身上系着围裙，因为她正在灶披间里给一只猪脚拔毛。她看到了久违的凤鸣，久久地看着。来凤鸣也看着她的肚皮，他凄惶地笑了一下，一步步向招娣走去。他的手里拿着一块布作料，用一张黄纸包着。凤鸣说，这块布作料是给你做一件旗袍穿的。

招娣缓慢地摇头，说我从来不穿那种把屁股包起来的衣裳。

这让凤鸣很尴尬。凤鸣说，那你就做别的衣裳穿吧，做夹袄也行，或者就做一件单衫。

凤鸣的眼光在天井里穿梭。他看到了一个用木头搭起来的秋千，两根麻绳下面吊着一块木板。刚才还在玩泥巴的白安华，走到了秋千边上，坐上去，自顾自地荡起来，一边荡一边好奇地望着凤鸣，嘴里奶声奶气地哼着一首童谣。

小船荡荡，荡到西门。
西门有个杀头坯。
小船荡荡，荡到南门。
南门有个寡妇婆……

听着白安华唱的童谣，凤鸣的脸上慢慢露出了苍凉的笑意。光夫说，进屋里坐吧，喝杯茶。

凤鸣没有理会光夫。他是倒退着离开秋风渡的，他一步又一步地倒退着，退得缓慢而坚决。凤鸣退到了大门边，然后很正规地戴上了托在手里的那顶黑色礼帽。他朝招娣笑了一下，但是眼眶里却蓄满了泪花。

第二天来凤鸣就娶了一个叫姚三的女人。姚三一直在怀德路上日本人开的杨树浦纱厂里上工。她是一个勤快的能吃苦的女人,每个月拿的都是甲等工资。她的大哥姚大和二哥姚二,在老家都是很著名的道士。

招娣是一个礼拜后才去来凤鸣的新房补礼金的。这件事不知道为什么,反而是光夫先知道了。光夫说,招娣你要去送礼。招娣说,送什么礼。光夫说,凤鸣结婚了……

招娣是风风火火跑去的,她封了一个红纸包,将五块钞票稳妥地封在红纸里。然后她腆着她的大肚皮,大步流星地赶往怀德路上的一间民居。她敲开了凤鸣家的门,将手里的红纸包递给凤鸣。凤鸣没有接,说我啥也不缺。

招娣盯着凤鸣的眼说,嫌少你就别拿。

凤鸣最后拿下了红纸包。这时候招娣才看到,那个在龙江里石库门金丽贞家门口碰到的纺织女工,原来就是姚三。姚三很热情地泡糖水给招娣喝,她叫招娣姐。她说姐,你肚里的孩子什么时候生?她又说姐,你喜欢男娃还是女娃,你喜欢孩子像爹还是像妈。她还说,我和凤鸣也要尽快生一个。

招娣笑了,说,你太聪明了。

姚三把招娣送到门口,她一直紧挽着招娣的手臂,送出很远的地方,看上去她们亲热得如同姐妹。在分开的时候,姚三回头看看凤鸣没有跟上来,就说,姐,要是我还活着,你就别再来找他。算我求你。

招娣说,为什么?

他是我的命。他没了我的命就没了。

招娣没说话。姚三又说,你是不是叫招娣?

是!

姚三的眼圈就红了,说他在梦里老是喊你的名字。

招娣愣了一下。一会儿招娣说，懂了。

这后来，在很长的一段时间里，招娣一直都没有见过凤鸣。其实她很想问一问凤鸣，金丽贞是怎么死的？

18

第二年初春，招娣在同仁医院生下了一个女儿，光夫欢喜得不得了，将孩子搂在怀里高兴得直掉泪。光夫说要带招娣和孩子回一趟日本，还得意忘形地在静安寺附近的一家樱花馆宴请了他的日本老乡。那天夜深人静，所有的客人都撒油哪啦地散去了。走在回家的路上，路灯把他们俩的影子拉得像面条一样长，一切都很安静。在这样的安静里，招娣突然说，能让这丫头姓楼吗？我想给国栋留个种。

光夫一下子就愣了，他不知道该怎么回答。

招娣说，我们以后可以再要一个。

光夫抬起头说，只要你高兴，姓什么她都是我的孩子。

第二天早上，王佳宝拄着一根竹竿，艰难地把自己移到了招娣的房门口。她诡异地笑了，看着那一大把从老虎窗洒进来的阳光，举起了左手。她的手中拎着串着红丝线的一颗小金花生说，不能再生了，再生就把我给生穷了。又说，取了个啥名？

招娣说，楼伊豆。

王佳宝若有所思，好久以后她喷出一口烟，冷笑一声说，原来光夫是伊豆人。

19

　　楼伊豆满月那天，招娣听到大门外熙熙攘攘的声音，她抱着孩子打开了大门，看到一群人正围在石库门的门口。那个曾经为招娣修过秋风渡三个字，并且重新修好了老虎窗的砖瓦匠皮四，戴着一顶看上去滑稽的呢帽子，正喷着唾沫大声地说这秋风渡的好处。招娣看到了一个穿着青灰色长衫的人，他穿着干净的老北京布鞋，还带着一把长柄的黑雨伞。看到招娣的时候，他微微地弯了一下腰。在他的身边，站着一个有了花白头发的男人，脸一直板着。男人身边站着两个黑衣人。后来招娣终于明白，穿青灰长衫的人叫董三桥，老家在宁波慈溪，后来移居上海，最后又去了南洋。当初就是他父亲把房子卖给了白全喜，说白了，他和白全喜之间还是远房姑表兄弟。那个皮四，这一次当了眼线，他觉得他的功劳很大，所以兴致勃勃地把他们引到了这儿。他说，这幢房子，下面是石头，还箍了地箍的，质量是交关好的。

　　董三桥温和地说，皮先生，你能不能少说两句。

　　皮四就不说话了。大家都看着董三桥不停地抚摸着秋风渡的墙壁，他们还走进了大门，看到天井里的两株梅花。董三桥的眼圈红了，说，我想把这房子买回来，要几钿呀？

　　招娣说，多少钞票也不卖的。

　　这时候董三桥身边的那个男人咳嗽了一声说，卖不卖，不由你说了算！

　　招娣一下子就蒙了，她一直盯着这个板着脸的男人看。皮四凑过去，说我老早就同你说过的，虞洽卿是我们慈溪老乡。虞老板和董先生像兄弟一样的，在上海滩，虞老板让人搬房子，还没有敢不搬的。

搬家的车子叫好了。那个普通的清晨，所有的行李都已经收拾好，落脚的房子也已经租好。只要他们一搬走，就有一笔钞票会送到王佳宝和招娣的手中。王佳宝手里紧紧捧着那只画着嫦娥的月饼箱子，以及镶着女儿白秋官照片的相框。她在春风里不停地颤抖着，像一片挂在深秋枝头的树叶。打开大门的时候，招娣看到了一个面容姣好但是有一点儿憔悴的女人，她是杨巧稚。

杨巧稚和招娣对视了好久。招娣仿佛明白了什么，说，你什么都不用说了，他果然是个浑蛋。

杨巧稚说，那我能不能住回来？我离不开秋风渡。我当初离开秋风渡是错的。我把这儿当根了。叶落归根。

招娣说，好，你住回来。

光夫说，我们不是要搬家了吗？

招娣想了想，把手里抱着的孩子塞到光夫的怀里说，先不搬了。

招娣一手拉着杨巧稚，一手拎起了那只单薄的皮箱，说，二姐，你跟我来。招娣牵着杨巧稚的手，穿过了天井，她们上了楼，然后招娣打开了杨巧稚的房门。招娣笑了一下说，进去吧。

这时候杨巧稚才看到，屋子里还是原来的摆设，窗明几净，一切都没有改变。而且看上去是有一个人专门在打扫这个房间。

杨巧稚的眼泪随即流了下来,说,你是不是算到我会有回来的那一天。

招娣说,男人不能长得太好看,眉眼周正的男人,眼睛乱飘的男人,一般都靠不住。

杨巧稚问,为什么?

招娣说,因为招惹他们的女人太多。

那你为什么还要给我五百块钞票?都被周正骗走了。

因为不试一试怎么知道周正的心思不周正?钞票骗走了就骗走了,人回来就好。

杨巧稚一把抱住了招娣,招娣不停地拍着杨巧稚的后背,轻声说,你一定要知道,这个世界上,除了生死,没有什么是大不了的事。

这天招娣匆匆地去找皮四,把二十块钞票放在了皮四的面前。皮四正在一个叫春光的小茶馆里泡茶喝,看到二十块钞票以后,他脸上的肌肉抖动了一下说,什么意思?招娣说,你告诉我,秋风渡这样的石库门,要怎么样保养?皮四的两眼放出了光芒,说这个你算找对人了,你晓不晓得沙逊大厦就是我造的。招娣知道他在掼浪头,但还是点了点头说,就因为沙逊大厦是你造的,我才来找你。那天招娣不仅听皮四吹了半天的牛,还为他付了茶钱。这让皮四高兴得有点儿得意忘形。皮四看到招娣跨出小茶馆的门时大声地喊,有什么事你找我,我都能办!

招娣没有理他,直接去了上海饭店,她去找董三桥。门童领着招娣出现在房门口,然后悄无声息地退了下去。董三桥这天换了一身西装,他竟然在拉着小提琴。招娣就一直听完他拉小提琴,然后说,董先生。我想同你说几句话。

董三桥说，请坐。

招娣说，不用坐，我站着说就行。第一，董先生，我一直住在秋风渡，知道这屋子不住人是会烂掉的。你住在南洋，不太回来住。你总不愿这石库门烂掉吧。第二，如果你不让我搬，那你给我留一个房间，你随时回来住，就当这儿是家。我做的菜挺好吃，你要是愿意，可以当我是你妹妹。第三，秋风渡里有白蚁，需要经常治白蚁。秋风渡在民国二十六年，被炸毁过一次，我都找皮四修好了。但是仍然需要经常保养。现在我反过来说，董先生，你是不是想要叶落归根，或者说你是不是认为祖宅是不能卖的？如果是，那就算你把这屋买下了租给我，我替你养着护着。你是做生意的人，算算这一笔账，我都觉得你会愿意让我住下去。

董三桥盯着招娣看，说，秋风渡对你有那么重要吗？

招娣想了想，咬着嘴唇说，秋风渡像我的命一样。

董三桥双手插在裤袋里，在房间里不停地踱步，后来他停住了脚步，笑了。董三桥说，如果我再在上海造一幢石库门，你可不可以当我的女管家。

招娣说，我要管秋风渡，我只当秋风渡的女管家。

董三桥拍了一下手掌，大声地说，好，秋风渡归你。

招娣深深地弯下腰去，好久以后才站直了身子，说，我一辈子都不会忘记你。

招娣刚回到宝珠弄门口，一个叫刘关张的邻居匆匆跑来，看到招娣的时候大呼小叫说出事体了，杨巧稚吞了安眠药。

那天光夫背着杨巧稚直奔广慈医院，灌肠，抢救，最后杨巧稚终于活了过来。招娣也终于明白，杨巧稚从香港回来，是回到秋风渡来寻死的。她想叶落归根。

杨巧稚出院的时候，招娣让光夫从祥生公司叫了辆车，把她们送到宝珠弄门口，然后她搀着杨巧稚的手顺着弄堂一步步走到秋风渡。左邻右舍都来看热闹，看着杨巧稚像看着西洋景一样。招娣说，挺直腰，你没欠谁。杨巧稚就挺直了腰，目光看着前方，大步流星地走着。走到秋风渡门口，推开大门的时候，王佳宝从二楼的窗口探出头来，对着天井把杨巧稚狠狠地骂了一通，说你不是你自己的，你是你爹你娘的，你爹娘把你养大就是要看你活得好，你活得不好就是对不起伊位，晓得哦！

招娣松开杨巧稚的手臂，抬头对王佳宝说，你不用骂她了，你骂她没用。

王佳宝仍然在二楼的窗口不停地骂。招娣突然伸手在杨巧稚脸上重重地甩了一个耳光，像是要把她拍扁了似的。杨巧稚捂着自己的脸，懵然地望着招娣，像在看一个陌生人。招娣说，骂人没用，还是我一个耳光打醒你吧。你要是敢再死一次，我不救你了。我连后事也不替你料理。你死吧！

这时候杨巧稚的眼泪才纷纷扬扬地落了下来，刹车失灵一样。招娣看了一眼围在天井里的那些男人女人，对杨巧稚大声说，你给我哭！哭出声音来！大声地哭！

杨巧稚就呼天抢地地哭了起来，哭了好久以后，她才抽抽噎噎地慢慢平息了。招娣就笑了，说现在你笑一笑，杨巧稚就和她面对面地笑，笑声越来越大。招娣对围观的人群说，她哭完了，你们也可以走了。

刘关张就喊，散散散，都散了，呒啥花头精的。

人群散完以后，招娣关上了大门，然后牵着杨巧稚的手上楼。她把那只狗牌手摇留声机从王佳宝房里，搬回了杨巧稚的屋里，然后放了一张唱片。歌声又响了起来，等着你回来，等着你回来……

杨巧稚像是有些撒娇似的说，你要给我找一个男人。

招娣说，好，一定要找一个好的。

杨巧稚说，我想洗一个头，你能不能帮我洗个头。

招娣说，马上就洗，我去灶披间给你弄热水。

招娣端了热水给杨巧稚洗头，还给她用了青岛王子平监制的美女牌洗发露，把整个屋子都搞得香喷喷的。洗完了头发，用干毛巾替杨巧稚包了头，杨巧稚安静地在床边坐下，像一株养在露台上的青中带白的葱。招娣一步步地后退，稍远距离地端详着杨巧稚，说，漂亮。要是我是个男人，我也会娶你。

杨巧稚脸上就浮起红晕，说，嫁给白全喜做二房是命，和你碰见了是缘分。

杨巧稚又问，那本《新月集》还在不在？

招娣拉开了床头柜的抽屉，把那本《新月集》放在杨巧稚手里。杨巧稚才明白，这本周正和她都爱看的《新月集》并不是招娣喜欢的，招娣认得的字不多，也不会喜欢这样的书。招娣更喜欢唱戏，听评弹。这样想着杨巧稚就叹了一口气，她找来一只火盆，点着了洋火，当着招娣的面一页一页把《新月集》撕下来烧了。招娣看着那些火光把纸头卷起来，最后像是蝴蝶的样子，疲软地躺在火盆里，就知道杨巧稚把她的从前都一股脑儿烧掉了。

杨巧稚说，书和过日脚是两回事，你帮我找一个普通男人吧。

招娣想尽办法给她找男人。找了一个又一个,有杨浦发电厂的技术员;也有学校总务科的老师;还有一个是亚美电台的,头发梳得油光锃亮;还有一个是知乎书店的店员,很腼腆的一个后生哥。她都没答应,她说这些人眉眼长得太周正。

最后招娣给杨巧稚找了一个吴淞口码头上搬麻包的工人,名叫王大毛。王大毛实心得像一块丢在地上的铁,如果没有踢他一脚,他不会动也不会吭声。王大毛对杨巧稚很好,把什么好吃的都让给她。杨巧稚怀孕的时候,王大毛高兴得发了疯,他回到老家绍兴安昌镇,带回来一墙的腊肠和腊猪脸,还带来了湖里捞起来的鳊鱼给杨巧稚熬鱼汤。儿子王小毛出生后,王小毛就成了杨巧稚的命,一天到晚抱着儿子。有时候她会打开留声机,在等着你回来的歌声里,抱着王小毛转圈跳舞。

招娣就坐在自己的屋子里,抱着楼伊豆,边上站着白安华,安静得像一张照片。她对着老虎窗笑,她想,杨巧稚重生了一次。

20

招娣清晰地记得,日本人战败那天,是民国三十四年七月初八。接下来的日脚,正是上海开始热的时候。知了的叫声成群结队地开始响起来,蒋总统的大幅画像被挂在了大新游乐场的外墙上。游行的队伍很狂热,黑压压的人群像一堆浅水沟里乱窜的黑色蝌蚪。

那年冬天,光夫被人从招娣屋里揪了出来,连同招娣。他们被拖到天井里,各浇上了一盆凉水,随即两个人就颤抖得厉害。白安华和楼伊豆的哭声此起彼伏,是王佳宝艰难地移动着自己僵硬的身体去照料两个孩子。王大毛抱着王小毛,傻愣愣地站着,杨巧稚则一言不发,看着这些人来讨伐光夫。如果光夫是日本人,那么招娣就是汉奸。那天光夫被吊了起来,就吊在他自己搭起来的秋千架上,还被剃光了头,又狠狠地打了一顿,最后把他像一条癞皮狗一样扔在天井冰凉的地上。有个瘦男人,瘦得不能再瘦的瘦,迈着一双麻秆儿似的细脚,走路的时候都走不稳,他也走过去解开裤带在光夫脸上尿了一泡臊热的尿。

王佳宝冷笑一声,说你们这样打人,你们还是人吗?结果王佳宝也被人从楼上拖了下来,扔在了天井里。王佳宝索性仰天躺在冰凉的地上,跷着二郎腿用那根白玉烟杆抽烟,她说我老早就同你们讲过,不要在一起。你们要是在一起,会连肠子都悔青。

招娣是记得这话的。但是招娣觉得没有什么好悔。她的两只手被人死死地扭到了背后,由两个年轻的小后生押着。小后生说,你不要乱动,你乱动我们就索性锄奸了。

招娣咬着牙说,我不是汉奸。

小后生说,你不是汉奸,你是什么?你都和日本人睡觉了,你比汉奸还下作。汉奸还没和日本人睡觉呢。

这是一个热闹的日脚。招娣抬头的时候,看到二楼的杨巧稚关上了窗,悄无声息地躲了起来。这时候来凤鸣来了,穿一套黑色的西装,还带着小四子和另外四个男人。他们都叼着烟,摇摇晃晃地走进了秋风渡的天井。凤鸣把烟头吐在了地上,用脚碾灭了，对这帮人说，你们在审汉奸？

小后生上前说，对，这是一对狗汉奸。

来凤鸣说，蒋委员长说了，他们不是汉奸。这个男人是日本人，这个女人是日本人的老婆，但是他们不是汉奸。为日本人卖命叫汉奸，他们有没有卖命？

小后生就不说话了。凤鸣挥了一下手说，他们没有卖命！现在我说了算，他们不能是汉奸。你们走吧！

这批莫名其妙的人，带着畏惧的眼神，吵吵嚷嚷地离开了秋风渡。凤鸣去扶地上的光夫，但是光夫没有起来，光夫就那么在地上躺着，眼神呆滞。凤鸣一用力，把光夫像一只风筝一样拎了起来。光夫说，我可能会被遣返吧？我会不会被遣返？要是遣返了，楼伊豆怎么办？招娣怎么办？

来凤鸣笑了起来，说这有什么好怕的，水来土掩，兵来将挡。

招娣好多年没有见到凤鸣了，她突然觉得凤鸣有些发胖，连脸上的那道鼓起的疤痕也微微地胖了一些。这天来凤鸣留在秋风渡吃饭，吃饭的时候，凤鸣说世道已经变了，他现在在黄金荣下面的荣社里干一个小头目。闸北区警察局的蔡少培副局长经常找他吃饭，雅仙也经常跟着他一起混。雅仙经常向凤鸣暗送秋波，但是凤鸣只当她是妹妹，会时常带她去舞厅。她现在不唱戏了，在舞厅里串场子陪人跳舞。在外头，雅仙常对人说凤鸣是她的男人，凤鸣就当没事一样，任由雅仙这样说。凤鸣说，雅仙也苦的，雅仙老家屋里的人经常问她要钞票。

招娣也好多年没见雅仙了，听凤鸣说雅仙的事，心里就有些怅惘。她想，十来岁的时候她和雅仙的那些好日脚，都已经一去不返了。这样想着,她就不可遏止地想起了遥远的嵊县崇仁镇。招娣突然很喜欢这样的回忆,在这样的回忆里招娣留凤鸣聊到很晚。两个孩子都睡了,光夫却连晚饭也没有吃。他忧心忡忡的样子,总让招娣觉得会有什么大事发生。

第二天光夫果然就失踪了。后来有人在苏州河捞起了他的尸体,就那么湿淋淋地扔在一条沙船上。听到消息的时候,招娣正在屋子里哄孩子。刘关张的大嗓门响了起来,说,招娣,不好了不好了,出事体了。有人从河里捞起一个人,说像你家的光夫。

那天招娣开始了有生以来最快的一场狂奔,她不知道自己是怎么样跑到苏州河边的。她跌跌撞撞地冲进了水里,然后攀上了沙船。在小小的船板上,招娣看到了湿淋淋的光夫,像一条鱼一样仰躺着。他的两只手向前伸去,仿佛是要抓住一些什么。看上去他的肚皮鼓了起来,脸孔白得让人害怕。他显然已经醒不过来了,阳光底下,一些苍蝇在嗡嗡叫着飞舞。招娣慢慢跪了下去,仔细而小心地摸着光夫的脸,咬着牙说,懦夫,懦夫……

三天以后发的丧,把光夫埋在了沪西新泾港的息焉公墓。来凤鸣带了小四子,叫了一批兄弟来帮忙。招娣一手抱着楼伊豆,一手牵着白安华的手,一滴眼泪都没有了。她从来都不知道日本国的伊豆是一个什么样的地方,她其实是很想去遥远的婆家看看的,她甚至想象过她和婆婆以及小姑子见面时的场景。但是现在这个念头被她悄无声息地掐灭了。杨巧稚从头至尾都没有参加葬礼,她把门合了起来。杨巧稚对王大毛说,不能让小毛出去,一点闪失也不能有。王大毛就拼命点头,说我晓得。

但是一会儿王大毛又说，咱们是不是太势利了。

杨巧稚说，为了王小毛，咱们不能和招娣走得太近。她有可能会被定成汉奸。

从息焉公墓发丧回来的时候，来凤鸣和招娣坐在秋风渡天井的一张方桌边上，两个人对坐着喝酒。招娣问凤鸣，金丽贞年纪轻轻是怎么死的？凤鸣说，是为我死的，安盛帮跟人拼斗，她帮我挡了一刀，脖子就斜斜地断了一半，血喷出来有半丈高。她用手掌按住血口，看了我一眼只来得及说四个字，给我烧纸。话说完就倒地上死了。我逃到嘉善住了一年养伤，一直都住在斜桥镇上。我学过剃头的，我在那儿给人剃了半年的头。

说到后来，凤鸣的眼圈越来越红，狠狠地喝下一杯酒，又愤愤地倒上酒说，都不是活得长的货，册那。连姚三也不在了，难产，留下一个孩子。这些我都没告诉你，是因为我觉得死个人太容易了。说不定什么时候，我也死了。我被乱刀砍死在街头。

凤鸣不再说话，专心地喝着酒。招娣在这时候突然想起了老家崇仁的童谣，她就喝一口酒，说，我给你唱首我老家嵊县崇仁的童谣好不好。

凤鸣就大着舌头说，好。

招娣轻轻地哼了起来：

小船荡荡，荡到西门。
西门有个强盗坯。
小船荡荡，荡到南门。

南门有个寡妇婆……

童谣还没唱完,来凤鸣已经喝得趴在桌子上了,他是完全喝醉了,醉得不省人事。一会儿,来凤鸣软软地滑倒在地上,咕咚一声就倒在了桌子底下,招娣没有去扶他,任由他癞皮狗一样躺在地上。招娣一个人继续喝酒,招娣边喝边想,凤鸣才是苦命人。

招娣又想,真是好笑,现在她就是那个童谣里的寡妇婆。这样胡乱地不着边际地想着,让她又倒了一杯酒,一口喝了下去。招娣的酒量是极好的,她的脸色已经是一片酡红,是那种好看的粉色的红。招娣就拍了拍发热的脸,用脚踢踢地上的凤鸣说,强盗坏!

凤鸣醉了三天三夜。醒来以后他洗了一把冷水脸,摇摇晃晃地从秋水渡走了出去。走的时候他对招娣说,我会替他们活下去的。你等我五年吧!你等我五年。我就怕给不了你安耽的日脚。

招娣什么也没有说。对她而言,五年是一段漫长的岁月,五年,能发生多少意想不到的事体啊。招娣的心已经像秋天的水一样宁静了,宁静得不会起一丝波纹。她只是对着凤鸣的背影说,走好。她一点儿也没有想到,来凤鸣这话是当真的,他开始安安耽耽地过完他的五年。

21

来凤鸣从黄金荣下面的荣社脱离开来。他找到小头目的时候，小头目正在吃茶，他不知道来凤鸣想干什么。凤鸣一言不发地抽出了刀子，当着一大帮兄弟的面，把自己的脚筋给砍断了。他惨叫了一声，然后用双手捂住伤口，那些血就从他的指缝钻了出来。凤鸣用颤抖的声音说，按规矩我自断脚筋。我离开荣社。

小头目冷冷地看着凤鸣。他慢条斯理地掏口袋，掏出一小沓纸币扔在凤鸣的面前说，做小买卖最合适。凤鸣颤抖着伸出手去，摸到纸币塞进了口袋里。他挣扎着站起身来，向小头目和弟兄们抱了抱拳，拖着一条血糊糊的腿，缓慢地在众人的目光中渐渐离开。

凤鸣后来在八大埭开了一家凤鸣南货店，经营高邮的双黄鸭蛋，还有绍兴老酒、山东大枣等等南北果品。他开始像一个生意人了，但是他走路的样子怎么看都是一个混子。因为脚筋断了的缘故，他走路的时候就一摇一摆的像在摇船。没多久，小四子来找他，当了他店里的伙计。两个刀里来枪里去的男人，选择一个晴好的天气，去苏州河边为金丽贞和小六子烧纸。凤鸣说，以前的日脚，真当像是一场梦。

凤鸣后来为小四子娶了一房媳妇，一个从桐乡来的女人，在一家大户人家当用人。凤鸣对小四子说，以后好好过日脚，你要是对你女人不好，我剥你的皮！

凤鸣就一直这样盘算着，如果五年一到，我还能平安活着，而且这五年风平浪静，我就娶了招娣。那天雅仙穿着一件旗袍来找凤鸣，雅仙是来问凤鸣借钞票的。她说热煞了热煞了，然后拿起一把很小的丝绸折扇拼命地扇起来。她身上香粉的气息，就不停地在南货店里弥漫开来。雅仙的目光在那些南北货品上一一掠过，然后她的目光落在了一个安静的两三岁的小男孩身上。雅仙扭了一把男孩的脸说，你自己带孩子啊。叫什么名字？

　　孩子没有说话。凤鸣笑了，说，他叫国生。

　　雅仙就说，国生？怎么那么土的名字。

　　那天凤鸣留雅仙吃饭，清蒸鲫鱼，红烧狮子头，清炒鸡毛小菜，清蒸螺蛳，四只清爽的小菜，都是从宏盛馆里现成叫的。凤鸣把国生抱在腿上吃，小四子坐在凤鸣的一侧，埋头默不作声地扒饭。雅仙就坐在凤鸣的对面，她吸螺蛳的时候声音很响。她说姚三呢，你老婆姚三呢。

　　来凤鸣埋着头吃饭，不说话。雅仙仍然紧盯着问，说我问你呢，姚三呢。

　　凤鸣抬起头温厚地笑了，说我一直没有告诉过你，她生下孩子就不在了。

　　雅仙的笑容，就慢慢地收紧了。她看到凤鸣脸上还留着一丝很淡的笑容，他缓慢地站起身来，用洋火柴点着了一炷香，把香插在小香炉里说，我对不起她，我没让她享福。

　　那天雅仙离开凤鸣南货店的时候，已经快黄昏了。她看到夕阳从很远的地方漫过来，给南货店里的货品涂上了一层金黄。雅仙走的时候，问凤鸣借走了十块钞票。凤鸣说，不用还了，你是招娣的朋友。

　　雅仙不太爱听这话，说，招娣是招娣，我是我，都是你朋友。

　　雅仙又说，我这个人拎得清的，必须还，还得加利息给你。

　　后来她转了转眼珠又说，要不……我嫁给你算了，便宜你了。

秋风渡

凤鸣就笑，说，我不敢占你的便宜。我怕养不起你。

雅仙叹口气说，你以前不是格种样子的，你以前风风火火，多威风啊。现在你软不啦唧的，不像个男人了。

雅仙说完，一扭一扭地往店铺外面走去，走出很远的时候，她像是想起什么似的突然转过身问，我忘了问，国生妈是怎么没的？

难产。大出血。凤鸣说。

22

按照招娣的讲法，这个世界真当是无常的。1949年夏天还没有真正到来的时候，城外的炮声又轰隆隆地响了起来，报纸上讲，上海被解放军给围住了，围成了一只水桶一样。5月27日上海解放，城市迅速被人民政府接管了。没过几天，招娣还参加了欢迎解放军的游行队伍，人们在高声喊着毛主席万岁，彩车上是毛主席和朱总司令的巨幅画像，游行队伍举着"向人民领袖毛主席致敬""跟着共产党走"等横幅标语，有人在演活报剧，有人在走高跷、扭秧歌，还有舞狮队舞龙队敲锣打鼓地从街上走过。每个人的脸上都洋溢着笑容。这让招娣想起日本人刚刚被打跑时，蒋总统的大幅画像被挂在了大新游乐场的外墙上。那时候游行的队伍同样狂热，像一群乱窜的黑色蝌蚪。短短四年，就发生了这么巨大的变化。在欢呼的人群里她觉得朝代肯定是变了。朝代变不变，招娣是不太关心的，她只是关心，能不能过安生的日脚。

公私合营后，招娣进了宝珠弄不远的新沪钢厂工作，学会了开笨重的行车。那天下午新厂长要来上任，招娣站在厂区操场欢迎的人群里，举着纸做的鲜花，有节奏地挥舞着。招娣挥舞鲜花的手，后来没力气再举起来了，她看到了那个崇仁镇上会扎花圈的根灿。根灿穿着一身旧军装，领章早已没有，风纪扣却扣得好好的。顶重要的是，十多年过去了，他的酒糟鼻仍然十分红亮。他向着工人们十分得体却又不失威严地挥着手。显然他没有看到人群里的招娣。

招娣想，原来这个世界是这么小的。招娣又想，原来老古话说的十年河东十年河西，也是有道理的。那天下班，招娣突然觉得从厂门口回秋风渡的路途变得无比漫长，走走停停，主要是在回忆她在崇仁的时光，以及那个不太爱说话的根灿。她在想，根灿是怎么就变成厂长的？

推开秋风渡大门的时候，她看到了一个扎武装腰带穿军装的姑娘。她就站在天井里，背对着她仰着头望着二楼的窗户。她的腰身很细，被腰带扎出好看的形状。看着这个姑娘的背影，招娣的心就咯噔了一下，说你寻谁。

姑娘转过身来，明眸皓齿的样子，说你是谁？

招娣说，我是住这儿的。

姑娘用怀疑的目光看招娣说，那我爹呢？

你爹是谁？

姑娘说，我爹是白全喜。

招娣就明白了，这个姑娘，是白全喜在北京上学的女儿白秋官。

招娣说，你是秋官。

这时候楼上的窗户突然被推开了，探出王佳宝的半个身子，和她那张密布泪痕的脸。原来她早就看到了白秋官像小白杨一样地出现在天井里，也听到了招娣和白秋官有一搭没一搭地说话。她只是想要好好哭一场，所以她十分专心地躲在楼上屋子里的窗户后面哭着。哭得差不多了，她才推开了窗户。然后，招娣听到了王佳宝的一声哀号：儿哪……

没多久，招娣住的那间房被没收了，军管会的人来下通知，让招娣带人限期搬离。那天王佳宝正在吃早饭，白秋官带人来了，双手叉在细得像灯芯一样的腰上，说招娣，你马上搬家，这幢石库门被政府没收了。

王佳宝慢条斯理地吃着早餐。招娣一步步走到她的房里，看到王佳宝正在喝一碗豆浆，手里还捏着半根油条，小巧的碟子里，装了一点儿醋。而碗里放着两只油亮的生煎。招娣知道，王佳宝一直在吃上面都是有些讲究的，她十分缓慢地把该吃的都吃完了，又让招娣扶她到窗口。王佳宝开始了慢条斯理地漫骂，她狠狠地骂着，她把白秋官骂得体无完肤，她说你还不是我胯下钻出来的？她说做人不是这样做的，从此以后你不是我女儿。

白秋官急了，说娘你要在宝珠弄带个头。你不要给我的脸上抹黑。

王佳宝说，你又不是这儿的人，招娣才是秋风渡的人。

招娣的心头像被热毛巾焐过似的。王佳宝说了这么一句话，她觉得那么多年和王佳宝的交往已经值了。她的眼泪差点流出来，说大姐，我会搬的，你不要为难秋官。

王佳宝就大声地说，没有过不去的坎，你用不着怕。我是清朝三品参将王三斤之后，我罩牢你。

招娣一直都不知道，向军管会揭发的是杨巧稚，是她抱着王小毛找到了白秋官，说招娣这儿住过一个叫光夫的日本人。白秋官问，为什么会住一个叫光夫的日本人。杨巧稚就说，她还给日本人生了一个叫楼伊豆的孩子。她肯定是亲日的。你娘没问题，我和王大毛也没问题。你想，王大毛是个受苦受累的工人，受够了资本家的剥削。只有招娣，又开老虎灶，又开澡堂子，还开过轧棉厂，完全是剥削阶级。

白秋官就拿一双丹凤眼紧紧地盯着杨巧稚看，看得杨巧稚低下头去。

白秋官说，你为什么要说这些？

杨巧稚把怀里抱着的王小毛又紧了一紧说，我只有一个儿子，你懂的。

白秋官盯着杨巧稚说，你说的我会向上头汇报，但是你真的连我娘都不如！

招娣搬出秋风渡那天，恋恋不舍地在老虎窗前坐下来，专心地梳了一次头发。其实她是经常想起给她梳头的白全喜的，现在她要和老虎窗做一次不能回头的别离。然后她把所有的家什，装了满满的一车。招娣叫了来凤鸣帮忙，帮她把家搬到街道纸盒厂闲置不用的阴暗的仓库。她左手牵着楼伊豆，右手牵着白安华，在刘关张以及邻居们的目光中，一步一步地走出宝珠弄。白安华已经懂事了，楼伊豆却一次次地回头望向那幢石库门，很是舍不得的样子。

招娣一直没有回头。她不知道杨巧稚家的门和窗一直都闭着,而王佳宝用一双阴郁的眼睛,望着招娣远去的背影。

凤鸣说,要不你搬我那儿去吧,我那儿比你这湿答答暗戳戳的仓库好多了。

招娣说,你自己说过的,五年。你这五年要是过得太平,我才会嫁你。

来凤鸣就叹口气说,招娣,你的心真硬。

招娣住进纸盒厂的仓库,看到了一堆乱糟糟的纸箱纸盒,有老鼠飞快地窜过,像一道一闪而过的光阴一样。招娣就在仓库里发了半天的呆,但是她没有想到的是三天以后,有人来敲门,是一个不认识的拉车工人。那人说,有人要搬进这儿来。

招娣就推开门,走到仓库的门口,看到了瘦弱的王佳宝。她的两只手撑在改装过的小凳子上,小凳子的四只脚上接了四根棍子。她的头发梳得一丝不乱,靠着移动凳子,把自己坏掉的身体移到了仓库。她一直在笑着,她看到招娣一张想哭的脸,就有点儿不高兴了。但是招娣还是慢慢地露出了笑容,招娣一边笑,一边眼泪啪啪地往下掉。

王佳宝说,不许哭!

这时候招娣看到了那辆拉货用的板车头上,是那盆当初自己送给王佳宝的刺牡丹。王佳宝说,你自己说过的,要是这盆刺牡丹养死了,我就不管你了。还记不记得。

招娣说,谢谢你。

王佳宝说,什么破刺牡丹,不就是月季花吗?现在这花归你养,你要是养死了,我也不管你了。

招娣又说,谢谢你。

王佳宝说，我搬来和你一起住，秋风渡没你在，味道变了。

招娣想了想，她觉得应该说点儿别的，但是最后还是那句，谢谢你。

招娣开始整理这间仓库了。她把所有的纸箱纸盒，都堆到了个角落。还叫来工人把破败的窗修好，装上了玻璃，并且安上了窗帘。那盆刺牡丹，就放在窗前不远的案几上，可以每天晒到两个钟头的阳光。她还在屋前搭了一个白铁皮棚棚，找来一根自来水管横架着晾衣裳用。所有的一切都在变化着，她甚至喜欢上了不远处她上班的新沪钢铁厂的烟囱。她不喜欢烟，她其实是喜欢上了浓烟滚出来时像野马一样奔向天空的形状。在烟雾升腾中，她能听到钢厂传来的巨大的轰隆声。

里弄开过几次小型的忆苦会，雅仙赶来了，主要是声讨招娣的罪行。她穿得很朴素，她穿的是工人装。就算是工人装，因为她玲珑的身段，穿在身上看上去也很素净利落。雅仙发言的时候，说得有点儿狠，说小时候招娣就不是好人，老是骗她的东西吃。长大了只知道不劳而获，不然怎么会嫁给资本家当小老婆。招娣低着头，但是她的脸上却浮着笑意，她一直在想，雅仙的旗袍和披肩藏到哪儿去了？

在宝珠弄的黄昏，被批累了的招娣晃晃悠悠地踩踏着一地的夕阳往前走着，雅仙在不远处等着她。雅仙穿着素净的工作服，说你给我站住。招娣没有站住，仍然晃悠着向前走。雅仙说，你心里头不要怪我，你能住秋风渡这样的好房子，我想不通。

招娣仍然往前走着。雅仙又说，十年风水轮流转，现在转到我身上了。

雅仙还说，知道根灿吗？我和根灿就要结婚了，我会给他生两个孩子。根灿很听我的话，他从部队转业，现在是新沪钢铁厂的厂长。

招娣终于站住了，缓慢地转过身来说，你说的这些都跟我没关系。

雅仙就很生气，本来是想发作的，想了想忍住了说，你就是脾气太硬。我说了，你不要怪我，现在这样的形势，作为根灿的未婚妻，我要站稳立场的。

在接下来的又一次忆苦会上，雅仙仍然很积极地发了言。这一次雅仙批的是高升泰的戏班主周伯龙，她的意思是周伯龙就是个戏霸，她被戏霸剥削了那么多年。周伯龙被人拉了过来，这时候招娣看到周伯龙老了，苍凉而稀疏的白发在风中微微颤动，口水鼻涕都挂了下来，像老去的一只懵懂的山羊。周伯龙的双目无光，呆呆地望着脚前的一小片空地，仿佛是要把那块空地望穿。这时候雅仙重重地在周伯龙的屁股上踢了一脚，周伯龙跌扑在地上，脸就紧贴着地上冰凉的石板。雅仙说，打倒戏霸！

大家就跟着喊，打倒戏霸！

忆苦会结束后，大家都像潮水一样散去了，空地上只留下蜷在地上的周伯龙。他像一只冬天正在过冬的刺猬，紧紧地缩成一团。招娣没有离开，她走到周伯龙的身边，在石板地坐了下来。她的手里是一张黄油纸，纸里包着一块焦黄油脆的粢饭糕。招娣什么话也没有说，只是回忆了一下她在高升泰唱戏的短暂时光。然后她起身离开了，夕阳越来越浓重地泼洒下来，像凉水一样迅速地打湿了地面。远远地望过去，周伯龙像被随意丢弃的一堆烂稻草。

周伯龙是第二天清晨从新沪钢厂的厂房平台上往下跳的。那天招娣去上班，她走向她的行车岗位的时候，看到厂区里围了一群人。根灿站在人群中间，用一只喇叭中气十足地往厂房平台上用嵊县口音的普通话喊话，他说冷静，一定要冷静，冷静是战胜一切的法宝。

周伯龙本来是坐在平台上的。现在他站起来了，他站在一堆朝霞里。他的衣服敞开，露出瘦骨嶙峋的胸膛，清晨的凉风直接吹拂着他的胸膛和骨头。周伯龙诡异地笑了一下，他开始唱戏，他大吼一声唱道，林妹妹，今天是从古到今天上人间，是第一件称心满意的事啊……然后他像一只断线的风筝一样飘落下来。密集的人群在津津有味地看着热闹，他们在议论着周伯龙原本小朽而老旧的头颅。他们说册那，头颅像一只西瓜一样破了，脑浆和血水混在一起流了一小摊。

人群喧哗。招娣没有挤上前去，她默默地站在原地，像河道里被打入河床深处的一个黑色木桩，任由河水或者浮萍从身边游过。她只是一直在想，当初她在周伯龙面前一边解衣扣一边说过的话，你会折寿的。

周伯龙说，折寿也不怕。

没多久，来凤鸣被政府管制，连大流氓黄金荣都在大街上贴出了《认罪书》，让他的徒子徒孙遵守新政府的法律。他的认罪书最后刊登在《文汇报》上，让几乎所有人都觉得，一个时代真正过去了。来凤鸣没多久就被放了出来，政府让他改过自新。但是因为他以前在黄金荣的荣社里混过,所以他一出来就被人揪来批斗了一次。在他刚刚走到凤鸣南货店门口的时候,他被人趁乱用铁棍砖块狠砸了几下,随即他血肉模糊地软在了地上。

这消息是刘关张告诉招娣的。招娣正在仓库门口一只小煤炉子上炒青菜,刘关张匆匆地跑来,说,不好了不好了,来凤鸣出事体了。招娣炒菜的锅铲就停顿了一下,青菜在油锅里嗞嗞地尖叫着。白安华和楼伊豆在门口玩两个白铁皮做的青蛙,王佳宝坐在一张宽大的藤椅上用她的白玉烟杆抽烟。时间和世界都仿佛静止了。

好久以后,招娣手中的锅铲又动了一下,好像是在想着,凤鸣到底怎么不好?

刘关张说,凤鸣可能不来事了。

王佳宝一直拿冷眼看着招娣,说,你还不去?

这时候招娣把手中的锅铲扔在了锅里,像一阵乱头风一样向前跌跌撞撞冲去。她大概是想到了什么,又回转身拉起玩白铁皮青蛙的白安华和楼伊豆一起奔跑。一直跑到凤鸣南货店门口,才看到凤鸣被一圈人围了起来。招娣推开人群,俯下身抱起了地上凤鸣的头。

凤鸣吃力地笑了一下,嘴里的血水挂了下来。他的头上淌着血,身上到处都是伤。招娣慢慢地解开凤鸣的衣服时,才看到了一道道青紫的伤。招娣大声喊起来,说快叫救护车,快给我叫救护车。招娣披头散发地从地上爬过去,一把抱住了一个中年人的腿说,求求你爷叔,帮我叫救护车。

人群里有人喊,已经叫了救护车了。

这时候的来凤鸣露出了笑容，他沾了许多血的手开始摸索起来，摸到了衣角。招娣忙抓住凤鸣的衣角，才发现衣角有一小块硬硬的东西。招娣用力一把扯开了衣角，半颗牙齿掉了出来。凤鸣接着笑，看样子他已经说不出话来了。招娣突然想起，许多年以前，金丽贞扇了她一个耳光，她跌扑在地上折断了半颗门牙，还流了一嘴的血。这半颗门牙，一直都缝在凤鸣的衣角里……

在救护车呜哇呜哇的声音传来时，凤鸣用尽了全身的力气说，牙，牙，和我葬……葬一起……国生，国生……

招娣的眼泪像一场夏天的雷阵雨，滂沱起雾，滚滚而下。招娣大声地说，知道了，牙和你葬一起。知道了，国生我会养着他。

招娣说完，拿眼睛胡乱地看着，她看到了站在一边呆若木鸡的白安华和楼伊豆，大声地喊，过来，快叫爹，叫！

白安华和楼伊豆就齐刷刷地上前叫，爹！

凤鸣的脸上又露出了痛苦的笑意。他仿佛很累了，想要闭上眼睛，招娣感到了一阵莫名的恐慌。救护车的声音呜哇呜哇地响着，终于停了下来，抬担架的医护人员匆匆地拨开人群。但是招娣的耳朵里，什么也没有听到。她惊惶得不知所措，和光夫自杀时候她的平静已经完全不是一般的模样。招娣大声地喊着，你得活下去。你说过让我等五年。我掰着手指头算过，再过97天就到五年了。你不能死，你要是敢死，我和你没完！！！

来凤鸣撑起精神，努力地点了一下头，但是他的眼泪却流了下来，全滴在地上。招娣看到了凤鸣对生的渴望，这是招娣第一次看到凤鸣流眼泪。此刻，凤鸣靠山的靠山黄金荣，正在大世界的门口用一把扫帚勤勉而认真地扫着大街，他老迈的目光，无力地望着一片突然起变化的天地。

招娣的耳朵里什么也听不到。她猛然想起，当初她在嵊县崇仁镇的时候，慧能和尚恋恋不舍地拉着她的手，除了说她是小船撑出去，永远不回头以外，还说过她要嫁三次。可是她不是早就嫁过三次了么？竟然还在等着这迟迟没有到来的97天。她突然觉得一阵恐惧，心像一口被抽空了水的深井一样，空洞而悠长。来凤鸣终于合上了眼睛。招娣拼命地摇晃着来凤鸣的身体，摇晃得有点儿愤怒和歇斯底里。两名医生架起了她，说你不能摇他的身体。招娣的眼泪鼻涕口水全糊在了脸上，她的脸变形了，大声吼叫，用脚蹬踢着。两名医生架不牢她，招娣整个人都瘫在了凤鸣的身上。白安华紧紧拉着妹妹楼伊豆的手，伊豆在大哭，白安华用另一只手不停地拍着伊豆的后背。

像一场黑白无声电影一样，光线渐渐强起来，所有的镜头都淡去。

23

97天以后，小四子在新沪钢铁厂的厂门口等着招娣。小四子看到招娣从厂里出来的时候，笑了一下，不停地拿脚踢一块小石子。招娣走到小四子面前，说，你想说什么？

小四子说，凤鸣不是被人批斗死的，是以前他得罪过的人借批斗的名头把他打死的。现在公安局破了案。

招娣本来想说什么的，但是想了想，她觉得她没有什么可以再说。最后招娣说,小四子,你要好好过日脚。

小四子说,我会的。

小四子又说,招娣,我要当爹了。

招娣脸上就浮起了一个笑容说,当爹是福气。好好当爹。

小四子说,我想把国生接过去,让孩子有个哥哥。你晓得的,凤鸣对我也像亲哥一样。

招娣就惨淡地笑了,说,我养得起。

招娣又莫名其妙地说,到今天刚好五年。所以,我要带着三个孩子去吃碗馄饨。

那天黄昏,招娣背着国生,白安华和楼伊豆一左一右跟在她的身边。他们并排走进了宝珠弄。他们是想要穿过宝珠弄,去三观堂路上的为民饮食店吃馄饨的。阿四的馄饨摊被政府叫停了,他进了这家里弄办的饮食店专门做馄饨。招娣想起当初她和凤鸣第一次一起吃馄饨,凤鸣说,热煞了热煞了……

路过秋风渡的时候,招娣看到杨巧稚爬在一架木头梯子上写字。原先镶在门楣上的秋风渡三个砖雕字被凿下来了,涂上了白灰,然后杨朽稚用黑漆在白灰上写下了"春在里"三个字。招娣想起当初秋风渡,本来就是叫作春在里的。杨巧稚写得很专注,她的一条裤子吊在那儿,露出白皙的一截小腿,还钩破了一只角。但是这仍然能勾勒出她玲珑得一塌糊涂的曲线,她是很女人的一个女人。招娣看到风吹起了她低垂如柳的鬓发。初秋的风一片冰凉。在这样的冰凉里,招娣仿佛能听到黄浦江波涛涌起来的水声,一记一记地拍着岸。杨巧稚写完了,从梯子上往下看了招娣一眼,腼腆地笑了一下说,男人都不是东西。

秋风渡 | 221

招娣定定看着杨巧稚一步步从梯子上下来。杨巧稚在招娣面前站定了,说,别怪我。

招娣摇了摇头。风吹起招娣的短发,那些短发在她脸上胡乱地轻舞着,这让她觉得有些惬意。杨巧稚又说,连王大毛都靠不住。我一直蒙在鼓里,原来王大毛在码头上,帮一个寡妇白干了三年的活。

招娣笑了,说你不是还有王小毛吗。

这时候,招娣突然看到有四个人正向她面对面地走来。走近的时候,她才看清这四个人分别是年糕和小麦、大豆、地瓜。他们是楼国栋楼连长在诸暨安华老家的老婆和三个儿子。他们并排站在一起,三个儿子明显高了许多,像一堵破旧而荒凉的篱笆。招娣终于明白了,原来他们自从来到上海以后,就一直没有再回诸暨的老家。

这时候招娣透过秋风渡半开着的门,看到天井里那两只缸里种着的梅花闹猛地开了,一缸是招娣种的,一缸是光夫种的。风吹过来,枝头轻摇着,朵朵梅花开得有些触目惊心。招娣很轻地笑了一下,久久地望着那两缸烂漫得发疯似的梅花,然后她收起了笑容,认真地说,国生,安华,伊豆,我们要去吃阿四做的馄饨了。阿四的馄饨皮薄,馅大,是天底下顶好吃的馄饨。

招娣又说,凤鸣,你说过的五年今天终于到日脚了,我要去吃阿四的馄饨,我自己吃一碗,替你也吃一碗。

招娣背着国生,带着白安华和楼伊豆,缓慢而从容地顺着宝珠弄向前走去。她突然听到弄堂的上空,仿佛在蓝天白云间响起了老家崇仁镇的童谣。

小船荡荡，荡到西门。

西门有个强盗坯。

小船荡荡，荡到南门。

南门有个寡妇婆。

小船荡荡，荡到三江口。

三江口有个老外婆。

老外婆碰见了强盗坯。

强盗坯带着寡妇婆。

寡妇婆带着拖油瓶。

拖油瓶叫，娘娘我要吃糖糕。

小船荡荡，荡到西门……

在这样的童谣声中，招娣背着国生带着两个孩子缓慢地朝前走。他们的背影越来越远，最后在宝珠弄的弄堂口闪了一下，不见了。一切如此安静，仿佛从来都没有什么发生。

长亭镇

1

　　黄大傻瞪着一双三角眼威风凛凛地站在码头，它恶狠狠的目光被一场突如其来的阵雨淋湿。不远处的几条运沙船，在江面上像水墨画一样飘忽不定。黄大傻是长亭镇臭名远扬的一条恶狗，它和另外几条恶狗看到昏倒在一片水洼地中的杜小鹅时，她还不叫杜小鹅，她只是一名朴素的道姑，道号李当当。黄大傻一点儿也没有想到，有一天它将会死在李当当的手里，而且死得那么没面子，简直令它无地自容。

　　一陈阵旧而略显疲惫的客船正在下客，客人们在密密的雨阵中从客舱里涌出来，如同一条麻哈鱼在合适的季节里产下的一堆子。这些子挤上颤悠悠的木踏板，再经过长长的被雨淋湿的石板步道，然后走出了码头铁栅栏的门。蕙风堂大药房的堂主安五常举着一把黑色长柄雨伞，不紧不慢地走进了黄大傻的视野。该死的阴湿天气，让他的腿脚走路不太方便。他的半个身子显然已经被斜雨打湿。安五常环顾了一下四周，目光落在不远处水洼里的那名道姑身上。好久以后，他才摇晃着身体走过去，笨拙地背起了她。安五常仍然用一只手撑着伞，有好多雨水就顺着伞檐欢快地落在了李当当的后背。

黄大傻阴森森的目光一直落在李当当的后背，一会儿李当当的后背就黑簌簌地湿了一大片，像一张地图。这时候黄大傻开始有大把的时间回忆不久以前发生的拼斗，两帮人在码头上用斧头和砍刀对劈，那些优雅的雨珠被无情的刀锋劈得纷纷扬扬，雨水夹杂着血水在地上没有方向地流淌，那血腥味就在雨阵中弥漫与穿梭。一个胖子躲过一把斧头的锋芒，连退了四五步，重重地撞倒了像一张纸一样轻飘的李当当。后来两帮人马各自受伤，他们像从来没有出现过一样，仓皇地散开了。黄大傻冷笑了一声，它和另外几条游手好闲的恶狗一直都在不远处看着这场搏杀。黄大傻的主人叫黄兰香，黄兰香留着络腮胡子，养着修长的指甲。他每天都要花一个时辰来修自己的指甲和整理胡子。黄兰香在长亭镇上开了一家叫作"哎呀楼"的妓院，在诸暨县全境，那是红得发紫的春意盎然的地方。但黄大傻对那些姑娘和嫖客不屑一顾，它觉得大把的时间用在床上，那简直就是虚度光阴。

安五常在黄大傻冷峻的目光中越走越远。他微瘸着腿艰难地把李当当背回了他的蕙风堂大药房。蕙风堂屋檐下的一小块泥地上，开满了招摇得一塌糊涂的猩红的凤仙花，在雨中拼命地吸着雨水。安五常把李当当背进了药房，李当当身上滴落的雨水，很快让青砖地面湿了一圈。在一张做工考究的罗汉榻上，安五常放下了湿漉漉的李当当，并且探手捏住李当当的手腕替她号了一下脉。账房海胖天手里拿着一只乌亮的黑檀木算盘边

长亭镇 | 225

走边拨拉着,他穿着一件青色的长衫,肚皮滚圆地突起了。海胖天用肥短的手指头推了一下鼻子上架着的老花镜,深深地看了李当当一眼,用一种戏台上的京腔卷着舌头拖长了音调说,饥寒所致哪……

安五常温和地笑了,说,你成半个大先生了。

2

李当当昏睡了一天一夜才醒来。她睁开眼的时候,屋子里靠墙的榉木半桌上猩红地亮着一炷香,但是却空无一人。李当当就干瞪着眼望着大瓦房的屋顶。看了很久以后,她在屋顶整齐的瓦片上,看到了自己的十六岁。那些瓦片开始慢慢动了起来,像一个水边的戏台一样,一些旧事物开始缓慢地在水汽氤氲中登场。

她看到了淡淡烟雾中的母亲。母亲站在李家村晒谷场上一堆明晃晃的光线里,目送一位绿营清兵远去。清兵骑在一匹瘦得直打战的马上,后背上的那个"勇"字慢慢缩成了一个小黑点。母亲的脚边是一个木头盒子,里面放着一百两抚恤银子。那天母亲一直在晒谷场上站到傍晚,太阳穿透了她的身体,除了心结了冰以外她整个身子都是暖和的。在黄昏来临的时候,母亲看到了许多归巢的麻雀,它们成群结队肆无忌惮地鸣叫着扑向树林。母亲也慢吞吞回到了她住的那幢大屋,她在那把藤椅上坐了个把时辰,直到夜色从遥远的地方一寸一寸地黑过来,吞没成片的天空。后来她站起身,向苍茫的黄昏快步走去,西边的长庚星像在向她招手一样,突兀地站在黄昏的天空中……

也是在这个寻常的下午,李当当一直在仙人坪放羊。她一共放了十三只羊。李当当很喜欢在山上摘桃子吃,也很喜欢爬一些有着粗壮枝丫的大树。她就坐在枝丫上边吃桃子,边晃荡着双脚。有时候她会在树枝上站起身子来,不停地颤悠,一颤悠就是半天。她一边颤悠一边看着羊群走远。但只要她一声呼哨,羊们就能乖乖地回来。有时候她觉得她不是人,她是一头羊。

这些羊的主人,是百步观的道长陈三两。陈三两留着枯黄的山羊胡须。在多年以前的一个清晨,他的胡须还没有那么苍凉。他在百步观门口打太极,等他转过身来的时候,看到了李当当的母亲牵着六七岁的李当当一动不动地站着。母亲说,你能不能收下她?她一年里有十一个月在生病。

陈三两说,生病的孩子多如牛毛。

母亲说,她已经是药罐子了。

母亲又说,再这样下去,她就不是药罐子,而是得躺棺材了。

陈三两看了脸色蜡黄的李当当很久,说,那就让她给我放羊吧。

陈三两从来没有教过李当当打拳练功,他只让李当当放羊。半年后,李当当赶着山羊,能在险峻得一塌糊涂的山地上奔跑,像一阵风一样。她爬起树来和猴子也没有什么两样。当然,李当当的气色也已经很好了,她懒得生病。

那天晚上,羊群已经入圈,李当当和陈三两一起在油灯下吃晚饭。吃完晚饭,李当当就出了道观,在百步观门口有着两株蟠龙树的一片空地上抬眼看星星。然后,她就看到了举着松

长亭镇

明的母亲。

松明燃烧时发出必剥的声音。母亲却一直没有说话,就那么长久地站着。松明的火光,把母亲的脸映照得十分好看。母亲终于说,儿。

李当当说,娘,一定是发生什么事了。

母亲笑着说,儿,你爹没了。但你不许哭!

李当当果然没有哭。她不过是想起了当年父亲穿着绿营的军服,骑着一乘快马越过江南的阡陌,回乡探亲。在没有边际的春天里,父亲下马,将幼年的李当当驮在了肩上。父亲带来了红糖糕,在李当当的记忆里,父亲有着红糖糕一样的甜味。李当当的脸上微微泛起了笑意,对着燃烧的松明轻声说,红糖糕没了。

3

第二天清晨,母亲直接从百步观动身去了安徽亳州。李当当后来再也没有见过母亲。母亲的名字叫卢山药。她是从隔壁的东阳县卢宅镇嫁到李家村来的。

卢山药在亳州终于查到了丈夫李有庆李千总在当地有了一个小妾。卢山药那天坐在街边的小肆里吃了两个时辰的酒,吃得微醺。她红着一张好看的脸蛋,拎着一只竹篮,竹篮里放着几棵绿得发亮的青菜,摇晃着身子找到了那间李有庆租下的房子。房子里的一些陈设还在,但是小妾不见了。梳妆台前有一张圆形的绣凳,卢山药的眼前就会浮起李有庆站在小妾的身后,看小妾对镜梳头的情景。

那天黄昏，卢山药又摇晃着身子找到了千总蔡藏盛。

蔡千总在一座亭子里和卢山药聊了好久。他的身边是他的女人，坐在一张凳子上，脸色白净像一株安静的棉花。蔡藏盛在亭子里来回走动，主要说了他蔡家的往事。我的祖父是被人陷害而死的，终于有一天我杀了对方一家十六口，然后乞讨为生。蔡藏盛平静地说。后来我投入了绿营，从一名兵勇做起，最后和李有庆一样，做到了千总。但千总，也不过是一个六品武官而已。

卢山药是在这时候从菜篮子里抽出那把藏身青菜下的雪亮的剔骨刀的。刀光一闪，蔡藏盛的脸色就变得非常难看，在刀尖就要抵达他胸口的时候，蔡藏盛的身子突然像缩了进去一样，向外弹了过去。蔡藏盛手掌随即拍出，掌风扫掉了卢山药手中的剔骨刀。刀子落在地上，如果不是因为发出了呛啷一声脆响，看上去就像一条白晃晃的鱼干。随即卢山药被几杆火枪顶住了脑门和脖子。

蔡藏盛在凉亭外不远处反背着双手看着她，说男人的事，女人最好不要插手。

卢山药说，我不是替我找回男人，是替当当找回爹。

卢山药一边说一边看了亭子里纹丝不动坐着的女人一眼。女人低垂着长而细密的睫毛，坐成了《红楼梦图咏》里的一幅木刻画。蔡藏盛一步步走了过来，捡起地上的那把剔骨刀，小心地放回那只装了青菜的竹篮里。蔡藏盛最后放走了她，温和地说，菜篮是用来买菜的。

蔡藏盛又说，让她走！

那些兵勇收起了火枪。卢山药摸了一下自己的左脸，她的

长亭镇 | 229

左脸被枪管顶出了一个圆形的红色小坑。卢山药的目光投在女人身上说,有庆对你不薄吧,你怎么会像墙头草一样,那么快就歪到另一边去了。

女人凄凉地笑了一下,双手一直搭在小腹上,安静得令人害怕。她就是李有庆的小妾。

卢山药又说,李有庆,你真当是瞎了眼,你认的兄弟现在抢走了你的女人。

女人仍然没有说话。她的脸蛋白净,光洁得像一枚被刚剥开壳的熟鸡蛋。她穿着雪白的衣衫,看上去像是田塍边粉白色的花,开得新鲜欲滴的样子。女人仍然什么话也不说,只拿一双大眼睛忽闪着看卢山药。

卢山药说,轻骨头,不是什么好东西,连从一而终都不知道!

女人还是什么话也没有说。卢山药隐约看到女人的小腹隆起了,心中突然咯噔了一下。卢山药紧盯着女人,仿佛要看穿女人的骨头。女人仍然什么话也没有说,只是朝她轻轻点了点头。

这些都是师父陈三两在后山挖山薯的时候告诉李当当的。卢山药回到百步观是一个深夜,看上去她已经衣衫褴褛。在百步观的厨房里,狠狠地吃了三大碗饭。边吃饭边和陈三两说起去亳州的种种,她鼓着腮帮说,我杀不了蔡藏盛,还差点被他杀了……陈三两告诉李当当这些的时候,并没有停止挖山薯。他说得漫不经心,好像是在说一件陈年的旧事。

李当当手里拿着羊鞭说,那我娘呢?

陈三两停下手中正挥着的锄头说,她走了。

李当当说，我要下山找我娘。

陈三两说，你娘果然没有说错。

李当当说，她说什么了。

她说你一定会下山找她。她让我告诉你，她已经死了。她从方圆三十里最陡峭的假壁铜锣跳下山谷了。

她为什么要死？

她说她不死，你心里的那团仇恨的火就燃得没那么旺。

那个黄昏，夕阳已经红得如火如荼，百步观后山一大片的树、地瓜、灌木、茅草、水沟、松鼠、石块以及远远近近的一切，包括一条缓慢游动的乌梢蛇，都像被火点着一样红得耀眼。陈三两望着李当当火红的背影喊，你娘说了，你有一个弟弟，也有可能是一个妹妹！

李当当没有回头。她一直朝黄昏最深处走去。

4

李当当离开了百步观。她行走在江南的阡陌，低眉顺眼，像一朵晴空下随风飞行的蒲公英。她就那么四处行走，简单的麻布背囊中只装了一个名字：蔡藏盛。在诸暨县长亭镇的码头上，她被安五常救下，并被蕙风堂收留。李当当醒来后的第二天，去账房见了安五常。安五常在写字，他写了很多幅字，有些字就直接躺在了冰凉的地砖上。李当当盯着千篇一律的黑字说，你在写什么？

安五常说，不争。

李当当说，不争是什么意思。

安五常说，不争就是平安的意思。

后来李当当离开了账房。她在蕙风堂的各个屋子里转着，她转到了药房店铺。李当当在药房的一张太师椅上足足坐了两个时辰。一些镇民拿着方子来药房抓药，药房的大先生忙得不亦乐乎，不时地用戥子秤麻利地为镇民们称药。李当当很愿意在这中药的清香里，看药房里忙碌的样子。有时候生意清淡，整个药房无声无息，连一只猫走路的样子都会轻手轻脚。药工们在库房里忙碌，他们切药研药，"蕙风堂号"出卖的丸、散、膏、丹都是药房自制的。反背着双手的安五常就在库房里巡行，像一个敦厚勤勉的工头。这样的热闹与安静下，李当当仍会一动不动地坐着。她仿佛是爱上了蕙风堂，然后她看到一个年轻而清瘦的身影飘进了蕙风堂。他同海胖天说，我爹呢？

海胖天正在摆弄着一杆骨质戥子秤，他冷笑了一声说，你还晓得家来。

海胖天又举了举戥子秤说，我帮你称了一下，你的孝心顶多只有3钱重。

后生不说话，只是不屑地笑笑。李当当就看着这个年轻后生的背影，仿佛想要把这背影望穿。后来她知道他叫安必良，是安五常的公子。安必良穿着一件黑色的制服，笔直的直筒式呢子裤，脚上是一双乌亮的皮鞋。他的眼睛亮而有神，皮肤白净得像一个女人。他朝李当当看了一眼，这时候安五常轻微的喊声响了起来，让他到账房间来。

安必良去了账房间。他挺拔的身材亮闪闪地移动着，一会儿就不见了。李当当觉得他就像一根刚长成的青瓜。海胖天望着安必良的背影摇了摇头，他仍然用肥短的中指推了一下鼻梁上的老花镜，然后解开了腰间挂着的一只小药葫芦。海胖天喜欢吃酒。他的小葫芦里灌满了药酒。无数次他得意洋洋地对李当当说，晓得这酒里有哪几味药吗？李当当说，不晓得。海胖天说，鹿茸、巴戟天、羊肾、海狗、肉苁蓉、锁阳、紫河车、杜仲。李当当不响，这让海胖天很失望。海胖天终于说，这酒补肾。

李当当笑了，说补不补肾，都和我没关系。

那天安五常在书房告诉安必良，可以娶这个被蕙风堂收留的女子。安必良说，为什么？

安五常说，她是个好女人。

安必良说，你没看到她是个道姑吗？

安五常说，道姑不能还俗吗？

安必良说，那你娶吧。我叫她一声小妈……

这时候李当当刚好经过了安五常的书房。通往书房的是一条铺着石板的狭长小过道，李当当像一阵风一样穿过过道。她轻轻地笑了一下，在心里说，到底是青瓜。

李当当宁愿爱上中药。她觉得中药是世界上最香的东西。后来她听到安五常的一声叹息，说，你走吧。

安必良不响，他又在书房里站了一会儿。从安五常的书房走出来的时候，安必良看到李当当在他前面摇摆着走路，风情万种的样子，像一株怒放的野花。安必良吸了吸鼻子，他突然觉得，春天可能已经来了。

在这样一个春天里，安五常把李当当送到了长亭镇南边十里的松林观。站在松林观门口，李当当分明听到了钟声，也看到了白墙黑瓦的道观。一株枇杷从围墙上探出枝头来,成串的枇杷果黄彤彤的,很闹猛的样子,仿佛在发出一阵欢叫。但是李当当没有迈进道观。她转过身来望着安五常说,我不进去了。

我还俗了。我忘掉李当当这个道号了。我跟你走。

说完这些,李当当还笑了一下,露出一口白牙。李当当说,你想扔掉我?那简直是在做梦!

李当当和安五常回长亭镇的时候,经过一条宽阔而清浅的小溪。那些白亮清澈的溪水奔涌着,激荡起单调连绵而动听的水声。李当当卷起裤管走进水里,她的小腿肚白得耀眼,水面以下那小腿被光线折射,就不停地晃荡起来。李当当惊叫了一声,她被墨绿色的水草缠住了,一下子喜欢上了这种毛喇喇的感觉。她回转身,用手掬起水泼向安五常,岸上的安五常身上的衣服瞬间就被泼湿了。

安五常笑了,说你为什么不从堰上走。

李当当说,谁都从堰上走,不缺我一个人了。所以我从水中走。

安五常笑着摇了摇头,他迈着不紧不慢的步子,从不远处的堰上绕了一圈。在堰上走着的时候,安五常看到了一只毛茸茸的小鹅摇摇摆摆地在浅水里游弋,紧紧地跟在一只大白鹅的身后。安五常就对着溪水中行走的李当当喊,我给你取个俗名,叫杜小鹅。

李当当愣了一下,她眯起眼睛望着白晃晃的水面。然后把目光抬起来,抬向更远处。许多农夫在明晃晃的水田里插秧。地里的甘蔗已经长到膝盖高了,绿油油的叶子在风中摇荡。不远处的水塘里,一架人高马大的木头水车,在两个光脚板女人的踩踏下，正吱吱呀呀地运作着。李当当的骨头欢叫了一声，她在水中晃了晃然后站直身子，用双手拢成喇叭的形状对着堰上行走的安五常喊：我还俗了，我叫杜小鹅。

接着她又喊：我要嫁给你！

杜小鹅的话音刚落，溪两岸的黄花就闹猛地开了一地，并向四处蔓延着。春风激荡，安五常伸了一个懒腰，他突然觉得自己好像年轻了十岁。

5

杜小鹅拉安五常跪在了加工药料的后仓库里，那儿供着一尊黄杨木雕的药王菩萨。没有红灯笼，杜小鹅就点了两盏马灯，高高地挂在木头廊柱上。火光透出玻璃灯罩，均匀地洒在中药的气息上。安五常深深地吸了口气说，你想做什么？杜小鹅说，你娶我。你在药王菩萨面前磕个头。

我不能娶你。我都能当你爹了！

那我娶你！

你连我是哪儿人都不知道？

你是哪儿人？

我是江苏淮阴人。

我现在知道了，你是淮阴人。来，磕头。

杜小鹅拉着安五常磕头。抬起头来眯着眼睛对药王菩萨笑，说，菩萨，安五常和杜小鹅今天大婚，你做个见证。

这天晚上杜小鹅发现了安五常的一个秘密。她坐在床沿上，安五常就坐在床对面的一张椅子上。安五常的手搭在裤腿上，他的手指头轻轻勾拉着，裤管就慢慢升了起来。杜小鹅发现了安五常左脚是一条木头，呆板僵直地从他的膝盖处延伸下来。

安五常说，我同你说，我的这只脚是假的。

杜小鹅没有吃惊，她终于知道为什么安五常走路一摇一晃，而且也不敢走到溪水里去。

杜小鹅说，为什么会变成假的？

安五常说，这不用你管！

第二天清晨，杜小鹅在蕙风堂门口清扫地面。太阳已经升起，阳光像一把针灸用的银针一样撒下来，扎中了杜小鹅。杜小鹅觉得自己的血液流得飞快，她的面色不由得潮红起来。这时候她看到了不远处歪斜生长的树，那树干简直就是一道斜坡。杜小鹅突然丢下扫帚奔跑起来，她的足尖踏上了树干，双手平伸着保持身体平衡，瞬间就蹿到了树顶。后来她从树上跑下来，脖子上挂着一条扭动着的蛇。那条蛇的颜色和树皮几乎一模一样，褐色的那种。杜小鹅和一条蛇一起向蕙风堂走去的时候，看到蕙风堂门口空地上多出了一个穿着灰色粗布单衣的男人。他的胡子刮得青青的，身上背着一只行囊，满身风尘的味道。他的身边，围了一群瞧热闹的镇民。

男人安静地望着杜小鹅，说了极短的三句话。这蛇皮长得像树皮，说明你的眼力好。我叫唐不遇。我是来找安五常的。

安五常已经站在了蕙风堂的门口，他盯着唐不遇看，皱了皱眉头说，阴魂不散！

这天杜小鹅手脚麻利地在蕙风堂的门口把那条蛇剥了衣裳，

并且用刀子剁成了一段一段。蛇是干净的动物,白嫩的身子,几乎没有内脏。杜小鹅生起了一只炭炉,把蛇肉放在瓦罐里,放入姜片和盐花开始煮蛇。海胖天摇晃着下盘不稳的身子走了过来,他突然抽抽鼻子停顿下来,解下腰间的那只小药葫芦,往瓦罐里倒了一些酒。接着他又摇头晃脑地撒下了一把药。

杜小鹅说,喂,海胖天你往瓦罐里放什么毒药?

海胖天得意地说:霍斛。蛇汤里放霍斛一定是最好的。你不懂!

在瓦罐弥漫出的清香中,杜小鹅看着安五常和唐不遇在蕙风堂面对面久久站着。后来唐不遇解下了背上的行囊,缓慢地放在了地上说,老东西,咱们走两招试试?

安五常笑了,说我手无缚鸡之力,你要走两招你让我的账房海胖天陪你走,他老说天津那个霍元甲是他师兄弟。

安五常边说边掀起了裤管,露出了那截木腿。他低下身敲了敲木腿说,你找错人了,我哪儿会武功?

唐不遇露出了失望的神色。那我找你比药。去你库房。

那个下午,唐不遇和安五常关在药房仓库里,他们把眼睛用布蒙起来,比闻摸草药,比煎药,比切药捣药和生产成药。杜小鹅一直都想不明白,原来中药馆也是可以踢馆的。唐不遇就是踢馆人。但是杜小鹅不知道的是,唐不遇本来就是一个忧伤的中医。唐不遇和安五常用方头药刀比切片,他们把羚羊角片切得比纸还薄,比雪片还轻,然后他们像两个孩子一样,手中各举着一小片羚羊角,放在眼前透过角片看着对方,对视一眼得意地笑了。杜小鹅望着两个药人在仓库里斗药,无声无息却斗得波澜四起。她悄悄地退了出来,像一只夏天穿过弄堂的猫。

海胖天站在蕙风堂大药房里,春风吹起了他的衣衫。他把自己斜靠在柜台上,和杜小鹅说辽阔的往事。他清了清嗓子说当年唐不遇和安五常同时爱上了一个女人,那个女人后来成了安五常的夫人,也就是安必良的母亲。唐不遇当年和安五常就比过医术,落败而走,从此常年在外四处漂泊。直到安五常夫人去世,他仍然是不肯罢休。他一定要赢安五常。

那天傍晚,海胖天带着杜小鹅走进了后院的药材仓库。在药王菩萨面前,他们看到了两个木头假人,身上扎满短短的银针,所刺穴位是足三里、关元、气海、风门、三阴交、风池、大椎、涌泉等穴。海胖天轻声在杜小鹅耳边说,这些穴都是适合艾灸的穴位,这两个药痴无疑是在比谁找穴精准。而唐不遇和安五常对坐着,他们竟然在药材的清香里下围棋。最后安五常叹了一口气说,你终于赢了。

安五常又说,没有什么人天生就能成为高人,各行各业的高手,都是最能忍的人。唐不遇,你就是!

唐不遇没有接安五常的话,而是手里不停地玩着一粒白子,深深地看着海胖天身边的杜小鹅说,姓安的,我有话要同你说。

那天唐不遇和安五常在吃完晚饭后,坐在桌子的两头又谈了很久。他们的中间是一只金丝楠木的托盘,镶着铜边,托盘里是两碗清澈的蛇汤。后来安五常把其中一碗蛇汤推移到唐不遇面前说,不遇,吃汤。

唐不遇开始吃汤。安五常望着埋头吃汤的唐不遇说,但你说的那件事,我不能答应你!

唐不遇在长亭镇住下了。他借居在镇西头的海角寺,替寺里清扫庭院,寺里给他一个栖身的住所。一个清晨,杜小鹅鬼使神差地去海角寺,在一片晨雾中,她远远看到唐不遇在练功。唐不遇的步法有疾有徐,眼中却仿佛无天无地,世间万物都静止一般。杜小鹅就站在一棵枣树下,安静地看唐不遇飘忽不定的身形,觉得有一股气流在自己身边打着转。唐不遇练完功,说,你为什么来找我?

杜小鹅笑了,说我觉得你没有那么简单。在药材仓库里下棋的人不多。

唐不遇说,下棋就是比武,比心神定力,比反应,比身手。

杜小鹅说,听说你以前是一个中药师。

唐不遇说,我还是一个琴师呢。

杜小鹅说,你为什么要和人比来比去?

唐不遇说,那你觉得这尘世间谁没有比来比去?当年我就因为比不过安五常,所以我连老婆也没娶上。

唐不遇的心头涌起一阵悲哀,现在的安五常完了。他没有杀气,他也成不了一名好医生。

唐不遇说完,突然眼里闪过一道精光,脚背一抬一块地上的断砖飞了起来,直直地扑向杜小鹅的面门。杜小鹅看着一块黑影飞来,一抄手竟然接住,但是那股力道让她连退了三步。杜小鹅的面孔发白,说,你想杀我?!

唐不遇笑了,说安五常没了杀气,但是你有杀气。你全身上下的杀气,快要溢出来了。

唐不遇又说,我知道你不识字,你只认识杜小鹅三个字。

唐不遇还说,你现在还是个孤儿。你无所顾忌,所以你可以有杀气!

杜小鹅望着得意的唐不遇,说你究竟想说什么?

唐不遇接过了杜小鹅手中的那块断砖,紧盯着杜小鹅的眼睛说,你是习武的天才,天才是可怕的。后天的功夫,容易对付,但是天才不容易对付!安五常这个老东西,早就看出你是天才,但是他竟然不肯让你跟我学武!

唐不遇一字一顿:但我一定要当你的师父!

6

杜小鹅在蕙风堂跟坐堂师傅学会了号脉。她似乎是爱上了蕙风堂,成了一名坐堂女郎中。安五常乐此不疲地告诉杜小鹅,"蕙风堂号"成药的做工是考究的,比如炮制大熟地、山萸肉、何首乌这样的汤剂饮片,得用正宗的绍酒反复烹蒸;比如栀子,生用可以清热,炒黑则能止血,姜汁炒则可治烦呕,清表热则用栀子皮,清内热则用栀子仁;比如生甘草清热泻火兼有中和诸药的功效;比如蜜炙甘草健脾补中气……而蕙风堂的当家药品是柏子养心丸和补心丹,安五常说,心没了,人也就没了。

安五常盯着杜小鹅的脸,认真地说,我真想把蕙风堂的分号开遍浙江。

在安五常授意下,杜小鹅跟着账房海胖天学中医针灸。海胖天不仅是一名账房,而且自学了中医的诊疗,有点儿无师自通的味道。他长得有些胖,油滚滚的,每天中午的时候他必须睡上一个时辰,不然的话整个下午对他来说就是夜晚。他坐在椅子上,能在半炷香的时辰内响起呼噜。有时候他站着也能睡觉，脸上的皮肉松弛，像是在一场梦中。但是杜小鹅的到来，让他快乐得浑身颤抖。因为杜小鹅会陪他上山去采药，陪他一起晒草药，陪他一起用药杵子研药。许多时候海胖天在椅子上睡着了，醒来的时候，会发现杜小鹅一边捧着本草纲目的图录仔细地瞧着那些草药的形状，一边用捣药罐捣药。

很多时候，海胖天忘记了自己其实只是一名账房，而以为自己是一名坐堂的大先生，或者是一个说书人。海胖天有一次午觉醒来，看了杜小鹅好久后说，我以前的同门师兄弟霍元甲是个武痴，你是一个药痴？你简直不可救药！

杜小鹅笑了，说，我想把蕙风堂的分号开遍天下。

海胖天倒吸了一口凉气。杜小鹅说，但我还有一件比开分号更重要的事，我要找到一个人。

海胖天说，哪路神仙？

杜小鹅说，不用你管！

杜小鹅又说，不要在别人面前提霍元甲是你师兄弟。

海胖天说，为什么？

杜小鹅说，人家会笑掉大牙。

唐不遇在黄昏时分来蕙风堂，他看到安五常和杜小鹅正从蕙风堂出来，他们想去镇南郊的那片农田里走走。这个季节，禾苗泛绿，菜花和豆花就快开放了。杜小鹅主要是想呼吸一下植物的气息，她觉得植物是有灵魂的，那些气息是植物飘浮着的生命。然后他们看到了唐不遇，唐不遇在安五常面前站住说，我想再和你商量一下，我实在是太想收一个徒弟。

安五常侧过脸，看了杜小鹅好久说，我不能让她碰刀动枪。

唐不遇失望的神色浮上了脸孔，他看到安五常拉了杜小鹅一把，杜小鹅就跟着他一起缓慢地向前走去。所有的树和草都在空气里生长着，杜小鹅能听到她们生长时嘈杂的尖叫声。杜小鹅一直没有回头，但是她知道唐不遇没有离开。唐不遇一定在远远地用失落的眼神望着她和安五常。

杜小鹅没有想到的是，第二天天未放亮，杜小鹅拿着一把扫帚打开门走出蕙风堂的时候，看到了一张八仙桌，八仙桌上摆放着三畜供品，香炉里插着一把香，两支蜡烛举着腾空的火焰燃烧着。唐不遇和几名他雇来的小乞丐站在一起，看到蕙风堂大门洞口，唐不遇跪了下去说，杜小鹅，求你当我师父吧。

小乞丐们都齐声欢叫了起来，求你当我师父吧。

唐不遇说，你的身子骨就是为习武准备的，你要是不习武，我唐不遇就是彻底败了，比当年败给安五常还要失败！当我师父吧！

小乞丐们又齐声欢叫：求你当我师父吧！

唐不遇说，求你跟着徒弟习武吧！

小乞丐们再次齐声欢叫：求你跟着徒弟习武吧！

杜小鹅一步一步走向了八仙桌，那把扫帚被她扔在了蕙风堂门口的石板空地上。杜小鹅在八仙桌前看着桌上供着的那个煮熟了的猪头，眼睛很小，仿佛是没有睡醒的样子。杜小鹅就笑了，她在唐不遇面前跪下来，就那么相互对跪着。杜小鹅说，我当师父那是假的，我还是当徒弟吧。

唐不遇有了悲欣交集的味道，他喃喃地说，安五常这浑蛋不会拦着你吧？

他管不着！

唐不遇把杜小鹅拉起了身，得意洋洋地说，谁当师父不重要，学功夫才重要。

那你想教我学什么功夫？

太极。

这时候从蕙风堂的大门里走出了安五常。蕙风堂的坐堂大先生和伙计们，都陆续来上工了，他们不停地哈着脸给安五常请安。安五常理也不理，手中捏着一把折扇一步步走到了杜小鹅面前。他看看杜小鹅，又看看唐不遇，平静地说，姓唐的，要是小鹅有什么闪失，我一定会拿走你的命！

杜小鹅开始跟着唐不遇练功。每天清晨四点，杜小鹅从蕙风堂跑步到镇西头的海角寺。在海角寺背后的一大片空地上，唐不遇一定早就等在那儿了。唐不遇先教杜小鹅站桩，让她沉肩坠肘，含胸拔背。杜小鹅按照唐不遇的规矩站好以后，唐不遇盯着杜小鹅，阴沉着脸说，你练过？！

杜小鹅想起了在百步观的师父陈三两。陈三两早就教过她站桩，但陈三两只是让她调心调息调身，从没说过这是在练下盘。陈三两还教她倒立着行走，以及腿上绑沙袋像风一样地在山上奔跑。但是杜小鹅从来都不知道这就是武功，她笑了，说武功哪有这么简单的？

唐不遇从背后绕过来，站到杜小鹅面前。他反背着双手盯着杜小鹅看，他说我看到你眼睛里有一团火。

7

黄兰香家的恶狗黄大傻已经很久没有出现在杜小鹅的面前了,它连李当当已经改名为杜小鹅都不知道。游手好闲的黄大傻因为没事儿干,在长亭镇的十字街头和海胖天狭路相逢。要命的是海胖天刚刚去醉仙楼吃了一汤碗的绍县老酒,酒量极差的海胖天醉醺醺地行走在春风沉醉的十字街头,然后他看到了人模狗样的黄大傻。海胖天一时性起,伸出一只肥厚的手不停地和黄大傻划拳。黄大傻两只前爪支撑着身体,屁股就坐在南货店门口冰凉的石板地上。它不时地看到海胖天张牙舞爪地冲着它把手伸过来缩回去,还不时地吼叫着一些令它莫名其妙的数字。最后黄大傻忍无可忍,它放了一个狗屁,然后突然一口叼住了海胖天的手,直咬得海胖天像被劈了一刀似的号叫起来。

海胖天又哭又叫地回到了蕙风堂。他喷着酒气告诉安五常,黄兰香家养的一条狼差点把他给咬死了。

杜小鹅说,海爷,那不是狼,那是恶狗。我替你去讨个说法。

安五常说,你拿什么去讨说法?用刀还是用枪?

杜小鹅说,教训一条狗,用得着刀和枪吗?

安五常说,小鹅,你得忍一忍。狗的背后站着黄兰香。他的地趟刀很厉害。知道什么叫江湖吗?

杜小鹅说,江湖就是,今天你杀了我,明天我杀了你。

安五常说,错,江湖就是只要你迈错任何一步,所有的麻烦都会接踵而来。

杜小鹅说，那按你这么说，做人何尝不是如此。

安五常说，对，做人，就是一个更大的江湖。

杜小鹅最后还是听话地忍了下来。第二天清晨，杜小鹅在海角寺跟着唐不遇站桩时，唐不遇说，黄兰香那地趟刀一招一式不干净，不像旋风像乱风，疯子一样。

杜小鹅说，那你说我要不要忍？

唐不遇说，你和一条狗过不去干什么？我从你的眼睛里看出了你有重要的事要做！

后来杜小鹅听海角寺里的烧火僧胡瓜瓜说，黄大傻咬死过一名醉鬼。因为醉鬼走到五仙桥的时候，被风一吹，倒在地上吐得遍地都是。黄大傻就吃醉鬼的呕吐物，因为它傻，所以它吃着吃着把醉鬼的一张脸给咬掉了。再吃着吃着，把醉鬼的头给啃下来了。

杜小鹅回到蕙风堂的时候，看到海胖天手上包着一块纱布，用另一只手在账房里拨拉着算盘。他抬眼看了杜小鹅一眼，盛气凌人地说，要是换成我年轻的辰光，十条黄狗都被我用掌拍毙了。我当年的铁砂掌，从来都不是白学的。连霍元甲也怕我。

杜小鹅说，那你跟我走，你用你的铁砂掌去拍死黄大傻。

海胖天说，喊，黄大傻还没那么大的面子能让我移步。

杜小鹅笑了，说那你想不想讨回说法。

海胖天说，做梦都想。

杜小鹅从药房仓库找了一把切药材的刀子，用布头裹了起来大步流星地走向码头。码头的风很大，风灌进了杜小鹅的脖子，让她觉得阵阵爽快的凉意。杜小鹅果然发现黄大傻正忧心忡忡地望着辽阔的江面，一艘客船正在靠近。黄大傻后来晃晃悠悠地走到了杜小鹅的身边,它停了下来,昂起头兴致勃勃地看着杜小鹅。杜小鹅缓慢地解着包在刀身上的布头,解到最后一层露出了一把刀子。黄大傻十分奇怪杜小鹅拿着刀子干什么,这时候杜小鹅手起刀落把黄大傻的半片脑袋砍了下来。只剩半个头的黄大傻又走了好几步才倒下,像一堆破旧泛黄的棉絮。

安五常看到杜小鹅拿着一把带血的刀回到蕙风堂的时候,脸随即白了。杜小鹅看到安五常的脸上挂不住,就笑安五常说,能像个男人的样子吗?

安五常好久以后才说,男人就是让刀子上沾血?

杜小鹅撇了撇嘴说,别怕,我会对付黄兰香的!

黄兰香不仅长了络腮胡,还长了一脸的麻子。他是黄昏的时候来算账的,带着两个徒弟,却没有带他的地趟刀。杜小鹅就坐在蕙风堂的正中间,摆了一张小台面的四仙桌,一个人泡了一壶茶。吃完半壶茶的时候,她看到黄兰香的络腮胡子出现在她的视线里。络腮胡子越来越近了,杜小鹅低头又吃了一口茶,抬起头给黄兰香一张明媚的笑脸说,是看病还是闹事?

黄兰香笑了,听说蕙风堂的内当家是杀狗的好手,所以想来会会。

杜小鹅也笑了,急了的时候,连人也杀。

黄兰香说,你杀了宣统皇上也和我没关系。你只要赔我一条狗。

杜小鹅说,你那是恶狗。

黄兰香说,恶狗值钱,抵得上你十条命。

杜小鹅说,那我这十条命的债偏就不还了。

杜小鹅出手了。这是她刚刚从唐不遇那儿学的，掤，捋，挤，按，采，挒，肘，靠，唐不遇教她的八种劲道，被杜小鹅用得生涩而不接地气。杜小鹅用肩膀前后寸劲击向黄兰香的时候，她的手腕瞬间就被黄兰香扣住扭到了身后。海胖天和伙计们都涌了过来，海胖天手里刚好举着戥子秤，黄铜秤盘里还放着贝母。海胖天说，姓黄的你家狗欺侮人，你也欺侮人！你的为人顶多只有6钱重。

黄兰香笑了，说海胖天你给我少啰唆，不然我把你舌头割下来喂狗。

海胖天倒抽了一口凉气说，天津卫霍元甲是我同门师兄。

黄兰香说，别跟我面前拿姓霍的吹牛。我下手不知轻重，你们要是上前半步，这小娘儿们轻则骨折重则毙命！我哎呀楼有的是银子发抚恤金，想要银子的尽管上前！

海胖天折回柜台前放下了戥子秤，又歪歪扭扭地奔出来，摆出一个攻击的姿势，呜啦呜啦地胡乱叫着，却被黄兰香的徒弟一脚踹翻在地。这时候杜小鹅突然对着药房喊，软骨头，你就躲着吧，我走了！

安五常叹了一口气，从库房出来了。显然在之前的漫长时光，他一直都在库房里加工中药。他托着一只木托盘来敬茶，杯碗边上放着一个黄纸包起来的小纸包。安五常对着黄兰香笑了，说黄老板，要不请你吃这碗上好的马剑茶，茶是明前茶，采茶人是前童村里八位十六岁的姑娘。我亲手炒的茶。要不请你吃了这包毒药，也是我亲手调的剧毒药，沾唇即亡。你家有口井，你哎呀楼里的三十六位姑娘，吃的全是这口井的井水。我有的是大把时间，我天天往你家井里下毒。吃茶还是饮毒，

长亭镇 | 247

你自己选。

两个人隔着茶盘对视良久。黄兰香站了很久以后走了,走前说,我从来都不怕有人威胁我,我是对这个女人一点儿也提不起兴趣来。要对付她,我黄兰香恐怕会掉价。

安五常说,那最好了。我也不想吓人。我是个郎中,郎中是救人的,不是下毒的。

黄兰香笑了,说你要留心你这个女人。她既然可以要黄大傻的命,当然也可以要你的命。

这时候杜小鹅看到了唐不遇,他悠闲地躺坐在一辆黄包车上。他是来看黄兰香有没有欺侮安五常和蕙风堂的。如果黄兰香动手了,那么唐不遇也不会闲着。在黄包车上,唐不遇歪着头对黄兰香说,你千万给我记住,杜小鹅是我的师父!

那天唐不遇留在蕙风堂吃饭。杜小鹅让人把八仙桌搬到了太阳底下,一碗咸肉春笋,一碗蒸苋菜梗,一碗青葱豆腐,一碗清炒螺蛳,再一碗韭菜炒鸡蛋,十分江南的菜系。唐不遇兴奋地搓着手,让人打来了一碗酒,和海胖天对吃起来。两个人说起了往事,海胖天说自己和霍元甲在一起时的那段艰苦岁月,说得有鼻子有眼。杜小鹅突然觉得胃不太舒服,不停地吐着酸水。

但是说到底,这还是一次愉快的午餐。唐不遇酒足饭饱的时候拍了一下肚皮说,黄兰香不可怕。他的那乱刀法都是破绽,全漏在对手的眼皮底下。他的个性也漏在了别人的眼皮底下。

杜小鹅说,那什么样的刀法可怕?

唐不遇说,水泼不进,密不透风。轻灵迅达,刀光千钧。

杜小鹅说,我为什么敌不过黄兰香。

唐不遇说,因为你没练到火候。黄兰香用的是蛮力,你要将他引进你的力量圈里,让他失重落空。要不就是把他的力量分散转移,所谓找到破绽,乘虚而入,全力还击。

只有安五常是不说话的。他不吃酒,温文而无声地扒着米饭,扒得极仔细,仿佛是在数米粒似的。他的筷子小心翼翼地伸向了豆腐,杜小鹅笑了,在心里轻声地说,老头儿。

这天晚上安五常替杜小鹅拔火罐。他用的竹罐是南山的小毛竹,亲自打磨罐口。杜小鹅就趴在床上,感受到背上的温热,仿佛有一股力量在吸去她身上的湿热与浊气。杜小鹅说,今天你为什么不早些帮我?

安五常缓慢地推罐,低声说,我又打不过他的。

安五常接着又说,我躲在库房里那么久才出来,是让你长点记性,不要做出头的椽子,雨水一淋会先烂掉的。

安五常又说,好多事体,都是需要吃了亏才能长记性。

杜小鹅说,按你这么说,吃亏是应该的,那这世上就没有恩仇了是不是。

安五常笑了:有人的地方就有恩仇。其实退才是进!你不是在跟唐不遇学功夫吗?功夫也一样!

8

安必良在初夏来临的时候回来了一次。他依然穿着挺括的制服。那天杜小鹅、安五常、海胖天和安必良一起吃饭,安必良不停地传达着革命的信息。在他的每三句话中,必定会有一句提到革命。他意气风发的样子，让海胖天插不进嘴，所以海胖天选择把自己吃醉了。吃醉了他就趴在桌上睡觉，他打呼的声音，像远处隐隐滚动的雷声。

杜小鹅的眼里，燃烧起星星点点的火光。她看着安必良边吃饭边手舞足蹈，浑身上下好像有一万种力量在向外冲撞着。杜小鹅就想，果然是年轻人。安五常仍然小口扒着饭，后来他放下了饭碗说，儿啊，你长大了，英武过人。我真高兴。

安必良说，爹，儿子有许多事情要做，而且一定能做成！

安五常叹了口气说，人生太过得意时，不见春风，只恐冬雨。

安必良说，爹，人生得意须尽欢，我不欢，我要的是革命！杜小鹅你说是还是？

杜小鹅放下饭碗，盯着安必良说，叫我小妈！

安必良就愣了一下，嘴唇动了动对安五常说，你还真娶了？

安五常说，那么好的女人，不娶了放在家里多浪费。

杜小鹅说，小妈问你，革命到底是什么？是不是报仇？

安必良说，不是，革命是为了让老百姓不怕任何人。

杜小鹅心里说，我本来就不怕任何人。但总有一天我要找到蔡藏盛。我要革掉他的命。

这天傍晚，唐不遇背着一只简单的布囊和两个理由来到了蕙风堂，他的一个理由是过来教杜小鹅功夫；另一个理由是等到杜小鹅功力练到三成了，他要出一趟远门。直到敲了三更鼓，杜小鹅还是一直没有睡着，安必良白天说过的"革命"在她眼前变成一缕烟，慢慢升腾起来，变成了枪炮刀棍的样子，各种厮杀和喊叫的声音传来，枪炮齐鸣，这让她的血燃烧起来。此刻的安五常在打着轻微的呼噜，他睡得像一个婴儿。杜小鹅披衣起床，走到后院和前院连着的天井时，一抬头发现了屋顶上的唐不遇，摆出一个迎战的姿势，左手向前平摊着，右手呈直角形以掌式竖起，站成一个扎实的纹丝不动的马步，恍若石雕。杜小鹅没有惊动他，夜意微凉，沁入杜小鹅身体的内部。杜小鹅观望了片刻以后回去睡了，安五常仍然在发出均匀而细致的鼾声。

　　第二天天还未亮，杜小鹅起床练功。在蕙风堂门口的空地上，唐不遇早就在练功了，披了一身的雾水。他隔着雾水和杜小鹅说，练！杜小鹅刚学了五路拳和五路锤，她打开了身体，在雾水中热气腾腾地开练了，像一头撞开山门的小兽。海胖天也破天荒地起了一个早，他的手里拎着那只装酒的葫芦，坐在门槛上看唐不遇指点杜小鹅。呼呼的拳风中，海胖天又说起自己年轻的时候是和天津那个霍元甲同门学艺，并且交过手的，但是不久前霍元甲竟然死了，令他再无对手，这是人世间多么令人伤心的一件事。海胖天说着挤下了几滴干巴巴的眼泪，他用胖乎乎的手掌擦了一下眼泪，吃一口酒，然后靠在门上睡着了。醒来的时候，觉得阵阵凉意紧紧包裹了他。他不由得搂紧了自己的身体，抬头看到一颗启明星不厌其烦地挂在天空中。

　　几天以后，唐不遇去了福建。他没有和安五常去告别，而是找到了杜小鹅说，师父，我要离开一段时间。那天下了一天的雨，安五常去磐安县进药材了，杜小鹅正在库房里带着一些药工制药。杜小鹅抬眼看了唐不遇一眼说，我给你饯行，你想吃什么。

唐不遇说，我想吃清蒸的螺蛳，绍县的鹅肉，嵊县的糟鸡，还有油煎的清溪鱼。外加一斤绍县老酒。

杜小鹅说，好，我也吃一斤老酒。咱们师徒俩，对吃。

酒足饭饱的时候，是一个阴雨连绵的下午。唐不遇戴上了那顶巨大的竹笠帽，走出蕙风堂。他背着简单的行李，要去福建一个叫大田县的地方，说是有一堆朋友等着他切磋武功。杜小鹅说，那我送你。在镇南一条十分细长的阡陌上，两边的菜花和紫云英已经开得十分闹猛。杜小鹅撑着一把油纸伞，她茫然四顾，看到到处都是白茫茫的雨水。唐不遇说，师父，就送到这儿吧，你必须好好练！不然你浪费了练武的好身坯子。

杜小鹅说，徒弟，你有什么话要留给为师。

唐不遇说，师父，你永远都要记住，以柔克刚，以静待动，以圆化直，以小胜大，以弱胜强。

杜小鹅说，徒弟，你老实告诉我，我练到几成了？

唐不遇说，师父，你练到五成还不到。但有一天你会突然打开，身手心脑眼都会融会一体，如入无人之境。

杜小鹅想了想说，徒弟，恕不远送。

杜小鹅的话音刚落，唐不遇已经走出去很远的一段路，只留下泥地上的一串轻浅的脚印。唐不遇的身影在雨中显得十分瘦削，像一棵移动着的檫树，青翠而修长。然后这棵檫树就不见了，密集的雨笼罩了杜小鹅，把她紧紧地包裹了起来。杜小鹅茫然四顾，四处都是烟岚与苍茫。杜小鹅想，天地真大。

杜小鹅对着密集的雨阵说，蔡！藏！盛！

9

多年以后杜小鹅仍然能在吃了半碗老酒以后清晰地记起，辛亥年的秋天如水般温软。其时武昌的上空被炮火覆盖了，这个世界仿佛已经在晃动。安必良经常提起的革命两个字，被许多人挂在嘴上。特别是上海，连女人也跃跃欲试地成立了女子光复军、女子革命军、女子尚武会、医界女子后援会等组织，沪军都督陈其美还十分重视这些突然绽放的女人之花。女子北伐敢死队招募会员，爱国女校和务本女校两个学校里面的女生有好多都加入了队伍。革命仿佛煤芯上突然爆出的灯火，明亮地闪烁了一下又一下。

杜小鹅也是在马灯的光芒下，吃完晚饭推开饭碗后郑重地对安五常说，我要去革命。

安五常看了杜小鹅很久以后才说，知道去了以后的结果是什么吗？

杜小鹅说，死！

安五常说，那你懂得什么叫革命吗？

杜小鹅说，革命就是让老百姓不怕任何人！

安五常说，你不是说你有重要的事情要做？

杜小鹅说，但革命一样重要。你不用拦我，我说我要走，就必须走！

安五常叹了一口气，说，好吧，那我不拦你。

杜小鹅在药王菩萨面前的香炉里插了一炷香，决绝地说，娘，你让我先革命。

安五常送杜小鹅去杭州南星桥的秘密训练营,那是山脚下大树掩映的一个茶厂改造的。茶厂里有两排屋子,还有围墙,围墙里圈了一大块平整的土地,革命就在这围墙里像篝火一样燃烧起来。这批受训的新兵以女生为多,县里的女中也来了好多女学生。安五常像父亲一样,目送着杜小鹅进入设着门岗的大门。他十分巴望着杜小鹅在进入营区的路上能回一次头,可是一直到杜小鹅的身影消失,安五常也没有等到这一次回头。

杜小鹅在训练营发现了安必良。安必良在营中负责宣教,他的口才很好,能够滔滔不绝地讲上一个时辰。杜小鹅和许多学员一样,统一穿上了湖绿色的衣裤,席地坐在操场上。她远远地看着,觉得安必良的嘴唇真薄。训练营的女队队长是袁水娟,一个扎着武装腰带,剪着齐耳短发,风风火火的女人。她和安必良一样,用十分地道的京腔不停地演讲着。她一定是爱上了说话。她说话的时候,右手挥来挥去,充满着一种劲道,这让很多队员都热情高涨,每个人都有一种想随时喊口号的冲动。杜小鹅想,袁水娟好像是一堆被点着了的火,燃得很旺。

杜小鹅发现袁水娟好像是有了身孕。自从杜小鹅在蕙风堂初通医理和药理后,她的眼睛比以前尖了许多。她还发现袁水娟的演讲里,每隔三五句话,都会提到一个叫吕公望的男人。杜小鹅想,那么名声响亮的男人,是不是长了三头六臂?

杜小鹅还在训练营认识了一个叫黄金条的年轻人,看上去英武霸气。那个下午午间操的时候,袁水娟突然带了一个穿着军装的年轻人来。他没有戴军帽,也没有扎武装带,而是穿着笔挺的军服。其实他的武装带就在他手上提着。他在掌声中出场的时候，就那么不经意地提着武装带，这让人看上去以为他提了一根马鞭。许多女学员的眼睛瞬间就光亮了起来，她们被这一抹青翠而有力的颜色击中了眼睛。杜小鹅的眼睛也亮了一下，她看到的是黄金条的军靴。军靴乌黑锃亮，双腿修长而挺拔，然后一个温厚的男中音响了起来，他说我是黄金条。

那天吃饭的时候，杜小鹅站在一棵树下端着白铁皮饭盒，黄金条摇摇晃晃地过来了，在她的身边坐下。黄金条盯着杜小鹅的眼睛笑了，说听说你把我表舅家的狗劈了？

杜小鹅也笑了，说怪不得你也姓黄。

黄金条说，我还听说你男人要给我表舅喂毒药？

杜小鹅说，是的，不过我觉得喂药太阴毒了些，不如直接把你表舅给劈了省事。

黄金条笑了，说你想劈人有的是机会。战场上你随便劈去。

看着黄金条邪恶的眼睛，杜小鹅不由得有些怦然心动。显然他和安五常的沉稳温良是不一样的，黄金条全身上下洋溢着一股邪而强健的气息。听衷水娟和一些女学员说起过，黄金条十三岁的时候就杀过一个人。他抢了一个宰牛为生的屠夫的刀，并且把屠夫给杀了。但是他看上去怎么都不像是一个杀人犯。他走到哪儿，哪儿就有女学员像花痴一样故意和他偶然相遇。他在礼拜天的时候会穿便装，喜欢戴一顶礼帽，而且他还有一块西洋怀表。有人说这表是瑞士产的，有人说是日本产的。天知道到底是哪儿产的。

黄金条带着他的教员队伍，先让女学员们练习兵操、队列，然后开始训练刺杀、骑术、射击和投掷炸弹。他仿佛是一个什么都懂得的人，挺拔的身姿无时无刻不闪现在女学员们火星四溅的眼睛里。黄金条在带队训练之余，对杜小鹅很不错。他会在四下无人的时候，突然给杜小鹅翻一个跟斗。但是他从来不说自己的家世，只说他的表舅叫黄兰香。他说黄兰香根本没有学过什么地趟刀，只会拿一把白铁皮刀片胡乱地舞着吓人，有一次舞得不小心还差点把自己的手指头给削下来。

杜小鹅问，我为什么没在长亭镇见过你？

黄金条说，我四海为家，我哪有时间待在那个安静得像死去一样的小镇里。

黄金条果然是去过许多地方的，所以听口音你很难听出他是哪儿人。他的枪法很准，用一根钢丝吊起来的一排瓶子，能被他一枪一个双枪齐发给统统轰碎了。那枪声和瓶子碎裂的声音，让女队员们差不多都尖叫起来。黄金条听到女生的尖叫特别快乐，他还懂得和摆弄许多的洋枪，还会拆枪和装枪。所以黄金条对刀剑是不屑的，他说什么时候了，你拿刀去革命？你有几个脖子你拿刀去革命？

黄金条还会变戏法，他变得最多的戏法是从袖子里掏出熟鸡蛋。杜小鹅在吃了黄金条变出的十多个鸡蛋以后说，我已经嫁人了。

黄金条说，都革命了。你休了你那个病老头儿，你完全可以离婚。

杜小鹅说，做梦！

但是有一天杜小鹅被黄金条一把抱住了。那天下着雨，队里放假，杜小鹅一个人去了街上瞎转悠。经过南星桥惠民大药房的时候，她突然想起了安五常和海胖天，想起了长亭镇上的蕙风堂。杜小鹅就撑着伞久久地站在惠民大药房的门口,抽抽鼻子呼吸着中药混合着的潮湿的气息。一直到傍晚,杜小鹅才反身往训练营走。黄金条像一只巨大的蜘蛛一样,从十字街头那家姚记南货店的二楼窗台上跳了下来,他的手里拿着一块黑色的斗篷,挡住了杜小鹅的目光。黄金条的手一抖,斗篷高高扬起,他变戏法般变出了一黄包车的鲜花。这些鲜花在雨中,仿佛还在向上生长。杜小鹅能听到这些鲜花在吮吸雨水的声音,吱吱作响,充满革命的气息。

黄金条说,我只爱你一个人。

杜小鹅说,你别爱我。除了革命,我还有很重要的事要办。你过你的日脚。

什么重要的事?有比革命和爱情更重要的事吗?

有。我要找到一个人!

黄金条说,那我和你一起找人。说完黄金条弯下腰,又直起身,把杜小鹅扛在了肩上。雨直直地从天空中洒落下来,黄金条一伸手,抓起了黄包车里的一束花。他就那么迈着八字脚大摇大摆地走着,雨越下越大,两个人都湿透了。

这时候,杜小鹅突然想哭。

10

安五常来看过杜小鹅。安五常选择一个雨后艳阳高照的中午,大地刚刚吸饱了水,阳光一照地气开始张扬地上升。在一片潮湿而温暖的地气中,安五常安静地站在训练营的门口。他被哨兵挡在了大门外。杜小鹅穿着湖绿色的衣裤,像一只翠皮鹦鹉一样匆匆走出来。她看到安五常有些苍老了。安五常的手里捧着一只罐头,他把罐头递给杜小鹅说,这是我自己煎的驴皮膏,加了枸杞、芝麻和姜,温水冲服。

杜小鹅接过了那罐驴皮膏,说,还有事吗?

安五常的神色就有些凄惶,说,听说随时有可能打仗,一打仗说不定你们就得拉上去。

杜小鹅说,你担心我回不来?

安五常说,我不是担心你回不来,是担心我自己受不了。

杜小鹅有些黯然,但最后她还是笑了一下说,你回去吧。路上小心点。

杜小鹅说完转身走了。望着杜小鹅的背影,安五常脸上露出了笑容,他知道这相差的二十来年岁月,让年轻得像一棵白菜的杜小鹅还没来得及学会,用目光目送自己的男人离开,那么只有他来目送杜小鹅的离开。杜小鹅其实没有走远,她走到操场中间的一棵树后,深深地把头埋在了那装着驴皮膏的罐头上。秋天已经很深了,她知道安五常差不多该走上回家之路了。就在这时候,上海光复的消息传到了南星桥。那天黄金条集合了女队的队员,告诉大家这个飞来横财一样的消息。他的脸涨红了,手不停地用力挥舞着,他说随时做好光复杭州的准备。他咬着牙喊,光复杭州,光复浙江。杜小鹅一转头,看到营长站在自己身后。营长说,杜小鹅,一会儿你到营部来一下。

杜小鹅到营部以后,营长说,要打仗了。

杜小鹅说,这事应该告诉袁水娟,她是队长。

营长说,她和安必良去南京执行任务了。你临时带队,应付任何突发事件。

杜小鹅说，早打比迟打好！打吧！

第二天夜里，训练营的人马突然被拉了出去。他们在午夜降临以前的一团漆黑中，和步兵第八十二标会合，从候潮门、凤山门进城以后分为两路。所有的安排与部署，杜小鹅都是后来才知道的。那个叫王金发的名声响亮的嵊县人，和一个叫尹维峻的十七岁姑娘，从上海带了一千五百名敢死队员赶到了杭州。据说他们的总指挥是蒋介石。而浙江新军在朱瑞带领下，和敢死队联合一起攻打了浙江抚署衙门。训练营的人马和敢死队并肩战斗。火光熊熊，枪声密集，子弹像横飞的雨。杜小鹅永远记得，辛亥年九月十四，重阳节过去才五天，杭州的天空被火把照亮了。杜小鹅甚至担心杭州的天空会不会被火烧穿，或者被枪炮声给震塌。杜小鹅眼里跃出了一个身体修长而结实的女子身影，她就是尹维峻，手持长枪，腰里插着炸药和短枪，向浙江抚署门扔出了一颗手拉炸弹。爆炸声过去后，她像弹射出去似的带着一批敢死队员冲进衙门的内堂。一批清兵成了俘虏，他们表情木讷地望着突然涌入的新军不知所措。杜小鹅不停地开枪，她显然是打得忘了自己是谁，她的手在机械地填弹和击发。那只挂在腰间的白色子弹包里的子弹越来越少。然后，在她奔向马房用长枪四下瞄准的时候，看到马房里一个男人被尹维峻带着敢死队员拖了出来。

他就是浙江巡抚增韫。

天亮的时候，杜小鹅听人在议论，说杭州光复。银行和藩、道衙门、运署、织造署、电话局、军械局被两路光复军的枪火悉数拿下。在杜小鹅的记忆里，这是一场稀里糊涂完成的光复。她掰着手指头计算自己杀死的清兵，她觉得自己至少射杀三人，捅伤四人。不管怎么说,这是一场够本的战斗。

杜小鹅记住了一个人的名字,尹维峻,十七岁的姑娘,像一棵灌满了浆的树。

11

安必良是在南京被捕的,消息在杭州光复的同一天送达。密报说安必良原本是去执行一个联络任务,联络完了他偷偷离开袁水娟,去秦淮河把身子骨荡漾了一下,结果就在荡漾的时候被清兵探子逮住了,直接投进了牢里。那天训练营的营长把杜小鹅叫到了操场上,这是个脸色白净的小个子男人,但是目光却像铁一样坚硬。他盯着杜小鹅,说你认识安必良吗?

我是他小妈。杜小鹅看了一眼站在营长边上的教官黄金条。

他叛变了。我们要锄杀他,认为你最适合做这件事。营长说。

我杀不了他。我下不了手。我下不了手就只会坏你们的事。

营长看了看教官黄金条。黄金条说,杀亲人是不容易的一件事,除非她的心是铁做的。还是我来吧。

黄金条连夜动身去了南京,但是却也没有杀成安必良,其实他根本就没有办法找到安必良。安必良知道有人要杀他,他就像滴入泥土中的一滴水一样,突然就不见了。杜小鹅待在训练营心里一直都不踏实,有队员说吕公望要来视察,有队员说马上就正式开打了,打到南京去。与此同时,一些坏消息也纷至沓来,至少有五名与安必良联络过的南京的同志被捕。而从南京顺利归来的袁水娟哭成了一个泪人。她哭了足有大半天,几乎所有训练营的人都听到了她欲抑还扬的哭声。袁水娟终于擦干眼泪找到了营长。她在营长的办公室里十分坚决地说，从此以后安必良就如同我杀父仇人！

在操场角落的一棵树下，杜小鹅突然从树身后闪了出来。她拦住了袁水娟，袁水娟的眼神就有些躲闪，说，我知道你想说什么。

杜小鹅说，安必良是你孩子的爹！

袁水娟说，他要是真想当爹，就得为儿子挣个好名声。

杜小鹅说，就算他没好名声，但怎么就如同你杀父仇人了？！

袁水娟懊恼地咬着牙说，不用说了，是我瞎了眼。

杜小鹅冷冷地望着她，说安必良的眼神也没比你好到哪儿去！

安五常再次来训练营看杜小鹅的时候，他们站在营房外围墙下面有一搭没一搭地说话。秋天的太阳，把他们的身形拉得很长。杜小鹅就踩着自己的影子，告诉安五常他的儿子安必良已在南京叛敌。安五常就笑了起来，他是对着阳光笑的，所以他笑的时候眯起了眼睛。一会儿眼泪就把他眯着眼的眼眶灌满了。安五常就那样仰着头，努力不让眼泪掉下来，他对着阳光说，欠别人的，迟早是要还的。

安五常从训练营回到了蕙风堂，他苍老了许多，坐在药房里一言不发。海胖天斜眼看着安五常说，掌柜的，出了什么事了？

安五常说，不用你管！

这时候蕙风堂门口站了一堆人，他们是那五个南京被捕同志的家人，他们往安五常身上掷石块、破鞋、菜帮子、瓦片、牛粪，一会儿蕙风堂门口和安五常的身上就琳琅满目了。海胖天拿着一把扫帚出来挥舞着吼，无法无天，你们无法无天。但他被安五常喝止了，安五常皱着眉说，姓海的你吃你的酒去！

海胖天高举着扫帚的手缓慢地放下，愤然扔在地上说，老子吃酒去！

海胖天退下了，他招呼伙计们上了蕙风堂的排门。安五常在最后一块排门合上之前，一步步走出了蕙风堂，他的脸上挂着笑意，头发上挂着烂菜叶。安五常笑着对那堆人说，谁要动手，请便。

那些木头、断砖，甚至女人穿的短裤继续向安五常扔来。安五常的额头开了一道很长的口子，可以看得见额骨。但他仍然微笑着站着。这时候黄兰香闭着眼在他开的哎呀楼里喝茶听曲，老鸨摇着鸭子步走到他身边说，蕙风堂出事了。听到消息后黄兰香一拍大腿，把唱曲的妓女吓了一跳。

黄兰香背着一把闪闪发亮的白铁皮大刀赶到了蕙风堂门口，他摇晃着肥硕的身子，大吼一声说爹是爹儿是儿，父债子还，子债父不还！

黄兰香新养的一条小狗紧紧地跟在黄兰香身后，仍然是一张很傻的脸，但是黄兰香却叫它聪明。黄聪明不知轻重地对着那群人狂吠起来。它的屁股又圆又厚，所以作为一条狗，它其实是十分笨拙的。黄兰香冷笑了一声说，你们给我听好了，我这地趟刀可是翻脸不认人的。

那天这群人终于散去了。他们本来也没想过来杀人，不过是想要来讨个说法的。黄兰香也走了，走之前他看了身上挂满烂菜叶的安五常一眼说，你上次说要给我家下毒的勇气去哪儿了？被狗吃了？

安五常不响。黄兰香对那条小狗说，黄聪明，跟爷爷走！

那么蕙风堂的门口，当然只剩下安五常。夕阳西下，长庚星又在天边升了起来，风吹起了安五常的衣衫。安五常多么像祠堂门口一根经历日晒雨淋的苍凉的旗杆。

12

辛亥年的冬天显得无比漫长，仿佛一根被拉长了的皮筋。《申报》上发表了上海女子北伐敢死队的《女子军事团警告》，竟然号召妇女参军参战。安五常在蕙风堂翻看着报纸，他的身边是一只通红的小炭炉。自从杜小鹅报名去了训练营以后，他比以前话少了许多。他一直都在想，人的一生实在是太短了，像他这个年纪的人已经毫无斗志。女子北伐敢死队向上海都督府提出了组织计划，立即得到了批准，并且领到了武器、弹药和服装配备。她们成立了训练所，黄兴的女秘书徐宗汉也经常来给她们训话。报章上的这些充满火药气息的消息，让安五常时常想起杜小鹅。他在想两件事，一是杜小鹅在南星桥过的日脚，无疑就是上海女子北伐敢死队的日脚；二是现在的女人们都怎么啦？

安五常没想到战事来得那么迅捷。才过了三天，训练营就开拔了。杜小鹅参加了训练营中由女学员组成的女子炸弹部队，直接就浩荡着奔向南京。安五常仍然像往常一样地坐堂，切药，写字，但是有一天他提起毛笔的时候，一滴墨重重地滴在宣纸上。他不知道该写些什么。最后他写下：杜小鹅。

这天晚上，一个人影出现在安五常的房间里。安五常已经睡下了，他听到轻微的脚步声，问，谁?!

那个人影许久都没有说话。安五常就叹了口气说，你自己欠下的，自己还。

杜小鹅的训练营并入了浙江新军的队伍。三千多人的部队开拔，女子炸弹部队成员每个人都在脖子上挂了炸弹。这是一种随时都可能爆开的力量，能把血肉之躯扯得粉碎。浙江新军和其他省域过来的部队组成了攻打南京城的联军，枪炮声开始在南京上空密集地响起。那些子弹带着温度与硬度，在空中来来往往，十分闹猛的样子。杜小鹅沉睡的血液被这种声音唤醒了，她看到许多战友死在了清军的枪炮中。

杜小鹅打得很勇猛。她和黄金条一起带着其中一队女兵随大军攻城。联军司令部决定集中镇江军、浙军和沪军团的近万人，合力进攻最难攻破的紫金山半山腰地势险要的天堡城。联军司令部后来又组织了敢死队，杜小鹅、袁水娟和黄金条都在其中。敢死队分两路进兵，横冲直撞，然后各路军随后跟进。杜小鹅的耳朵被枪炮的声音灌满，她觉得自己已经不是杜小鹅，也不是一个女兵，她只是一台永远运动着的机器。就在这时候，清军天堡城守兵突然扬起了白旗，黄金条大吼一声，跟老子冲过去。杜小鹅紧紧跟着黄金条，在壕沟间纵跃。她的脸已经被炮火灼伤，火辣辣地痛着。当小分队接近天堡城的时候，清军突然放排枪扫射，杜小鹅正在向城墙上的清兵开枪，被黄金条扑倒在地后，一颗炮弹随之在他们身边爆炸。炮弹掀起的黑色泥土，像浪一样地盖过来，把杜小鹅和黄金条埋在了其中。少顷，杜小鹅推开黄金条的时候，看到黄金条身上披了许多的泥块，而他的脚在不停地淌血，裤管外已经一片殷红。

杜小鹅说，你没事吧？

黄金条喘着粗气笑：我舍不得死，还得等着你休了那老头子呢！

杜小鹅沉下脸，拉起了枪栓。她笔直地站了起来，对着那些卧倒在地的敢死队员突然大吼一声，不怕死的，跟老娘冲过去！杀！！

昏天暗地的战斗中，杜小鹅带着小分队蜂拥直上，杀得很勇猛。敢死队后面跟进的部队中，开始传颂一位不怕死的女人，她的名字叫杜小鹅。这时候人群开始喧哗，杜小鹅才知道是浙军攻宁支队参谋长吕公望带队过来了，他将亲率众勇攻城。吕公望身边是一个叫蔡大富的副指挥，他的衣袖高高挽起，大声而有力地吼叫：吕参谋长愿身先士卒，与将士共存亡！

将士们齐吼，共存亡！共存亡！

吕公望高声喊：兄弟姐妹们，你们从杭州出发时，老百姓怎么欢送你们的？

士兵们齐吼：有放火炮！有送糕点！

蔡大富随即跟上一句：那么你们将用什么东西去回报家乡民众？是临阵退缩还是奋勇杀敌？

士兵们又齐吼：杀进南京城！活捉江防军张勋！

多年以后，杜小鹅仍能清晰地记起，激战整整一天后，他们于12月1日攻克了天堡城。黄金条已经不能战斗了，他被拖下了阵地。再过一天后，南京城被攻下。多年以后，杜小鹅的耳畔除了枪炮声以外，眼前总会浮起攻打天堡城时那些飞溅的血光。

南京城攻下了，热闹过后是迅速的萧条。杜小鹅并不知道南京城攻下的正确说法是：南京光复。她牵着一匹老去的瘦马，瘦马上驮着受了脚伤的黄金条。黄金条脚上的弹片已经被取出，但是他无法行走。在回去的路上，黄金条突然失落地问，革命就这样胜利了？

杜小鹅说，你不是一直想要革命吗？

黄金条说，我一路上都在想，革命到底是怎么回事？

杜小鹅说，革命是让老百姓不再怕任何人。

黄金条说，可是不革命，我也没怕过任何人。我十三岁就杀过人！

杜小鹅斜了黄金条一眼，就不再说话。他们的身前身后，都是那些伤兵。袁水娟也走在他们不远处，她不时地拿眼睛瞟一下黄金条。她终于走了过来说，黄教官，南京光复了，我们还能干什么？

马背上的黄金条一言不发，他的脸侧靠在马脖子上，随着马的行走他整个身子在颠簸着。好久以后黄金条说，以后好好过日子。

杜小鹅、袁水娟和黄金条三个人在杭州和众人分开，他们踏上了回长亭镇之路。那匹老去的瘦马，在他们在武林门码头坐上客轮之前,就倒在了地上。它的眼睛一直没有合上,身体紧贴着大地,长长的睫毛无力地闪动着,仿佛是在回忆它短暂的一生。袁水娟要把这死马卖给肉店,说可以换几个盘缠,被杜小鹅拦住了。杜小鹅叫了一个专事丧事的男人,在拱宸桥附近一片长满野草的空地上埋掉老马。她给了这个人一些钱,并嘱咐他在老马坟前供一些新鲜的草料。这时候疲惫的杜小鹅,已经是灰尘满面的一个人了。她抬头望了一眼明亮的天空,说,蕙风堂,我回来了。

他们在长亭镇码头下船,早已等候在码头上的黄兰香哭成了泪人。他从杜小鹅的背上接走了黄金条,他背起了这个表外甥说了一句温暖的话,跟舅舅回家。

袁水娟迟疑了一下说,舅舅,我能在你家借住几天吗?

黄兰香因为意外而愣了一下,随即不停地点着头,住住住,爱住多久就住多久。

那么,码头上只剩下杜小鹅一个人了。四顾无人,她觉得码头其实空旷无比。辽阔的江面上,那些货船和客船像突然消失似的,一下子都不见了。杜小鹅觉得江面以上,除了江面还是江面。这让她想到了刚流落到长亭镇时,又累又困又饿的时候,两帮人在码头上的一场火并,也记起了她昏倒在雨水中被安五常背回了家。现在,她离蕙风堂很近,但是她却觉得距离遥远。黄兰香提前得到消息,来接表外甥黄金条。但是,安五常没有出现在码头。杜小鹅的心一下子空了。

在蕙风堂的门口,安五常笔直地站着。他刮了胡子,穿一件青色的长衫,反背着双手。看到杜小鹅歪歪扭扭走来的时候,他温和地笑了一下,说了三句话。第一句是,回来就好。第二句是，热水烧好了，你先汰个浴，干净的衣裳就放在浴桶边上。第三句话，汰完浴，吃腊八粥。

安五常的背后，海胖天红着一张酒脸不怀好意地看着杜小鹅笑，突然尖着嗓子用京戏班子的腔调哼：万般滋味哪……

这该死的海胖天短短几个字，让杜小鹅鼻子猛然就酸了。

13

码头的风很大。挂着拐杖的黄金条和杜小鹅面对着宽阔的江面站着，一趟客船刚好离开码头，在他们飘忽不定的视线里，客船越开越远。黄金条变得不太爱笑了，他会好久都一言不发。终于他说，我要离开长亭镇。杜小鹅没说话。黄金条又说，你能不能和我一起去香港？

杜小鹅说，我不能走。

黄金条平静地说，那你嫁给我。

杜小鹅说，也不能嫁。

黄金条说，我的一条腿废了，我怎么都觉得什么革命都他妈的没用。

杜小鹅说，你在提醒我欠了你一条命？

黄金条说，我没那么小气。

杜小鹅说，我会还你一条命的。但不是用嫁给你来还，不是用去香港来还。是拿命来还。

杜小鹅说完转身走了，走之前她说你死心吧，我不会离开安五常。我还有更重要的事要做，我要找一个人！

黄金条对着杜小鹅的背影说，安五常有什么好？

杜小鹅停住了脚步，缓慢地转过身来，脸上露出了笑容。杜小鹅说，他会熬驴皮膏和腊八粥。

杜小鹅回到家的时候，瘦弱的安五常告诉她要出门几天，去磐安看看今年药材的行情。三天以后，安五常回到了蕙风堂，看到杜小鹅正在药房里给人抓药，他就笑了。

杜小鹅斜了药房门口的安五常一眼，顾自忙活着，她懒得理安五常。等忙完了一天，一起吃饭的时候，杜小鹅懒洋洋地对安五常说，你是不是以为我和黄金条要私奔，所以你故意去了几天磐安？

安五常说，我没有去磐安，我在滴水岩的滴水寺院吃了几天斋饭。

杜小鹅说，你故意给我留个空当？

安五常说，你要走，我也不拦你。毕竟我大你那么多岁。

杜小鹅默不作声地扒着饭，吃着吃着，突然把碗给砸了。

14

袁水娟找到杜小鹅的时候，已经是第二年暮春初夏。南北议和后，清帝退位，袁大头当上了大总统。杜小鹅仿佛觉得去年的攻宁战役，像是一场梦一样，梦里头仍然有脆生生的枪声在不停地响着。袁水娟穿了一件单衫，抱着一个出生没多久的小毛头出现在蕙风堂门口。杜小鹅可以看到小毛头浓密的黑发，她伸出手抱过孩子时，闻到了孩子身体散发出来的阵阵奶香。杜小鹅还看到了袁水娟胸口衣服上一块沁出的奶渍。

袁水娟说，我同你说，我要嫁给黄金条。

杜小鹅逗弄着怀里的小毛头，说，噢。

袁水娟说，虽然他有一只脚坏掉了，但是他表舅有钱，他坏了脚不干活也够他吃一辈子。你说是不是？

杜小鹅还是逗弄着小毛头说，噢。

袁水娟说，黄金条其实喜欢唱戏，我以前在戏班里待过，我可以和他对唱的。

袁水娟还说，黄金条和他亲爹不来往已经有十来年了，他表舅黄兰香卖了一家酱园，我们拿这些钱去香港。以后你要是来香港，可以来找我们。

杜小鹅这时候抬起头来，奇怪地问，我去香港做什么？

袁水娟笑了一下，说，这是安必良的孩子，我只能还给你们安家。黄金条说他看到这孩子心里就别扭，老觉得是一个小安必良住在他家。

袁水娟说，今天孩子满月。

这时候杜小鹅看到黄金条正一摇一摆地走来，他胖了许多，身材有点儿像水桶的模样。杜小鹅这时候才发现原来黄金条长得一点儿也不好看，他的鼻子有些塌，而且油光锃亮的。他的脖子也短，仿佛是把头直接安在了肩膀上。但当年怎么会觉得他英武过人？

杜小鹅就远远地对着黄金条说，真是个小男人。

袁水娟没听清，说，你说什么？

杜小鹅说，我说这小毛头我要！

那天袁水娟又抱了一下小毛头，把小毛头再次递还给杜小鹅的时候眼泪掉了下来。她擦了一把泪，匆忙地离去，和黄金条擦肩而过。黄金条拖着一条残腿走到了杜小鹅的面前说，再过些日脚,我要去香港。他的一缕头发耷拉了下来,软软地挂在脑门上,很有些落魄的味道。

杜小鹅说,后悔。

黄金条说,现在知道后悔了?来得及,你跟我走!

杜小鹅说,不是,我现在是在替袁水娟后悔!

15

安五常在那天晚上抱了小毛头很久。杜小鹅已经睡下了,安五常就坐在床边一张椅子上紧紧地抱着小毛头。他给小毛头取名安三思。杜小鹅问这是什么意思?安五常说,做人就是来受苦的,做任何事体都要三思而后行。安五常又说,他爹就是因为没有三思。

杜小鹅后来迷迷糊糊地睡着了。等她一觉醒来的时候,已经敲过了三更。安五常竟然还抱着小毛头,傻愣愣地坐在一张藤椅上。杜小鹅说,你是不是癫了。

安五常说,癫了就癫了吧,癫与不癫,都是一辈子。

杜小鹅说,我想出一趟远门,我该干正事了!我要去安徽找一个人!

安五常半晌以后说,我算到你要出门。

为什么?

安五常说,你的眼睛告诉我,你有大仇。你的眼睛里装满了一切,情,恨,痴,念,仇……

你为什么不问我,我究竟身后藏着怎么样的仇?

你想说的时候,我不用问。你不想说的时候,我问你没用。

但我劝你,不要报仇,仇是永远报不完的。

杜小鹅无语,只拿一双眼睛望着蚊帐的帐顶。安五常说,我和你说个故事吧。有一个人被追杀,他和儿子从家里逃了出来,但是他的老婆、爹娘、工人、丫鬟……都被砍刀劈死了。他家房子,也被一把火全烧了。

杜小鹅问,后来呢?

安五常说,没有后来了。

杜小鹅说,我不信。

安五常不再说话,好久以后他叹了口气,把脸贴在了安三思粉嫩的小脸上。

第二天中午,安五常读到了一张报纸,读报纸的时候他的脸就一直阴沉沉的。杜小鹅说,怎么了?安五常说,没怎么。杜小鹅苦笑了一声说,你还是不肯说真话。安五常就说,你不要知道太多的事。

杜小鹅把报纸拿给海胖天,让他读。那天海胖天睡了整整一个下午,一直睡到太阳落山的时候才起来。海胖天戴起了老花镜,看了半天报纸,解下腰间那只药葫芦灌了一口酒说,有一个当官的,很有本事,当了浙军第六师师长吕公望手下的团长,就驻扎在长亭镇不远的城关镇。

这天晚上,安五常在蕙风堂门口的空地上坐了一夜。他坐在一张椅子上,椅脚边插了一炷香。香被烧完了一支又一支,但是安五常仍然久久没有回房。夜半微凉,开始生出露水,海胖天索性就拎了酒葫芦陪安五常吃酒说话。海胖天大着舌头用京戏的腔调摇头晃脑地说,呀呀呀,汝可知三十六计第一计?

安五常也用京戏腔调搭话,走为上计是也。

海胖天说,那又为何不走?

安五常说,走不是长久之计,四年多了,也该有个了断哪?

海胖天解下酒葫芦又吃了一大口酒,咕咚一声醉倒在石板地上。他就那么干净地躺在地上,夜风一阵阵吹,地上的湿凉之气也在上升。海胖天对着黑沉沉的天空,用京戏腔慢板念白:夜凉似水哪……

16

第二天一早安五常找镇东头的剃头阿三剃了个头,又刮了胡子,一下子显得精神了不少,有点儿后生哥的味道。中午吃饭的时候,安五常一边抱着怀里的安三思,一边说,人最血气方刚、最风光的时候总是没几年。所以人生短得像一场梦。安五常的话音刚落,端着酒碗,把脸吃成了猪肝色的海胖天就趴在桌上睡着了。

那天晚上,诸暨整个县城围捕要犯,军人们在中水门集结,举着高而亮的火把。狗叫的声音一直延续到后半夜,《诸暨民报》后来在新闻上说,这些散落在民间的强盗被蔡团长一一围捕。最后在枫溪边的十里梅林,这些强盗被集体枪决。老百姓们开始没日没夜地欢呼,他们其实什么也不懂,但是当得知蔡团长将要杀了那么多强盗以后,他们就觉得这是应该欢呼的。于是他们就兴奋地欢呼了。只有蔡大富蔡团长没有欢呼,他望着这些被麻绳拴成一串的强盗惯偷,又忧心忡忡地望了望铅灰色的天空,最后说,杀!

排枪的声音响了起来。强盗们嘴上被塞了布头，他们一个个倒下了，那些鲜血迅捷地洇进干渴的土地。杜小鹅和黄兰香都看到了，他们挤在围观的人群中，看到一场短暂的杀人事件。那天黄兰香的脸一片青色，他看到一些痨病鬼的家人，在枪声还没有完全散去的时候，冲上前去用布头吸走地上的人血，回家去做药引。人群渐渐散去以后，黄兰香一步步走向了蔡大富，他说，姓蔡的，我真为我表妹感到耻辱，亏我还给你白养了那么多年儿子。

杜小鹅安静地看着。她想起了攻打南京时，蔡大富就站在吕公望的身边，他衣袖高挽，大声而有力地吼叫：吕参谋长愿身先士卒，与将士共存亡。想到这些，她的耳畔就会发神经病一样又响起枪炮的声音。她看到在这长而辽远的梅树林里，蔡大富也一步步在向黄兰香靠拢。他摘下白手套，伸出两个手指头小心地把黄兰香络腮胡丛中的一根草屑摘去了。他伸出白净而修长的手指，轻轻弹了一下，那草屑就飞了起来，悄无声息地落在地上。蔡大富说，他不是姓黄了吗？我还知道他革命了。黄兰香你教导有方，我替我蔡家先人谢谢你。

黄兰香说，今天你又杀那么多人。

蔡大富仍然微笑着，我杀的是强盗！

黄兰香说，从此后我和你形同陌路。

蔡大富说，我从来没有想过要和你同路。

黄兰香说，我的英名也被你毁了。

蔡大富说，开妓院那也叫英名？

黄兰香终于大怒：蔡藏盛，你是想要逼我用地趟刀把你碎尸万段吗？

其实这时候杜小鹅已经要离开十里梅林了。她对这样的对话一点儿兴趣也没有，而且她一直以为杀强盗是没错的。在她大概走出十步路的时候，听到了黄兰香的嘶喊，一个埋在杜小鹅心里十多年的名字，竟然被黄兰香喊出。但是杜小鹅没有停步，她不想转过身去，不想去问个究竟。她的步速反而是越来越快。一个声音在她胸腔里像急流一样冲撞着，蔡藏盛，蔡藏盛，蔡藏盛。

这天晚上安五常在书房里练习着书法，他写了满满一张纸的杜小鹅，杜小鹅。接着他又写，君当作磐石，妾当作蒲苇，蒲苇纫如丝，磐石无转移。他把两张纸都铺在了地上，然后告诉边上抱着安三思的杜小鹅说，这是《诗经》里的句子。

杜小鹅说，《诗经》是什么？

安五常说，《诗经》就是古代人唱的歌。

杜小鹅说，那你写的这几句，是什么意思。

安五常想了想说，意思就是左边这张纸上写的，杜小鹅，杜小鹅。

这时候敲门的声音响起来。黄兰香匆匆地走了进来，看到地上铺着的两张纸说，别给我扮书生了，你和赵国治他们都熟的吧？

安五常说，哪个赵国治。

黄兰香说，就是五里亭那个弹棉花的，我记得你们是一起从外地搬到诸暨来的。尽管你们一个住长亭镇，一个住五里亭，还一直装作不认识。

安五常不再说话，继续写字。黄兰香就有些生气，说白天赵国治已经被姓蔡的在十里梅林枪毙了。死的人里面，我至少知道有三个人来蕙风堂找过你。

安五常轻声说，那又怎样？

黄兰香说，你最好还是跟我走，躲到我的哎呀楼去，女人堆里最安全。你要是不走，恐怕就来不及了。

安五常说，我不走。你把杜小鹅和安三思带走，送他们离开，我来生会报答你。

杜小鹅仿佛是听出了一些什么门道，说，我死得起！

那天黄兰香垂头丧气地走了，像一条被敲了七寸的蛇。望着这条蛇悄无声息地离开蕙风堂，安五常不由得笑了，这个不太喜欢吃酒的中年男人，突然酒兴大发，让厨房煎了一碗菠菜豆腐，油炸了一些花生米，切了一盘牛肉，然后卷起袖子坐下来说，杜小鹅，我想请你吃酒。

杜小鹅特别喜欢安五常这个老男人突然出现的孩子气。她喜欢被打开了的安五常。她把安三思放在了小摇篮里，也卷起了袖子坐到安五常的对面，咧开嘴笑了，说，要不要划拳赌酒的？

一壶善酿被端了上来，安五常说，不划拳不赌酒，今天给你说说往事。他把裤管卷了起来，敲了一下木腿说，知道为什么这是木头做的吗？

这个月明星稀南风劲吹的夜晚，在这充满了草药气息的蕙风堂，杜小鹅听到了另外一个故事。有一个叛徒，窃取了革命的果实，现在他要来灭口了。杜小鹅终于知道，安五常和一帮人一起，在四年多前配合徐锡麟一起刺杀过巡抚恩铭。徐锡麟被捕了，他却逃了出来，但是腿上中了一弹。后来伤口化脓发炎，只好截去了一条腿。从此以后安五常隐姓埋名，在长亭镇落户。安五常是到过绍兴的，也见过秋瑾和王金发，甚至到过王金发的老家嵊县董郎岗村。在革命过程中，身居清军绿营的蔡藏盛蔡千总，一直是暗中帮助安五常的。但是在刺杀恩铭事件后，蔡藏盛一边答应安五常和他的同伙们，帮助他们逃难，一面却让人暗中下手，想要割了安五常等人的头去换银子。现在，蔡藏盛已经改名为蔡大富，摇身一变成了浙江新军吕公望手下的一名团长。他就是《诸暨民报》上出现的那个人。

今天被枪毙的，都是当年我们一起起事的难兄难弟。蔡藏盛连审也没审，就按强盗枪决了。他要一一把那些知道他叛徒底细的人，全部除去。

你为什么不逃走？杜小鹅问，我可以和你一起带上安三思逃走。

如果我死了，你的日子就太平了。如果我不死，他仍然会一直追杀。

怪不得你去剃了一个头。

我要干干净净上路。当然，说不定是我杀了姓蔡的。但要是他被我杀死了，我也还是得死，因为他现在是革命者。

酒一直吃到半夜。杜小鹅正在给安五常添酒的时候，安五常说，他们来了。

此刻在蕙风堂的门口，月亮在天空中高悬着，远远能听到狗吠的声音。

安五常抱起了小摇床上已经睡着了的安三思，说，在天亮以前他不会醒来，更不会哭，我给他喂了老虎姜。

安五常又拉起了杜小鹅的手，两个人一起走进药房，走到药屉边。安五常移开了药屉,看到一层一尺多宽的隔层。原来安五常一直预计着会有用得着这隔墙的一天,现在这一天终于来了。

安五常笑了,说我出去。你答应我,无论发生什么事,你都不能出来。

杜小鹅说,为什么。

安五常说,因为你有安三思。我可以放心走了,必良在下面等着我。

杜小鹅的心头一惊,她猛然想起,安必良可能已经不在人世了。那么除去他的人,只能是安五常。

杜小鹅的眼睛,就一直盯着安五常,是想要问出一个究竟来。安五常点了点头,凄惶地笑了,说,欠了别人的,总有一天是要还的。

蕙风堂的排门被卸了下来,安五常一步步走出来,手里举着一杆戥子秤。他看到了熊熊燃着的火把,差不多能把天给烧塌了。安五常笑了,说,蔡藏盛,你逼人太甚。

蔡藏盛笑了,说,要是我不逼人,总有一天会被人逼。

安五常举了举手中的戥子秤说,我给你的人品称了一下,一钱不值啊。

安五常说完,把戥子秤慢慢放在了地上,然后他摆出了一个迎战的姿势说,来。

那是一场昏天暗地的混战。杜小鹅躲在隔墙里,听到了呼呼的拳风,才突然明白,安五常的武功其实是非凡的,一定经历了多年的武学浸淫。安五常的声音远远地传入杜小鹅的耳里,安五常说，姓蔡的，你的燕青拳果然越来越精了。刚柔相济，大开大合，这些年你没有偷懒。

蔡藏盛猛攻猛打，挥出重重一拳，冷笑了一声说，姓安的，洪拳练到这个分上，这些年你也没有偷懒。洪拳讲究的是后发制人，但今天我让你无法制人！

那天黄兰香像幽灵一样出现在混战现场。所有手持火把的黑衣人都背着长刀，但一个也没有出手。他们只是排成两排，专注地望着安五常和蔡藏盛的拼斗。两个人都没有兵器，拳来掌往。蔡藏盛的燕青拳雄浑有力，猛追猛打。安五常则是步马变换，用强硬的桥手和连环手向蔡藏盛进击。洪拳向来以"桥来桥上过，马来马发标"去进行正面攻击，"桥上过"是以自己的桥通着对方的桥面上穿行去攻击对方，"马发标"是以自己的步马硬冲对方的步马。但是安五常的一条假腿是不方便的，几招下来，安五常已经处于下风。好久以后，杜小鹅在隔墙内都听到了凌厉的拳风，以及蔡藏盛的一声大吼，今天是你的死期！

一切都安静下来。杜小鹅在隔墙暗室的黑暗之中露出了笑容，她从容地把沉睡着的安三思放在了地上，然后她轻手轻脚地移开了高高的药屉。她走出蕙风堂的时候，看到安五常已经倒在了地上，而黄兰香不知从哪儿冒出来，正用他的白铁皮地趟刀和蔡藏盛缠斗着。蔡藏盛只用了一招，一拳就把黄兰香的鼻子打歪，一串黑红色的鼻血挂了下来。黄兰香愣了一下，又被蔡藏盛一脚踢中手腕，手中的大刀片飞了出去，呛啷一声掉在地上。

蔡藏盛阴着眼看了杜小鹅一眼，然后他走向一把太师椅。一名黑衣人把一只杯子递过去，蔡藏盛就坐在椅子上跷着二郎腿吃茶。他吃了几口茶以后,看到杜小鹅一步步走向了倒在地上的安五常。安五常的嘴角挂着大片的血浆,他说,种稻种瓜种萝卜。安五常说完头一歪死去,杜小鹅就长久地抱着安五常的头,说我知道你写的那首诗的意思。后来她把安五常轻轻放了下来,缓慢转身,摆出了一个迎战的姿势。

我蔡大富不杀女人。蔡藏盛说。

你不是蔡大富,你是蔡藏盛。你是一个叛徒,害死李有庆,霸占他小妾。你还追杀安五常,杀人灭口。

你是谁?

我姓李!

在火把摇荡着的暗红色光线中,蔡藏盛愣了好久。后来他缓慢地说,我终于明白了,排起辈分来你得喊我阿叔。

杜小鹅笑了,说,叔,谢谢你杀了我爹李有庆,逼死我娘卢山药。

蔡藏盛突然凌空跃起,一记直拳向杜小鹅挥去。杜小鹅的掌风迎了上去,虚晃地避过了拳手,重重地拍在蔡藏盛的前胸。蔡藏盛连退三步,他吃惊地望着杜小鹅说,你跟谁学的太极掌?

杜小鹅说,跟我徒弟唐不遇学的。

蔡藏盛恼怒地又挥出了一拳,每记都是如铁锤般的重拳。燕青拳本来就讲究的是实用,每招每式没有花架子,不是攻就是防。杜小鹅仿佛听到了海啸的声音,蔡藏盛的拳风无疑就是一场海啸,远踢近打,高崩低砸,又是猝击,又是连击,拦迎击、躲闪击、困击……手脚并用,浑然天成,如一头愤怒的猛虎,上中下三路并进。杜小鹅连避连退连闪,把来势凶猛的劲道都化开了。这时候海胖天手里拎着那只酒葫芦,摇摇晃晃地边吃酒边过来,大声地喊,杜小鹅,你小心了。他这拳会用中间拷,贴身靠。

果然蔡藏盛欺身上前,重重一拳击在了杜小鹅的肚腹。杜小鹅被一拳击飞,凌空跌落在安五常的身上。

海胖天摇摇晃晃地上前,大喊,霍元甲都同我交过手,你们这些蟊贼,给我退下。

海胖天突然将那酒壶高高抛起,壶嘴洒出的酒从半空洒落,一滴不剩地落在了他向天仰起的嘴里。海胖天抹了一下嘴,连连出招,攻出三拳。杜小鹅也一跃而起,攻向了蔡藏盛。这时候那些举着火把的黑衣人一拥而上,直直地围攻海胖天和杜小鹅。

杜小鹅的心里叽叽叽地叫了起来,原来海胖天果然深藏着武功。他身体肥硕但并不笨拙,形如猿鹤,拳拳有力,虚实相接。海胖天不停地在用京戏里面的念白:蔡藏盛哪,今天是你的死期了哇……

蔡藏盛说,我认出你来了,你阴魂不散。你这条李有庆的贴身走狗,怎么和安五常凑到一起去了?

海胖天:凑到一起去的不是我一个人,还有杜小鹅的徒弟唐不遇。

唐不遇就在这个时候从天而降。他是踩着那些鳞次栉比的民居屋顶的瓦片过来的,一路在黑色的夜幕之中潜行,像一只巨大的夜鸟。在跃过无数幢房子的屋顶以后,他稳稳地落在了蔡藏盛面前。这时候杜小鹅才明白,原来海胖天和唐不遇,都是亡父李有庆的贴身护卫。他们装作不相识,装作要教她武功,现在和她一起复仇。杜小鹅突然涌起了无限的力量,对唐不遇大叫一声,徒弟听好了,和为师一起杀了蔡藏盛!

海胖天身上被刀子划开了数道伤口，他仍然哈哈大笑在迎战，许多黑衣人在他的拳风中一一倒下。而唐不遇和杜小鹅夹攻蔡藏盛，唐不遇重重地一脚踹向了蔡藏盛胸口，他像一只麻袋被抛起一样，坠落在地上。蔡藏盛吐出一口血，身子一弹弹起飞向杜小鹅，同时挥出重拳时，杜小鹅闪身躲过，甩手一掌击向了他的额头。

　　就在这时，黄金条摇晃着身子提着一杆火枪赶来了，他举起火枪朝天开了一枪，大声吼道，杜小鹅你说欠我一条命，你现在把命还给他吧！他是我爹！

　　杜小鹅那一掌没有停，拍下额头的同时另一掌也同时拍出，重重地击向了蔡藏盛的心口。和李有庆当年的死法一样，蔡藏盛五脏俱裂。

　　杜小鹅受了伤，她喘着粗气盯着黄金条说，你开枪吧，把我欠你的命拿回去！要我放过蔡藏盛，做不到！

　　风一阵一阵地吹着。黄兰香也重伤倒在地上，他的一只眼睛被长枪挑了，血糊糊的一片。海胖天蹒跚着走过去，蹲下身摸了他一下，知道他身上的肋骨全断了。黄兰香就不停地在地上抽搐着，像一条被抛上岸的鱼。黄金条举着枪，手指搭在扳机上，枪管直指着杜小鹅。杜小鹅迎着黄金条一步步过去，黄金条涨红了一张脸吼道，不要过来。

　　杜小鹅仍然往前走着，脸带微笑。黄金条的眼眶里蓄满了热泪，杜小鹅伸出手，轻轻地抚了一下枪管，然后把枪管顶在了自己的脑门上。杜小鹅笑了，轻声说，手别抖，拿出你在训练营时的英气来，开枪。

　　黄金条脸上的肌肉，因为激动而不停地抽搐着。他看一眼地上死去的蔡藏盛,又看一眼遍地的黑衣人尸体,最后他突然大吼一声,举起枪管朝天开了一枪,然后将火枪像烧火棍一样扔在了地上。不远处穿着单衫的袁水娟,一步步走过去,把手伸向了黄金条。黄金条把手放在她的掌心里,她轻声地像对孩子一样地说,我们走。

在浓重的夜色中,黄金条和袁水娟搀扶着远去。在此后杜小鹅的生命中,这两个人再也没有出现过。杜小鹅变戏法似的从怀中掏出两个烟火,瞬间点燃了,烟火腾空而起把黑夜照得支离破碎。杜小鹅在天空中看到了母亲卢山药的脸,卢山药在空中朝她笑着。杜小鹅仰起全是泪水的脸,大吼,爹,娘,大仇已报!安五常,你也给我闭眼!

杜小鹅的泪眼中,父亲李有庆穿着绿营千总的官服,骑着一匹马越跑越远。他回头笑望了杜小鹅一眼,然后那匹马腾空而起奔向了天空,终于在一声嘶鸣以后在天空尽头消失。而红糖糕的气息,一直在杜小鹅的身边缠绕与徘徊着。

17

富阳县龙门镇上,有一个叫杜安堂的大药房,药房门口的一小片空地上,种满了招摇得一塌糊涂的凤仙花。"杜安堂号"的当家药品是自己煎制调配的柏子养心丸和补心丹。杜安堂坐堂掌柜安娘子说,心没了,人也就没了。安娘子的名气越来越大,开出了许多杜安堂的分号,在杭州武林门、拱宸桥、卖鱼桥各有一家,并且在磐安县建了一个药材基地。安娘子喜欢上了吃酒,她吃一口酒,然后认真地对海胖天说,我真想把蕙风堂的分号开遍浙江。这个杜安堂,杜是杜小鹅的杜,安是安五常的安。多年以后,安娘子仍然能清楚地记起,杀死蔡藏盛的当夜,他们把重伤的黄兰香扔上车,带着安三思,像候鸟一样开始逃离长亭镇。

安娘子治好了黄兰香的伤,但是他的一只眼睛还是瞎了。黄兰香喜欢用一把十分小的牛角梳梳他的络腮胡,而且还教人习地趟刀法,仍然用的是那把白铁皮大刀。他收了许多徒弟,但这些徒弟却都更喜欢跟安娘子学武,这让黄兰香失落得像丢了魂似的。最后安娘子告诉每一位弟子,黄兰香才是真正的大师父,她只是代大师父授艺,这才让黄兰香的八字眉舒展开来。海胖天还做杜安堂的账房,只不过是在安娘子染上酒瘾后,他反而是不吃酒了,但是算盘还是随身带的。他比以前清瘦了许多,总是问那些来抓药的客人,自己是不是有点儿仙风道骨的味道?唐不遇又去了福建,他完成了一件天大的事以后,矫揉造作地说,他需要死在高山上,死在清露中,死在长风里。海胖天就不耐烦地说,滚!

现在的海胖天,喜欢给人说书。龙门镇出过一个叫孙权的人,海胖天就说孙权的传奇,说得头头是道。他说书的地方,是杜安堂大药房门口的一大片晒谷场,每回说孙权总要说得唾沫横飞,连说带演。安娘子宠着惯着这个老顽童,给他准备了一张说书用的榉木桌子和一块醒木。他的青色长衫已经被洗得泛白了,那块醒木也被摸得油光锃亮充满包浆。看上去,他就是一个生活在龙门镇上陈旧而有故事的人。

安三思见风就长,他已经在龙门镇上能够掏鸟窝和打群架了。有好多次,他都被安娘子用老藤吊起来,吊在一棵树下,整个身子像鸟一样悬空着。安娘子说,下次还打不打架?安三思说,不是打架,是还手。

杜小鹅就叹口气。在安三思的眉眼里,杜小鹅看到了越来越清晰的安必良的影子。

许多年,就这么哗啦啦地过去了,像翻书一样……

18

我叫黄聪明。那条被杜小鹅砍了半个头的恶狗是我爹。他叫黄大傻,是个懒汉。

我死于民国十七年的春天。那时候我的主人黄兰香已经六十六岁,看样子他是过不了六十六岁这道门槛了。安娘子尽孝,按风俗从菜场割回来一刀肉,切成六十六块,烧成红烧肉孝敬黄兰香。结果在吃肉的时候,黄兰香被噎死了。安娘子那天刚好去了富阳县城,等她回来的时候已经回天乏力。在杜安堂的门口,安娘子让人用竹篁搭起了一个灵棚。黄兰香的睡姿安详,紧紧地抱着那把跟随他一生的白铁皮刀。安娘子就穿起素衣,在灵棚里守灵。漫长的月影婆娑的守灵夜,让她想起了那个雨丝绵密的雨天,她在诸暨县长亭镇的客船码头昏倒在地……

这一年安娘子三十六岁,安三思十六岁。安三思在富阳县龙门镇上的学堂里念书,他是一个认字的人。所以他从报纸上知道了去年秋天的中秋节,江西发生了一场秋收起义。连海胖天也捏着报纸,胸有成竹地站在晒场上看了半天的天空,用京戏的腔调念白,天要变哪!

秋收起义和我一点儿关系也没有。龙门镇开始进入漫长的冬季。作为一条老狗，我就要死了。我在龙门镇活了十六年，在长亭镇活了不到一年。海胖天在我十五岁的时候，就曾经恶作剧地踩着我的尾巴说过，看来你是一条寿星狗。

在我死以前，一个背着长刀的年轻人出现在龙门镇。那天海胖天又在说书了，下着雨，他就搭起了一个雨棚。所有听说书的人，都撑着油纸伞坐在长条凳上，他们听得十分入神。海胖天在说一个传奇，他说当年有四位兄弟，一位叫海青，一位叫唐不遇，一位叫蔡藏盛，一位叫李有庆……海胖天说了一个下午，说得口干舌燥。他说李有庆被逼死，战功和小妾同时被一个姓蔡的人接盘，唐不遇和海青逃离了一场追杀。海青无意中去一家大药房谋生，结果发现掌柜的，恰恰也是和这蔡藏盛结下了血仇……这个掌柜的名字，叫安五常。

百姓听得津津有味，说，这个比孙权好听，这是哪个演义？

海胖天一拍醒木说，这世上万物，相生相克，各有报应。所有欠下的，迟早都要还。

那一天，两匹马拉着一辆大车穿透了湿漉漉的江南，停在杜安堂的门口。车上款款下来安娘子，她是去磐安进药材的。大药房的伙计们开始搬运药材。从安娘子的目光看过去，海胖天仍然说得得意洋洋，听客们也没有离去的意思。安娘子的脸上洋溢着笑意，她喜欢这种平和的小镇生活。当安娘子转过头去的时候，看到了一个年轻人站在雨中。他也在听书，他笑了，对安娘子认真地说，我叫蔡一天，但是后来好多人都叫我蔡一刀。

蔡一刀又说，我娘姓刁，叫刁小婵。

安娘子觉得蔡一刀很面熟，她想了好久以后，才突然觉得他长得像死去多年的爹李有庆。她的后背心就凉了起来,说,你找谁?

我找杜小鹅。

刁小婵又是谁?

刁小婵是蔡藏盛的夫人。她早就不在了,难产死的。是我爹把我拉扯大,现在,我来替他要债。

安娘子突然想起那年春天,百步观陈三两道长的声音。那声音追着她远去的背影:你有一个弟弟,也有可能是一个妹妹。

蔡一刀笑了,说我爹谁也不信,他只相信自己,所以他挣下了功名,身上也绑满了银票。我讨厌我爹,可谁让我是他生的呢?

那包裹着长刀的麻布套慢慢地褪了下来,褪得无声无息,像一条正蜕皮的蛇缓缓离开旧壳,但是安娘子仍然能听出金属轻微发出的呛啷之声。凭直觉,安娘子觉得这是一把有着好钢刃的利刀,她分明感到了一丝瞬间逼向她的寒意。蔡一刀肩上的长刀寒光一闪一闪,充满杀气。一些雨珠落下来,在长刀的刀身上飞溅开来。蔡一刀用右手两个手指夹着的布套,疲惫地落在了地上。雨水迅速地渗入麻布中,一会儿就黑了一片……

我叫黄聪明。在我的记忆中,那年龙门镇下了一场春雪,先是雨,后是雨夹雪,雪子噼里啪啦的,再后来就完全成了春雪。但是要命的是那天阳光很大,春雪就在阳光之下纷纷扬扬,落地就化。

这时候我眼中所有的景物,像水中摇晃的倒影一样晃动起来。我慢慢走到了安娘子身边,头一歪终于正式死去。大地多么冰凉,一切就此静止。